LA MACHINE À TUER

ŒUVRES DE JACK VANCE
DANS PRESSES POCKET

LA GESTE DES PRINCES-DÉMONS

1. LE PRINCE DES ÉTOILES
2. LA MACHINE À TUER
3. LE PALAIS DE L'AMOUR
4. LE VISAGE DU DÉMON
5. LE LIVRE DES RÊVES

CHRONIQUES DE DURDANÉ

1. L'HOMME SANS VISAGE
2. LES PALADINS DE LA LIBERTÉ
3. ASUTRA !

LYONESSE

1. LE JARDIN DE SULDRUN
2. LA PERLE VERTE

LES MAÎTRES DES DRAGONS
LA PLANÈTE GÉANTE
LE PAPILLON DE LUNE
LES MONDES DE MAGNUS RIDOLPH
UN TOUR EN THAERY
EMPHYRIO
SPACE OPÉRA
LES CINQ RUBANS D'OR
UN MONDE D'AZUR
LES MAISONS D'ISZM
LES DOMAINES DE KORYPHON
LES BALADINS DE LA PLANÈTE GÉANTE
LA VIE ÉTERNELLE
LA STATION D'ARAMINTA
ARAMINTA 2

LE LIVRE D'OR DE JACK VANCE

SCIENCE-FICTION
Collection dirigée par Jacques Goimard

JACK VANCE

LA GESTE DES PRINCES-DÉMONS

LA MACHINE À TUER

Traduction de Guy Abadia

PRESSES POCKET

Titre original du roman :

THE KILLING MACHINE

ISBN 2-266-03633-5

1

Extrait de *Echanges commerciaux entre les planètes* par Ignace Wodlecki, article paru dans *Cosmopolis*, septembre 1509 :

« Dans toute société organisée pour le commerce, la circulation de fausse monnaie, de titres douteux, de billets à ordre contrefaits et de quantité de procédés destinés à accroître la valeur brute du papier, est un sujet de préoccupation constante. Aux quatre coins de l'Œcumène, les machines à reproduire et les duplicateurs les plus fidèles ne font certes pas défaut, et seules des mesures de protection méticuleuses ont jusqu'à présent empêché la dépréciation chronique de notre monnaie. Ces mesures sont au nombre de trois. Primo, l'unique monnaie ayant cours légal est l'Unité de Valeur Standard, ou UVS, exclusivement émise sous la forme de titres de dénominations diverses par la Banque de Sol, la Banque de Rigel et la Banque de Véga. Secundo, chaque titre officiel est caractérisé par une « cote d'authencité ». Tertio, les trois banques font en sorte que soit aussi largement répandu que possible l'appareil habituellement connu sous le nom de « contrôlemètre ». Il s'agit d'un gadget de poche capable d'émettre une sonnerie d'alarme chaque fois qu'un billet de contrefaçon est introduit dans la fente prévue à cet effet. Comme chacun sait, il est parfaitement vain de vouloir démonter un contrôlemètre. En effet, un mécanisme autodestructeur fonctionne dès que le boîtier est forcé.

« En ce qui concerne la « cote d'authencité », il est évident que

les conjectures ne manquent pas. Selon toute vraisemblance, il pourrait s'agir d'une configuration moléculaire spéciale introduite en certains endroits précis et capable de provoquer une réactance type d'une certaine nature : capacité électrique ? perméabilité magnétique ? photo-absorption (ou réflexion) ? variation isotopique ? imprégnation radioactive ? ou tout simplement combinaison d'une partie ou de la totalité de ces éléments ? Seules quelques personnes détiennent la réponse, et leur secret est jalousement gardé.»

⁂

C'EST à l'âge de neuf ans que Gersen se trouva pour la première fois en présence de Kokor Hekkus. Tapi derrière une vieille péniche désaffectée, il assista impuissant à l'horrible tuerie, au pillage, à la capture des esclaves. C'était le Massacre de Mount Pleasant, marqué par la coopération historique et sans précédent des cinq Princes-Démons. Kirth Gersen et son grand-père survécurent. Cinq noms restèrent à jamais gravés dans la mémoire du jeune Kirth : Grendel le Monstre, Viole Falushe, Lens Larque, Howard Alan Treesong, Kokor Hekkus. Chacun de ces noms avait un pouvoir d'évocation distinct. Grendel était sinistre et cruel ; Viole Falushe trouvait son accomplissement dans des raffinements sybarites ; Lens Larque était un mégalomane ; Howard Alan Treesong un adepte du chaos. Kokor Hekkus était le plus énigmatique, le plus fantastique et inaccessible de tous. Doté d'une imagination diabolique, il avait laissé à tous ceux qui l'avaient approché l'impression d'un homme affable mais nerveux, déconcertant dans ses réactions et présentant ce qui aurait pu passer pour des signes de déraison manifeste, n'eussent été la maîtrise de soi et la volonté dont il savait faire preuve à l'occasion. Sur son aspect physique, les avis étaient des plus partagés. Pour le reste, la rumeur publique le disait immortel.

La seconde rencontre entre Kokor Hekkus et Gersen eut lieu à l'occasion d'une mission de routine au-delà de la Limite et resta sans suite — c'est du moins ce qu'il sembla à l'époque. Au début d'avril 1525, Ben Zaum, personnage important de la CCPI[1], rencontra secrètement Gersen et lui proposa une mission temporaire de «fouinage», c'est-à-dire une enquête dans l'Au-delà pour le compte de la CCPI. Les propres affaires de Gersen étaient au point mort et l'inaction lui pesait, si bien qu'il accepta d'écouter au moins la proposition?

L'affaire, expliqua Zaum, était d'une simplicité remarquable. La CCPI avait été mandatée pour retrouver un certain fugitif. «Nous l'appellerons Mr. Hoskins», déclara Zaum. Ce Mr Hoskins était si demandé, à ce qu'il semblait, qu'au moins trente limiers étaient sur ses traces dans divers secteurs de l'Au-delà. Gersen se verrait attribuer une certaine planète — «que nous appellerons la Planète du Mal», dit Zaum avec un sourire qui en disait long. Il aurait pour tâche, soit de mettre la main sur Mr. Hoskins, soit de s'assurer avec la plus grande certitude que ce dernier n'avait jamais mis les pieds sur la Planète du Mal.

Gersen médita quelques instants. Zaum, qui avait le goût de la mystification, semblait s'être surpassé en la circonstance. Patiemment, il s'attaqua à la partie visible de l'iceberg dans l'espoir de faire basculer un morceau de la zone immergée. «Pourquoi trente fouines seulement? Pour accomplir ce travail, il en faudrait mille.»

La mine soucieuse de Zaum le faisait ressembler à une grosse chouette blonde. «Nous avons pu rétrécir la zone des recherches. Tout ce que je puis vous dire, c'est que la Planète du Mal est l'un des secteurs les plus probables. C'est pourquoi je désire que vous vous en chargiez. Je ne saurais trop insister sur l'importance que cette mission revêt à nos yeux.»

1. CCPI : Compagnie de Coordination de Police Intermondiale. Officiellement, organisme indépendant chargé de fournir aux différentes polices de l'Œcumène les services de ses agents spécialisés, de son fichier central et de ses laboratoires de criminologie. En pratique, agence supragouvernementale capable, le cas échéant, de se substituer au pouvoir judiciaire légal.

Gersen prit sa décision. Ce genre de travail ne lui plaisait pas. Zaum avait décidé — ou avait reçu l'ordre — de se montrer aussi réservé que possible. Travailler dans le noir irritait Gersen, l'empêchait de se concentrer et lui ôtait une partie de ses moyens — ce qui signifiait qu'il pourrait très bien ne jamais revenir de l'Au-delà. Il se demandait comment décliner la proposition de Ben Zaum sans le heurter et se couper par là même de ses contacts avec la CCPI.

— Et si je découvre Mr. Hoskins ? demanda-t-il.

— Vous aurez le choix entre quatre options, que je nommerai par ordre de préférence. Le ramener sur Alphanor vivant. Le ramener sur Alphanor mort. Le rendre fou à l'aide d'un de vos ignobles poisons sarkoys. Le tuer sur place.

— Je ne suis pas un assassin.

— Il ne s'agit pas d'assassinat ! l'enjeu est... Mais, je n'ai pas le droit d'entrer dans les détails. Il s'agit d'une question d'intérêt vital, je puis vous l'assurer.

— Je ne mets pas votre parole en doute, fit Gersen. Cependant, il m'est difficile — cela m'est impossible, en fait — de tuer un être sans savoir pourquoi. Vous feriez mieux de chercher quelqu'un d'autre.

Dans des circonstances plus normales, Zaum aurait immédiatement mis fin à l'entretien. Mais il s'obstina, laissant ainsi entendre, soit que le recrutement d'agents qualifiés traversait une période de pénurie, soit que les Services de Gersen étaient appréciés au plus haut degré.

— Si c'est une question d'argent, dit Zaum, il y a toujours un moyen...

— Non. Je préfère m'abstenir, cette fois-ci.

Avec une mimique à demi sérieuse, Zaum se frappa le front des deux poings.

— Gersen... vous êtes l'un des rares hommes dont la compétence ne fait pour moi aucun doute. Il s'agit d'une affaire d'une extrême délicatesse — si, bien sûr, Mr. Hoskins descend sur la Planète du Mal, ce que je tiens pour tout à fait probable. Tenez, je n'en dirai pas plus : Kokor Hekkus s'y trouve mêlé. Si lui et ce Mr. Hokins se rencontrent...

Il leva les bras au ciel.

Gersen ne changea rien à son attitude réticente. Mais à présent, tout était changé.

— Mr. Hoskins est un criminel ?

Zaum plissa un front déconfit.

— Je ne puis vous en dire davantage.

— Dans ce cas, comment ferai-je pour l'identifier ?

— Vous aurez des photos et un signalement détaillé. Cela suffira. Votre mission est on ne peut plus simple. Trouvez votre homme, tuez-le, rendez-le fou ou ramenez-le mort ou vif sur Alphanor.

Gersen haussa les épaules.

— Soit. Mais puisque je suis si indispensable, je veux être payé davantage.

Après avoir grommelé une ou deux protestations, Zaum demanda :

— Quand serez-vous prêt à partir ?

— Demain.

— Vous avez toujours le même astronef ?

— Si on peut appeler ce vieux *Locater 9B* un astronef.

— Il est discret à souhait et suffira amplement pour cette mission. Où est-il garé ?

— Au spatioport d'Avente, aire C, emplacement 10.

Zaum prit note.

— Demain, vous rejoindrez votre astronef et vous partirez aussitôt. L'approvisionnement en vivres et en carburant sera fait. Le moniteur sera programmé pour vous conduire sur la Planète du Mal. Vous trouverez un dossier contenant tous les renseignements sur Mr. Hoskins dans votre *Répertoire des Etoiles*. Munissez-vous seulement de vos affaires personnelles... vos armes habituelles et le reste.

— Combien de temps devrai-je poursuivre mes investigations ?

Zaum poussa un profond soupir.

— J'aimerais bien pouvoir vous le dire. Si seulement j'en savais un peu plus long sur cette affaire... Disons que si vous ne l'avez pas trouvé d'ici un mois, il sera probablement trop tard. Je donnerais gros pour savoir seulement où il compte se rendre, et quelles sont ses motivations...

— Si je comprends bien, ce n'est pas un professionnel du crime ?

— Non. Il a derrière lui une longue et fructueuse carrière. Puis un jour il a été contacté par un certain Seuman Otwal, que nous soupçonnons d'être un agent de Kokor Hekkus. A partir de là, selon les dires de sa femme, la personnalité de Mr. Hoskins s'est effondrée.

— Chantage ? Extorsion ?

— Dans ces circonstances... impossible...

Gersen fut incapable d'en tirer davantage.

Arrivé au spatioport d'Avente le lendemain peu avant midi, Gersen trouva tout en place, comme Zaum l'avait promis. Il monta à bord du petit astronef aménagé avec une rigueur spartiate et se dirigea sans plus attendre vers le *Répertoire des Étoiles,* dans lequel il trouva une enveloppe jaune contenant une série de photos et un signalement dactylographié. Mr. Hoskins était représenté vêtu de diverses façons et avec des fonds de teint différents. D'un âge assez mûr, il semblait doté d'une solide carcasse un peu avachie, d'un regard affable et d'une grande bouche aux dents bien plantées que surmontait un nez en bec d'aigle. Mr. Hoskins était originaire de la Terre ; ses vêtements et ses fonds de teint, différents de ceux d'Alphanor par quelques points de détail, l'attestaient suffisamment. Gersen rangea le dossier, pesant le pour et le contre, et renonça à contrecœur à mettre le cap sur la Terre, où il n'aurait sans doute aucune difficulté à identifier le mystérieux Mr. Hoskins. Un tel détour lui prendrait trop de temps... et attirerait immanquablement sur lui les foudres de la CCPI. Il effectua les derniers préparatifs de départ et se mit en contact avec la tour de contrôle.

Une demi-heure plus tard, Alphanor n'était plus qu'un globe brillant dans son sillage. Gersen engagea le moniteur et assista passivement au changement de cap du vaisseau. Après avoir basculé de soixante degrés par rapport à l'axe Sol-Rigel, l'astronef se stabilisa enfin. Presque aussitôt, l'Hyperfaisceau de Jarnell s'empara du vaisseau ou, plus exactement, créa les conditions dans lesquelles la plus légère poussée équivalait à un transfert quasi instantané.

Le temps passa. D'occasionnels photons, capturés par le corridor de Jarnell, filtrèrent jusqu'au vaisseau, révélant l'univers extérieur. Des centaines, des milliers d'étoiles défilaient, comme une traînée d'étincelles portées par le vent. Gersen opéra des relevés astrogationnels complets, en se basant sur Sol, Canopus et Rigel. Bientôt, l'astronef franchit la limite entre l'Œcumène et l'Au-delà, et les concepts de loi, d'ordre et de civilisation n'eurent plus aucune existence formelle. Gersen n'eut qu'à prolonger la trajectoire parcourue pour identifier la Planète du Mal : Carina LO-461 IV dans le *Répertoire des Étoiles,* ou planète Bissom selon la terminologie en vigueur dans l'Au-delà. Henry Bissom était mort depuis sept cents ans. La planète, ou du moins le territoire entourant Skouse, la ville principale, était maintenant aux mains de la famille Windle. Le nom de Planète du Mal, songea Gersen, était tout à fait approprié. Qu'il se pose à Skouse sans un motif plausible — a priori, il ne voyait pas quel prétexte il pourrait invoquer — et aussitôt il aurait sur le dos la section locale de la Brigade de Défouinage[1]. Il serait cuisiné sans ménagements ; après quoi, s'il avait de la chance, on lui laisserait dix minutes pour quitter la planète. Qu'on le soupçonne seulement d'être une fouine, et c'était la mort certaine. Ger-

1. Pratiquement, la seule organisation à l'échelon des mondes de l'Au-delà, vouée uniquement au dépistage et à la destruction des agents secrets de la CCPI.

sen pesta intérieurement contre Ben Zaum et sa manie du secret. S'il avait été mis au courant de sa destination, il aurait sans doute eu le temps de mettre au point quelque couverture.

Devant lui, une étoile jaune-vert de faible luminosité grossissait d'instánt en instant sur le réticule. L'interscission fut coupée. Le vaisseau réintégra l'éther avec un choc et un bruit de succion qui se propagèrent dans toutes ses structures et qui ébranlèrent Gersen lui-même. C'était un bruit horrible, qui le faisait grincer des dents, mais dont la réalité même était incertaine.

Le vieux *Locater 9B* semblait maintenant immobile dans l'espace, à proximité de Bissom — la Planète du Mal. C'était un monde de dimensions réduites, avec des calottes polaires glacées et une chaîne de montagnes basses disposées en ceinture à l'équateur, comme une espèce de cicatrice à la jonction des deux hémisphères. Au nord et au sud de ces montagnes, deux larges bandes océaniques se transformaient progressivement, par cinquante degrés de latitude environ, en bayous à la végétation luxuriante. A partir de là, marécages et tourbières se succédaient presque sans discontinuer jusqu'aux abords des pôles.

La ville de Skouse, située sur un plateau exposé au vent, n'était qu'un assemblage désordonné de bâtisses crasseuses. Gersen était intrigué. Qu'est-ce que Mr. Hoskins pouvait bien espérer trouver sur Bissom? Il existait des endroits bien plus plaisants. A côté, Brinktown était presque gaie... Mais ne présumait-il pas trop de ce qui lui avait été dit? Après tout, de l'aveu même de Ben Zaum, Mr. Hoskins pourrait très bien ne jamais mettre les pieds sur la Planète du Mal.

Gersen examina la surface au macroscope. Il fit peu de découvertes intéressantes. Les montagnes équatoriales étaient arides et poussiéreuses, les océans gris couverts de nuages bas chassés à toute allure par le vent. Il reporta son attention sur Skouse, dont la population ne devait pas dépasser trois ou quatre mille habitants. A proximité de la ville s'étendait un vaste terrain brûlé bordé de hangars et d'entrepôts, selon toute évidence le spatioport. On ne voyait nulle part de résidences ou de palais somptueux, et Gersen se souvint que les Windle habitaient des cavernes fortifiées creusées dans les collines avoisinant la ville. Espacés sur une distance d'environ cent cinquante kilomètres à l'est et à l'ouest, les signes d'habitation s'estompaient peu à peu pour faire place à la désolation totale. Il n'existait qu'une seule autre agglomération, à côté d'une série de docks, au bord de l'océan Septentrional. Un peu plus loin, un complexe métallurgique, reconnaissable à ses dépôts de scories, alignait une série de vastes bâtiments. Nulle part ailleurs la planète ne présentait de signes d'occupation humaine.

Puisqu'il ne pouvait pas visiter Skouse ouvertement, il lui faudrait user de moyens détournés. Il choisit un ravin isolé, attendit que les premières ombres descendent sur le paysage et se posa aussi rapidement que possible.

Il lui fallut une heure pour s'accoutumer à l'atmosphère ; puis il sortit dans l'obscurité. L'air était frais ; comme celui de presque toutes les autres planètes, il avait son odeur caractéristique, à laquelle les narines deviennent rapidement insensibles. Dans le cas présent, il s'agissait d'une âcre exhalaison chimique mêlée à une légère odeur de brûlé. Apparemment, la première émanait du sol et la seconde de la végétation locale.

Gersen se munit d'un assortiment d'outils indispensables à l'exercice du métier de fouine, largua sa plateforme volante et se mit en route en direction de l'ouest.

Le premier soir, Gersen se contenta de reconnaître le terrain. Les rues de Skouse étaient tortueuses et non pavées. Il y avait un dépôt de vivres, plusieurs entrepôts, un garage, trois églises, deux temples, et une voie ferrée qui s'éloignait en direction de l'océan. Il identifia la taverne, grande bâtisse carrée à deux étages, principalement à base de pierre et de panneaux de fibre de verre. Skouse était une ville morose, qui exhalait une atmosphère lourde d'ennui et d'apathique ignorance. La population, présuma Gersen, ne devait pas avoir un statut très supérieur à celui de serf.

Il concentra toute son attention sur la taverne. Mr. Hoskins, s'il était là, ne manquerait pas d'y descendre. Gersen chercha, mais sans résultat, une fenêtre par laquelle il pût jeter un coup d'œil. Même les murs de pierre résistèrent à son microphone ultra-sensible. Et il n'osa pas s'adresser aux clients qui de temps à autre sortaient en titubant et s'éloignaient dans les ruelles obscures de Skouse.

Il ne fut pas plus heureux le second soir. Cependant, il parvint à dénicher, face à la taverne, un bâtiment délabré qui avait dû jadis servir d'usine ou d'atelier de fabrication, mais qui était maintenant entièrement livré à la poussière et à de petits insectes blancs qui ressemblaient de façon déconcertante à des singes minuscules. Gersen s'y dissimula et observa, pendant une longue journée à laquelle un soleil anémié donnait une coloration verdâtre, les allées et venues aux alentours de la taverne. La vie de la petite ville défila devant lui. Des hommes au visage fermé, des femmes à la démarche lourde, engoncés dans des vareuses de couleur sombre et des pantalons bouffants, coiffés de chapeaux noirs à bords relevés, vaquèrent à leurs affaires. Ils s'exprimaient en un dialecte pesant que Gersen ne pourrait jamais espérer imiter. Ainsi mourut un plan audacieux qui consistait à s'emparer de vêtements locaux et à s'introduire, ainsi accoutré, dans la taverne.

Tard dans l'après-midi, des étrangers arrivèrent dans la ville. Des astronautes, à en juger par leur costume, fraîchement débarqués d'un vaisseau qui venait sans doute de se poser. Gersen combattit la torpeur qui commençait à le gagner à l'aide d'un somnifuge. Dès que le soleil disparut à l'horizon, faisant place à un crépuscule couleur de boue, il quitta son refuge et s'enfonça rapidement dans les ruelles ténébreuses qui conduisaient au spatioport. Comme il l'avait deviné, un énorme cargo venait d'atterrir et déchargeait de ses soutes des ballots et des caisses. Pendant que Gersen observait la scène, trois membres de l'équipage se détachèrent du vaisseau, traversèrent l'aire de déchargement illuminée, montrèrent leurs sauf-conduits au factionnaire dans sa guérite et se dirigèrent vers le chemin qui menait en ville.

Gersen se joignit à eux. Il les salua d'un « bonsoir » qu'ils lui retournèrent civilement, et s'enquit du nom de leur vaisseau.

— L'*Ivan Garfang,* lui fut-il répondu, de Chalcédoine.

— Chalcédoine, sur la Terre ?

— Exact.

Le plus jeune des trois demanda :

— Comment est-ce Skouse ? C'est une ville où on s'amuse ?

— Non, répondit Gersen. Il y a une taverne et presque rien d'autre. C'est un endroit sinistre, et j'ai hâte de m'en aller. Est-ce que vous prenez des passagers ?

— Certainement, nous en avons déjà un, et il y a de la place pour quatre autres. Cinq, si Mr. Hosey descend ici, ce qu'il a je crois l'intention de faire. Quant à la raison qui peut bien l'amener ici...

Le jeune homme secoua la tête d'un air qui en disait long.

C'était donc, se dit Gersen, aussi simple que ça. Qui donc, en effet, pouvait être Mr. Hosey, sinon Hoskins ? Et maintenant, il restait à déterminer le rôle de Kokor Hekkus dans toute cette histoire. Il conduisit les trois astronautes jusqu'à la taverne et entra avec eux, apparemment un des leurs, à l'abri de tout soupçon de la part des défouineurs.

Gersen consolida sa position en offrant la première tournée. Il n'y avait que de la bière, aigre et sans consistance, et un arrack blanc qui raclait la gorge.

L'intérieur de la taverne était relativement accueillant, avec son bar traditionnel et les bûches qui ronflaient dans la cheminée. Une servante vêtue d'un tablier informe de couleur rouge leur apporta à boire. Le plus jeune du trio, celui qui s'appelait Carlo, s'essaya à lui faire des avances, que la jeune fille accueillit avec un regard d'incompréhension effarée.

— Laisse-la donc, lui conseilla le plus âgé des cosmonautes, qui s'appelait Bude. Tu vois bien qu'elle n'a pas toute sa tête à elle.

Et il se frappa le front d'une manière significative.

— Avoir fait tout ce chemin, jusqu'au fin fond de l'Au-delà, grommela Carlo, pour que la première femme sur laquelle nous tombons soit une espèce de demeurée.

— Laisse-la pour Mr. Hosey, suggéra Halvy, le troisième cosmonaute. Si jamais il débarque, il aura au moins ça pour l'aider à ne pas trouver le temps long.

— Sans doute une espèce de savant ? s'enquit Gersen. Ou alors un journaliste ? Il n'y a qu'eux pour rendre visite à de tels endroits.

— Du diable si je le sais, fit Carlo. Il n'a pas dû prononcer plus de deux mots de tout le voyage.

La conversation dévia sur un autre sujet. Gersen aurait voulu poser d'autres questions sur Mr. Hosey mais il savait que presque toujours, dans l'Au-delà, la curiosité est sinistrement récompensée.

Quelques autochtones avaient fait leur entrée dans l'établissement. Debout près du feu, ils avalaient d'un trait d'énormes pintes de bière tout en échangeant des propos de leur grosse voix monotone. Gersen prit le tavernier à part et lui demanda s'il pouvait le loger.

Le tavernier secoua la tête.

— Il y a si longtemps que nous n'avons eu personne que nos lits sont dans un piteux état. Vous serez bien mieux à bord de votre vaisseau.

Gersen jeta un coup d'œil par-dessus son épaule à Carlo, Bude et Halvy. Ils ne semblaient pas sur le point de quitter leur table. Il se tourna de nouveau vers le tavernier.

— Quelqu'un peut-il faire une course pour moi jusqu'au vaisseau ?

Le tenancier appela son fils, un jeune garçon au visage

inexpressif. Gersen luï octroya un pourboire généreux, puis lui fit répéter trois fois le message qu'il voulait qu'il transmette.

— Je dois demander à parler à Mr. Hosey, et lui dire que quelqu'un veut le voir d'urgence à la taverne.

— Exact. File vite maintenant, et rappelle-toi qu'il y a une autre pièce pour toi en réserve. Et surtout, transmet bien le message à Mr. Hosey, et à personne d'autre.

Le jeune garçon s'éloigna. Gersen attendit quelques instants, puis sortit discrètement et le suivit sans se faire voir jusqu'au spatioport.

Le jeune garçon connaissait le factionnaire de service à l'entrée du terrain et, après avoir échangé quelques paroles avec lui, fut autorisé à poursuivre son chemin. Gersen s'approcha le plus près possible. Posté dans l'ombre d'un buisson, il épia et attendit.

Plusieurs minutes passèrent. Lorsque le gamin ressortit du vaisseau, il était seul. Déçu, Gersen étouffa un juron. Lorsque le jeune garçon repassa sur la route à sa hauteur, Gersen sortit de l'ombre. Effrayé, l'enfant poussa un cri et fit un bond de côté.

— Reviens ici, s'écria Gersen. Tu as parlé à Mr. Hosey.

— Oui, monsieur. Je lui ai parlé.

Gersen sorit de sa poche une photographie de Mr. Hoskins, l'éclaira.

— C'est bien cet homme là ?

Le gamin se pencha sur la photo.

— Oui, monsieur. En personne.

— Que t'a-t-il dit ?

Le jeune garçon hésita, lança un regard de côté. Gersen vit briller le blanc de ses yeux.

— Il m'a demandé si je connaissais Billy Windle.

— Billy Windle, hein ?

— Oui, monsieur. Et, naturellement, je ne l'ai jamais vu. Billy Windle est un kourgarou. Et il m'a demandé aussi de vous dire, si vous étiez Billy Windle, que vous devez vous rendre à bord du vaisseau. J'ai répondu que non, que vous étiez un cosmonaute. Et il a dit qu'il ne traiterait avec nul autre que Billy Windle en personne.

— Je vois. Et qu'est-ce que c'est qu'un kourgarou ?

— C'est le nom qu'on leur donne ici. Peut-être que chez vous vous les appelez autrement. Vous savez bien : ces personnes qui boivent la vie d'autres personnes, et qui s'en vont vivre sur la planète Tahmber.

— Et Billy Windle vit sur Thamber ?

Le jeune garçon acquiesça gravement.

— Et c'est un vrai monde, ne vous y trompez pas. Je le sais, parce que c'est là que vivent les kourgarous.

Gersen sourit.

— Tout comme les dragons, les fées, les ogres et les linderlings.

Le garçon prit un air peiné.

— Vous ne me croyez pas.

Gersen sorit une nouvelle pièce.

— Retourne voir Mr. Hosey ; dis-lui que Billy Windle l'attend sur la route, et conduis-le jusqu'ici.

Le gamin roula des yeux terrorisés.

— Vous êtes Billy Windle ?

— Ne t'occupe pas de ce que je suis. Transmets mon message à Mr. Hosey.

L'enfant retourna au vaisseau. Cinq minutes plus tard, il redescendait la rampe de débarquement, suivi de Mr. Hosey — alias Mr. Hoskins, cela ne faisait désormais aucun doute. Ils commencèrent à traverser le terrain.

A ce moment précis, fondant sur eux du haut du ciel obscur, un disque tourbillonnant de lumières rouges et bleues les frôla et se posa un peu plus loin. C'était un aérocar somptueux, orné d'un foisonnement de motifs baroques de toutes les couleurs, d'arabesques dorées et de spires vertes et scintillantes. Aux commandes se trouvait un personnage aux jambes minces et longues et aux épaules musclées. Son costume était aussi flamboyant que l'était son vaisseau. Il arborait une teinture faciale de couleur marron foncé, et ses traits étaient jeunes, réguliers et mobiles. Il portait un turban de tissu blanc prolongé par deux pompons qui pendaient sournoisement sur son oreille droite. Débordant d'une vitalité nerveuse, il sembla littéralement rebondir lorsqu'il sauta à terre.

Mr. Hoskins et le garçonnet s'étaient arrêtés. Le nouveau venu traversa le terrain à grandes enjambées. Il échangea quelques paroles avec Mr. Hoskins, qui parut surpris et désigna la route d'un geste incrédule. Ce doit être Billy Windle, se dit Gersen , frustré, en grinçant des dents. Billy Windle jeta un bref coup d'œil en direction de la route, puis sembla demander quelque chose à Mr. Hoskins. Ce dernier hocha la tête avec un manque d'enthousiasme évident et frappa du plat de la main la saçoche qu'il tenait à la main. Mais, dans le même geste, il sortit une arme qu'il présenta de façon nerveuse et inopinée à Billy Windle, comme pour lui faire comprendre qu'il n'avait aucune intention de s'en laisser conter. Billy Windle se contenta de rire.

Quel pouvait être le rôle de Kokor Hekkus dans tout cela? Billy Windle était-il son émissaire? Il y avait un moyen simple et direct de s'en assurer. Le factionnaire observait les deux hommes avec une attention fascinée. Il n'entendit pas Gersen s'approcher par-derrière et ne sentit rien lorsque ce dernier lui assena un coup calculé pour le faire sombrer aussitôt dans l'inconscience. Gersen revêtit rapidement la casquette et la cape du factionnaire et marcha ostensiblement vers les deux hommes. Une transaction était en cours. Chacun tenait à la main une enveloppe. Billy Windle aperçut Gersen, lui fit signe de retourner au portail. Gersen continua d'avancer en s'efforçant de se donner un air obséquieux.

— Retournez à votre poste, garde! aboya Billy Windle. Laissez-nous à nos affaires.

La façon dont il inclinait la tête en disant cela avait quelque chose d'impalpablement sinistre.

— Pardonnez-moi, monsieur, dit Gersen.

Il bondit en avant, abattit son projac sur la somptueuse

coiffure de Billy Windle. Tandis que ce dernier s'écroulait, Gersen retourna le projac, réglé à l'intensité minimale, sur l'avant-bras de Mr. Hoskins, qui lâcha son arme avec un hurlement de douleur dépité. Gersen ramassa l'enveloppe de Billy Windle, voulut arracher celle que Mr. Hoskins avait encore à la main. Mr. Hoskins fit un pas en arrière, puis se figea devant le projac levé de Gersen.

Gersen le poussa vers l'aérocar.

— Dépêchez-vous. Grimpez là-dedans, ou vous le regretterez.

Les jambes flageolantes, Mr. Hoskins s'empressa d'obéir. En montant dans l'appareil, il essaya de fourer ce qu'il tenait à la main sous sa chemise. Vif comme l'éclair, Gersen tendit le bras et tira vers lui le document, qui se déchira. Après une courte lutte, Gersen se retrouva en possession d'une moitié d'enveloppe tandis que l'autre moitié gisait, hors d'atteinte, quelque part sous le vaisseau. Billy Windle était en train de reprendre conscience. Gersen ne pouvait se permettre de s'attarder plus longtemps. Les commandes de l'aérocar étaient d'un modèle standard. Il poussa à fond le levier de décollage. Billy Windle cria quelque chose que Gersen n'entendit pas puis, au moment où l'aérocar se cabrait, sortit son projac et fit feu. Le rayon d'énergie siffla à l'oreille de Gersen, traversa de part en part la tête de Mr. Hoskins. Tandis que l'appareil prenait son essor, Gersen riposta, mais il était trop loin : le tir se perdit au sol, soulevant une gerbe de poussière irisée.

Lorsqu'il eut suffisamment d'altitude, il changea de cap, fit route en direction de l'ouest et se posa à côté de son astronef. Il hissa à bord le cadavre de Mr. Hoskins et, abandonnant derrière lui l'aérocar bariolé, prit aussitôt l'espace. Il engagea l'interscission : décos mais, il était en sécurité. Aucune force humaine ne pouvait plus l'intercepter. Mission accomplie, avec brio et sans trop de fatigue. Mr. Hoskins était mort et faisait route vers Alphanor, conformément aux instructions. Simple routine, en somme. Et pourtant, Gersen était loin de se sentir pleinement satisfait.

Il estimait n'avoir rien appris, rien accompli, en dehors de l'insiginfiante mission qui l'avait amené sur la planète Bissom. Kokor Hekkus était censé être impliqué dans l'histoire. Maintenant que Mr. Hoskins était mort, Gersen ne saurait jamais pourquoi ni comment.

Le cadavre était un problème. Gersen le traîna jusqu'à la soute arrière, dans laquelle il l'enferma.

Il sortit l'enveloppe qu'il avait arrachée à Billy Windle et l'ouvrit. Elle contenait une feuille de papier rose couverte d'une écriture manuscrite à l'encre violette. Le message était intitulé : *Comment devenir un kourgarou.* Gersen haussa les sourcils : un canular ? Quelque chose lui disait que non. Il lut les instructions, tandis qu'un léger frisson d'horreur lui chatouillait la nuque. Elles n'étaient pas très réjouissantes.

La sénescence résulte de l'épuisement de la substance vitale impartie à l'état de jouvence : cet axiome ne saurait être démenti. Le kourgarou désireux de refaire ses forces au contact du précieux élixir s'adressera à la source la plus évidente : la personne de ceux qui sont jeunes. Le processus sera coûteux, à moins que l'on n'ait accès à un nombre suffisant de telles personnes ; auquel cas on procédera de la manière suivante :

Suivaient les instructions :

Sur des enfants vivants, prélever certains organes et glandes dont on préparera des extraits ; le produit final aura la forme d'un nodule malléable. Implanté dans la glande pinéale du Kourgarou, ce nodule lui confère la jeunesse éternelle.

Gersen rangea le papier et examina le fragment arraché à Mr. Hoskins. Il lut :

... rie de striures, ou plus exactement bandes de densité. Quoique suffisamment discrètes pour passer pratiquement inaperçues, elles sont en outre apparemment dispersées de manière indifférente. Leur espacement critique est proportionnel à la racine carrée des onze premiers nombres premiers. La présence

de six ou plus de ces striures en l'un quelconque des emplacements indiqués suffira à valider...

Tout cela n'avait ni queue ni tête pour Gersen, mais il se trouva grandement intrigué. Quel formidable renseignement Mr. Hoskins avait-il donc détenu, qui fût assez précieux pour être échangé contre le secret de l'éternelle jouvence ?

Il examina une seconde fois les sinistres indications pour se transformer en Kourgarou, et se demanda à quel point elles étaient sérieuses. Puis il détruisit les deux feuilles.

Dès qu'il arriva au spatioport d'Avente, il appela Ben Zaum au visiphone.

— Mission accomplie.

Zaum haussa les sourcils.

— Si vite ?

— Je n'avais aucune raison de m'attarder.

Une demi-heure plus tard, Ben Zaum rencontra Gersen dans une salle d'attente du spatioport.

— Où est Mr. Hoskins ? demanda aussitôt Zaum en jetant à Gersen un regard soupçonneux.

— Il faudra faire venir un corbillard. Il est mort juste avant mon départ de la Planète du Mal — selon votre terminologie.

— A-t-il... Quelles ont été les circonstances ?

— Il était sur le point de conclure une espèce de marché avec un certain Billy Windle. Au dernier moment, ils ont eu une altercation. Windle semblait très déçu. Il a sorti son arme et l'a abattu. J'ai réussi à récupérer le corps.

Zaum gratifia Gersen d'un regard quelque peu suspicieux.

— Est-ce que des documents ont été échangés ? A votre connaissance, est-ce que Billy Windle a recueilli des renseignements de la bouche de Hoskins ?

— Non.

— Vous en êtes sûr ?

— Absolument.

Zaum ne parut pas tout à fait rassuré.

— Vous n'avez rien d'autre à signaler ?

— Ça ne vous suffit pas ? Vous avez Mr. Hoskins. Que vous faudrait-il d'autre ?

Zaum s'humecta les lèvres du bout de la langue.

— Vous êtes sûr de n'avoir rien trouvé sur lui ?

— Rien. Mais j'ai une question à voüs poser.

Zaum poussa un soupir renfrogné.

— Posez toujours. J'y répondrai si cela m'est possible.

— Vous avez cité le nom de Kokor Hekkus. Que vient-il faire dans cette histoire ?

Pendant quelques instants, Zaum parut hésiter. Il se gratta le menton.

— Kokor Hekkus possède de nombreux pseudonymes. L'un d'eux, selon certains de nos informateurs, est Billy Windle.

Gersen hocha tristement la tête.

— C'est ce que je craignais... j'ai raté une occasion qui ne se représentera peut-être jamais plus... Savez-vous ce que c'est qu'un Kourgarou ?

— Un quoi ?

— Un Kourgarou. Apparemment, il s'agit d'une créature immortelle qui vivrait sur Thamber.

D'une voix mesurée, Zaum déclara :

— J'ignore ce que c'est qu'un Kourgarou, et tout ce que je sais de Thamber c'est :

Par l'antique Étoile du Chien droit devant au bord du monde brille Thamber la magnifique...

si je n'ai pas oublié la chanson.

— Vous avez sauté un passage juste après l'*Étoile du Chien : vire d'un quart au nord d'Achernar.*

— Aucune importance, fit Zaum. Je n'ai pas non plus découvert le pays d'Oz. Il poussa un soupir lugubre. Je vous soupçonne de ne pas dire tout ce que vous savez. Mais...

— Mais quoi ?

— Soyez discret.
— Oh ! certainement.
— Et soyez sûr que si vous avez contrecarré les plans de Kokor Hekkus, vous le retrouverez sur votre chemin. Il ne paye jamais de retour un service, et n'oublie jamais une offense.

2

Extrait de l'introduction aux *Princes-Démons* par Caril Carphen (Presses Elucidariennes, New Wexford, Aloysius, Véga) :

« Le lecteur sera fondé à se demander pour quelles raisons, parmi tant de brigands, kidnappeurs, pirates, trafiquants d'esclaves et assassins exerçant en deçà de la Limite, on peut isoler cinq individus et les gratifier du titre de « Princes-Démons ». Tout en reconnaissant volontiers le caractère arbitraire, jusqu'à un certain point, d'une telle démarche, nous avons néanmoins voulu définir sereinement les critères qui, selon nous, justifient l'accession des Cinq à la dignité d'archi-démons du mal.

« Premier point : les cinq Princes-Démons se caractérisent par leur mégalomanie. Il n'est que de considérer la manière dont Kokor Hekkus a acquis son surnom, la Machine à Tuer, ou dont Grendel le Monstre exploite ses « plantations » sur la planète Grabhorne (en créant une société correspondant à sa propre définition), ou encore l'étonnant monument érigé par Lens Larque à sa propre gloire, ou le Palais de l'Amour de Viole Falushe. Nul ne contestera qu'il s'agit ici de personnages peu ordinaires, dotés de vices pour le moins inhabituels (même si Viole Falushe a la réputation d'être vaniteux de sa personne ou si certains « exploits » de Kokor Hekkus évoquent parfois l'inquiétante cruauté d'un enfant torturant un insecte).

« Second point : nous nous trouvons en présence de génies créateurs dont les motivations ne sont nullement la méchanceté, la perversité, l'appât du gain ou la misanthropie, mais de vio-

lentes pulsions internes, la plupart du temps obscures et enrobées de mystère. Pourquoi Howard Alan Treesong glorifie-t-il le chaos ? Quels secrets desseins poursuivent l'impénétrable Grendel ou l'extravagant Kokor Hekkus ?

« Troisième point : la personnalité de chacun des Princes-Démons représente une énigme. Chacun, à sa façon, cultive l'anonymat et l'incognito. Même aux yeux de leurs proches collaborateurs, ils sont sans visage. Ils ne connaissent ni l'amitié ni l'amour (si l'on exepte le narcissisme invétéré du sybarite Viole Falushe).

« Quatrième point, et en contradiction flagrante avec le précédent, nous citerons un autre de leurs traits communs, auquel on ne peut donner d'autre nom que celui d'orgueil incommensurable, de suffisance absolue. Tout se passe, en effet, comme si chacun estimait à part soi avoir été placé par la nature sur un pied d'égalité totale avec le reste de l'humanité.

« Cinquième point : nous n'évoquerons que pour mémoire le conclave historique tenu en 1500 à la Taverne de Smade (traité in extenso *dans notre chapitre premier), au cours duquel les cinq Princes-Démons se reconnurent, peut-être non sans regret, comme pairs, et définirent leurs sphères d'influence respectives.* Ipsi dixeunt ! »

⁂

TELLES furent les circonstances de la seconde rencontre entre Gersen et Kokor Hekkus. Il s'ensuivit une période déprimée au cours de laquelle Gersen passa de longues journées à déambuler le long de l'Esplanade d'Avente et à contempler l'océan du Thaumaturge. Un moment, il avait envisagé un nouveau voyage sur Bissom. Mais la nature chimérique d'un tel projet lui était rapidement apparue : Kokor Hekkus n'avait certainement aucune raison de prolonger son séjour sur la Planète du Mal. Gersen devrait renouer le contact d'une autre façon.

La résolution était plus facile à prendre qu'à exécuter. Il circulait sur le compte de Kokor Hekkus des douzaines d'anecdotes à faire dresser les cheveux sur la tête, mais aucune ne contenait de renseignement bien précis. Certes, la référence à la planète Thamber était un fait nouveau, mais Gersen ne s'y attarda pas. Il y avait peu de chances pour qu'elle conduisît autre part qu'à l'imagination excessive d'un petit garçon.

Le temps passa... une semaine, puis deux. Le nom de Kokor Hekkus fut cité par la presse comme celui de l'instigateur présumé de l'enlèvement d'un riche négociant de Copus, Pi de Cassiopée VIII. Ce qui ne laissa pas de surprendre Gersen : il n'entrait pas dans les habitudes des Princes-Démons de kidnapper les gens pour les rançonner.

Deux jours plus tard, cependant, fut diffusée la nouvelle d'un second kidnapping, cette fois-ci dans les Montagnes Hakluz sur Orpo, Pi de Cassiopée VII. La victime : un important fabricant de conserves de spores alimentaires. Une fois de plus, le nom de Kokor Hekkus était avancé. Lui seul, en fait, donnait quelque intérêts à ces deux nouvelles, par ailleurs fort banales.

La troisième rencontre entre Gersen et Kokor Hekkus fut en corrélation, quoique de façon indirecte, avec ces kidnappings. Il est vrai que les kidnappings eux-mêmes résultèrent, de façon inattendue, du succès de Gersen à Skouse.

Une rencontre fortuite fut à l'origine de tout. Un matin où Gersen était assis sur un bac au milieu de l'Esplanade, un homme d'un certain âge, arborant une teinture faciale bleu pâle et vêtu fort bourgeoisement d'une veste noire et d'un pantalon beige, vint s'asseoir à l'autre extrémité du banc. Quelques minutes plus tard, grommelant une vague formule d'indignation, il repoussa son journal et, se tournant vers Gersen, exprima sa désapprobation des mœurs corrompues de l'époque où ils vivaient :

— Encore un enlèvement ! Encore un innocent expédié à Interéchanges ! Pourquoi ne fait-on rien pour faire cesser ces crimes ? Jusqu'à quand la police se contentera-t-elle de conseiller la prudence à ceux qui ont de l'argent ? Je me demande où nous allons !

Gersen lui fit part de sa totale approbation, mais ajouta qu'il ne voyait pas d'autre solution efficace au problème que de rendre illégale la possession de tout astronef privé.

— Et pourquoi pas? renchérit le vieillard. Je ne possède pas d'astronef, moi, et je m'en passe très bien. Au mieux, ces engins sont des objets de luxe et d'ostentation; au pire, ils favorisent toutes sortes de forfaits, à commencer par le kidnapping. Tenez... (Il frappa son journal du revers de la main.) Dix kidnappings; tous rendus possibles grâce à l'astronef!

— Dix? demanda Gersen, surpris. Tant que cela?

— Et seulement pendant les deux dernières semaines! Songez que tout cet argent prend la direction de l'Au-delà et ne sert qu'à enrichir les fripouilles. Quelle perte pour tout le monde!

Et il poursuivit sa diatribe en faisant remarquer à quel point le respect des valeurs morales s'était dégradé depuis sa jeunesse. Jamais la loi et l'ordre n'avaient été bafoués à un tel point. Seuls les forbans les plus ineptes et les plus malchanceux payaient pour leurs crimes. Et pour illustrer cela, il cita l'exemple d'un individu qu'il avait rencontré pas plus tard que la veille et dont il était certain qu'il avait appartenu à l'entourage de Kokor Hekkus, ce fameux criminel dont le nom avait été prononcé à l'occasion de la série de kidnappings.

Gersen fit part de son étonnement. Le vieillard était-il certain de ce qu'il avançait?

— Parfaitement! Il ne peut y avoir le moindre doute. Je n'oublie jamais un visage, même, comme dans le cas présent, après dix-huit ans.

L'intérêt de Gersen commença à faiblir. Le vieillard poursuivit néanmoins. Il est impossible, se dit Gersen — ou presque impossible — que cet homme soit une créature de Kokor Hekkus.

— ... à Pontrefact, sur Aloysius, où je servais en qualité de Notateur en chef de l'Inquisition. Lors de sa comparution devant la Guldounerie, je me souviens qu'il fit montre d'une insolence particulièrement remarquable, eu égard à la gravité des charges qui pesaient sur lui.

— Et quelles étaient ces charges ?

— Chantage, tentative d'extorsion de fonds, possession illicite d'antiquités, propos injurieux. Et son arrogance était justifiée, car il s'en tira avec une simple réprimande de la cour. Sans aucun doute, Kokor Hekkus avait usé de son influence.

— Et vous dites que vous avez vu cet homme hier ?

— Sans le moindre doute. Je l'ai croisé sur la Bande-Express, alors qu'il se dirigeait vers Sailmaker Beach. Et pour que je tombe, par le plus grand des hasards, sur un seul forban de son acabit, imaginez un peu le nombre de ceux qui doivent, à l'heure qu'il est, se promener dans les rues en toute quiètude.

— C'est très grave, en effet, assura Gersen. On devrait faire surveiller cet homme. Vous ne vous souvenez pas de son nom ?

— Non. D'ailleurs, qu'est-ce que ça peut faire ? Ce n'est ni le nom qu'il utilisait à l'époque, ni celui qu'il doit utiliser maintenant.

— A-t-il un physique particulier ?

Le vieillard réfléchit.

— Pas spécialement. Il a de grandes oreilles, un grand nez. Ses yeux sont petits et rapprochés. Il est plus jeune que moi. D'ailleurs, on prétend que les habitants de Fomalhaut atteignent moins vite leur maturité en raison de leur alimentation, qui épaissit la bile.

— Tiens. C'est un Sandusker.

— Il s'en targuait volontiers, avec une affectation que je qualifierai d'exagérée.

Gersen sourit courtoisement.

— Vous avez une mémoire remarquable. Et vous pensez que ce bandit vit à Sailmaker Beach ?

— Pourquoi pas ? C'est là que les gens de son espèce se rassemblent généralement.

— En effet.

Après quelques remarques supplémentaires, Gersen se leva et prit congé du vieillard.

La Bande-Express se dirigeait vers le nord, parallèlement à l'Esplanade, puis s'incurvait en direction du Tunnel LoSasso pour aboutir finalement à Marish Square, en plein cœur de Sailmaker Beach. Gersen connaissait modérément le quartier. Du centre de la place, il pouvait presque, en levant la tête vers les hauteurs de Melnoy, apercevoir la maison où Hildemar Dasce avait jadis résidé[1]. Un moment, les pensées de Gersen se teintèrent de mélancolie. Puis il revint à des préoccupations plus actuelles. Retrouver la trace d'un Sandusker anonyme était une tout autre affaire que traquer le Beau Dasce, dont le visage, une fois connu, ne pouvait plus jamais être oublié.

Autour de la place étaient alignées des maisons basses aux murs épais de coquina aggloméré de couleur blanche rose, lavande ou bleu pâle. A la lumière de Rigel, elles se paraient de reflets irisés et comme incandescents, tandis que par contraste les embrasures des portes et des fenêtres apparaissaient d'un noir pur. Un côté de la place était bordé par une série d'arcades qui abritaient des boutiques de toutes sortes, principalement fréquentées par les touristes. Sailmaker Beach, avec ses enclaves où se regroupaient les ressortissants de mondes lointains, était un spectacle unique dans l'Œcumène, à l'exception peut-être de certains quartiers de la terre.

Au premier kiosque, Gersen acheta un *Guide de Sailmaker Beach.* Nulle mention n'était faite d'un quartier sandusker. Gersen retourna au kiosque. La marchande était une femme de petite taille, grosse, presque ronde en fait, au fond de teint d'un vert crayeux. Une Troll de la planète Krokinole, peut-être.

Gersen s'informa :

— Savez-vous où vivent les Sanduskers ?

La marchande réfléchit.

— Des Sanduskers, je n'en connais pas tellement. Vous en trouverez quelques-uns au bas de la rue Ard. C'est

1. *Le Prince des Étoiles,* Presses Pocket édit.

encore là qu'ils sont le moins gênants, vu que les odeurs de cuisine sont emportées vers la mer.

— Où achètent-ils à manger ?

— Vous appelez ça du manger. De la nourriture, oui. Vous n'êtes pas Sandusker ? Non. Ça se voit. Toujours dans la rue Ard. Tournez là-bas... vous voyez ces deux types à la pelisse noire ? Juste après. C'est la rue Ard. Bouchez-vous le nez.

Gersen lui rendit le *Guide de Sailmaker Beach,* qui réintégra aussitôt l'étalage. Puis il traversa la place, contourna les deux hommes et s'engagea dans la rue Ard. C'était une impasse plutôt qu'une rue, et elle descendait en pente douce jusqu'à la mer. Il dépassa une série de salons de thé et de tripots aux rideaux tirés, d'où s'échappait une odeur d'encens pas tellement désagréable. Puis la rue Ard traversa un quartier sordide où pullulaient d'horribles marmots aux yeux bistres, aux oreilles ornées de gigantesques pendeloques dorées et vêtus à peu près uniquement de chemises vertes ou rouges qui leur descendaient jusqu'au nombril. En approchant de la mer, la ruelle s'élargissait pour se terminer en une sorte de cour au pied de la digue. Gersen comprit brusquement le bien-fondé de la remarque de la marchande de journaux. Une puanteur aigre-douce de nature organique et qui lui distendait les narines stagnait en effet dans l'atmosphère de la cour. En faisant la grimace, Gersen se dirigea vers la boutique d'où semblaient émaner les odeurs. Il prit sa respiration, pencha la tête en avant et entra. De chaque côté se trouvaient de larges écuelles en bois emplies de substances pâteuses ou liquides, où surnageaient parfois des objets solides. Au plafond pendaient des chapelets d'aliments desséchés à peu près gros comme le poing et de la couleur bleu vert. Tout au fond, derrière un comptoir chargé de saucisses flasques et roses, se tenait un jeune homme d'une vingtaine d'années, au visage de clown, portant une blouse à carreaux noirs et bruns et un turban de velours noir. Mollement accoudé à son comptoir, il regarda Gersen évoluer entre les rangées d'écuelles sans que son visage manifeste le moindre signe d'intérêt.

— Vous êtes un Sandusker? demanda Gersen.

— Et quoi d'autre?

Il avait dit cela sur un ton que Gersen ne parvenait pas à identifier: un mélange complexe d'humeurs discordantes, où l'orgueil avoisinait l'indifférence et où l'humilité le disputait à l'insolence. Le jeune homme demanda:

— Désirez-vous manger?

Gersen secoua négativement la tête.

— Je ne partage pas votre religion.

— Ha! ha! fit le jeune homme. Vous connaissez la planète Sandusk, alors?

— J'en ai entendu parler.

— Il ne faut pas croire ce que racontent les gens. On voudrait nous faire passer pour des fanatiques religieux qui absorbent de la nourriture corrompue en guise de mortification. C'est une interprétation tout à fait erronée. Tenez. Etes-vous impartial?

Gersen réfléchit.

— Il m'arrive de l'être.

Le jeune homme se dirigea vers l'une des écuelles et y puisa une boule ruisselante de pâte brunâtre à la croûte noire.

— Jugez-en par vous-même. Faites confiance à votre palais plutôt qu'à votre nez.

Fataliste, Gersen haussa les épaules et goûta. L'intérieur de sa bouche sembla se convulser, puis se dilater. Sa langue se rétracta au fond de sa gorge.

— Eh bien? demanda le jeune homme.

— Je ne croyais pas cela possible, dit Gersen, mais le goût est encore pire que l'odeur.

Le jeune homme soupira.

— C'est l'opinion généralement établie.

Gersen se frotta la bouche d'un revers de la main.

— Connaissez-vous tous les Sanduskers du quartier?

— Assurément.

— Je suis à la recherche d'un homme grand, atteint d'un léger strabisme, avec un doigt en moins à la main gauche et une chevelure flottante comme la queue d'une comète.

Le jeune homme sourit placidement.

— Son nom ?

— Je l'ignore.

— Le signalement correspond à Powel Darling. Il est retourné à Sandusk.

— Je vois. Eh bien, tant pis. L'argent sera reversé au Trésor.

— Dommage. De quel argent s'agit-il ?

— Un legs important laissé par une vieille dame excentrique à deux Sanduskers qui l'ont obligée; d'après ce qui m'a été dit, l'autre non plus n'est pas disponible pour l'instant.

— Et qui est cette autre personne ?

— Oh ! il a quitté Alphanor le mois dernier.

— Vraiment ?

Le jeune homme sembla ruminer.

— Qui cela pourrait-il être ?

— Je ne connais pas non plus son nom. C'est un homme d'âge assez avancé, avec de grandes oreilles, un grand nez et des yeux rapprochés.

— Cela ressemble à Dolver Cound. Mais il est ici, lui.

— Comment ! Vous en êtes certain ?

— Oh ! oui. Descendez jusqu'à la digue, frappez à la seconde porte à gauche.

— Je vous remercie.

— Il est d'usage de payer les denrées consommées à l'intérieur de l'établissement.

Gersen se sépara d'une pièce de monnaie et quitta la boutique. Dehors, l'air était presque pur.

La digue était perpendiculaire à la rue Ard. Une vingtaine de pieds en contrebas, l'océan, translucide et miroitant sous l'effet des rayons de Rigel, était doucement agité par la houle. Gersen tourna sur la gauche et s'arrêta devant la deuxième porte, qui donnait accès à une villa étroite à la façade recouverte, selon le style du pays, d'un rugueux aggloméré de coquina.

Gersen frappa. Un bruit de pas traînants lui parvint de l'intérieur. La porte s'ouvrit lentement, et Dolver Cound apparut sur le seuil. C'était un homme corpulent et plus âgé que Gersen ne s'y était attendu. Il avait une figure ronde et rougeaude, et des lèvres couperosées.

— Vous désirez ?

Gersen fit un pas en avant.

— Vous permettez que j'entre ?

Cound émit une espèce de glapissement de protestation, mais le laissa passer. Gersen examina la pièce d'un regard circulaire. Ils étaient seuls. Le mobilier était passablement défraîchi ; un tapis rouge et mauve, usé jusqu'à la trame, occupait toute la largeur de la pièce. Sur un réchaud mijotait le repas de midi de Dolver Cound. Les narines de Gersen tressaillirent involontairement.

Recouvrant son équilibre, Cound gonfla sa poitrine.

— Que signifie cette intrusion ? Que venez-vous chercher ici ?

Gersen posa sur lui un regard lourd de mépris.

— Dolver Cound... l'heure est venue d'expier vos forfaits.

— Que me voulez-vous ?

Gersen exhiba une plaque d'identification analogue aux insignes utilisés dans la CCPI et sur laquelle sa photo jouxtait une étoile translucide à sept branches. Il porta la plaque à son front. L'étoile s'alluma. Dolver Cound contemplait tout cela d'un air fasciné, la bouche entrouverte.

— Je suis membre de l'Organe Exécutif de la Nouvelle Dispensation de Pontrefact, Aloysius, Véga 111. Il y a dix-huit ans, vous avez été jugé par la Guldounerie qui vous a abusivement acquitté. Votre procès doit être révisé. Je vous déclare en état d'arrestation.

Cound se mit à bégayer d'excitation, puis s'écria finalement d'une voix suraiguë :

— Cela ne fait pas partie de votre juridiction, vous n'avez pas le droit ! Et puis, je ne suis pas celui que vous cherchez.

— Ah non ? Qui dois-je appréhender, alors ? Kokor Hekkus ?

Cound passa le bout de sa langue sur ses lèvres violacées, regarda la porte. « Sortez d'ici. Ne revenez jamais. Je ne veux pas avoir affaire avec vous. »

— Et Kokor Hekkus ?

— Ne prononcez pas ce nom devant moi !

— Quelqu'un doit payer. Vous ou lui. Pour le moment, il n'est pas disponible. Vous devez me suivre. Je vous donne dix minutes pour rassembler quelques affaires.

— C'est ridicule ! Grotesque ! Absolument abracadabrant !

Gersen sortit son projac au grand jour en posant sur Cound un regard mauvais. Soudain radouci, le Sandusker s'écria d'une voix mièvre :

— Voyons, voyons, il doit y avoir un malentendu. Asseyez-vous ! C'est la coutume. Puis-je vous offrir quelque chose à boire ?

— Une spécialité de Sandusk ? Non, merci.

— J'ai quelque chose de moins fort : un arrack des Provinces Océaniques.

Gersen accepta. Cound prit une bouteille, un plateau et deux verres sur une étagère. Il versa à boire. Gersen s'étira, puis bâilla, feignant l'insouciance. Cound s'avança lentement avec le plateau et prit l'un des deux verres. Gersen prit l'autre et examina le liquide ambré, à la recherche d'une trace infime indiquant la présence d'un autre liquide ou d'une poudre imparfaitement dissoute. Cound l'observait sournoisement. La méfiance étant de mise dans de telles circonstances, il devait s'attendre, se dit Gersen, à un échange de verres.

— Buvons ! dit Cound en levant son verre. Gersen le regarda faire, amusé.

Cound reposa le verre sans l'avoir touché.

— Vous ne buvez pas ? Gersen prit les deux verres, mélangea leur contenu et les replaça sur la table.

— Buvez le premier.

— Jamais avant un invité. C'est contraire à l'usage.

— De mon côté, je ne puis boire avant mon hôte. Mais peu importe. Nous boirons ensemble pendant notre voyage à Pontrefact. Puisque vous ne désirez pas rassembler vos affaires, nous partons tout de suite.

Le visage de Cound s'affaissa en une pitoyable expression de consternation.

— Je n'irai nulle part avec vous. Vous ne pouvez pas me faire ça. Je suis un vieillard, ma santé est fragile. Vous n'avez donc nulle pitié ?

— C'est vous ou Kokor Hekkus. Telles sont mes instructions.

Cound jeta un regard furtif en direction de la porte.

— Ne prononcez pas ce nom ! lança-t-il d'une voix déchirée d'angoisse.

— Dites-moi tout ce que vous savez de lui.

— Jamais.

— Alors suivez-moi. Dites adieu à Rigel. Désormais, Véga sera votre soleil.

— Je n'ai rien fait ! Vous n'avez donc aucun discernement ?

— Dites-moi ce que vous savez de Kokor Hekkus. Il nous intéresse plus que vous.

Cound prit une inspiration profonde, ferma les yeux.

— Soit. Mais si je parle, devrai-je quand même retourner sur Aloysius ?

— Je ne vous promets rien.

Cound soupira. « Je sais peu de choses... » Et il se lança dans un long discours destiné à établir le caractère fortuit de ses relations avec Kokor Hekkus.

— J'ai été faussement accusé ; même la Guldounerie a fini par l'admettre.

— Tous les membres encore vivants du tribunal qui vous a jugé sont en état d'arrestation. Les coupables seront énergiquement châtiés. Et maintenant, j'exige toute la vérité. Je suis loin d'être satisfait !

Cound s'affaissa finalement dans son fauteuil et se déclara prêt à parler. Mais d'abord, il exprima le besoin de consulter certaines notes. Il alla chercher quelques papiers dans un tiroir, d'où il sortit une arme. Gersen, dont le projac était braqué en prévision d'un tel geste, la lui fit sauter des mains. Cound tourna lentement vers lui un visage effaré aux yeux larmoyants. Il toucha son bras inerte, regagna son siège en titubant et se mit à parler sans plus de détours. Il devint volubile, même, prodiguant les renseignements comme si son inhibition de tout à l'heure s'était résolue en un effet contraire. Oui, il avait assisté Kokor Hekkus, il y avait dix-huit ans de cela, au cours de certaines opérations qui s'étaient déroulées principalement sur Aloysius. Kokor Hekkus désirait entrer en possession d'un certain nombre d'objets d'antiquité. Sur Aloysius même, ils avaient pillé le château de Creary, l'abbaye de Bodelsey et le musée Houl. C'est au cours de cette dernière expédition que Cound avait été appréhendé par les Chevaliers de la Justice. Mais Kokor Hekkus était intervenu, et le tribunal de la Guldounerie avait relaxé Cound après une simple réprimande. Là-dessus, sa participation aux agissements de Kokor Hekkus était devenue moins active, et avait complètement cessé depuis dix ans.

Gersen le pressa de donner de plus amples détails. Cound fit un geste d'impuissance.

— Son apparence ? C'est un homme comme les autres. Il n'y a rien à dire sur lui de particulier. Il est de taille moyenne, d'âge indéterminé. Son physique est plutôt agréable, sa voix est douce, excepté lorsqu'il est en colère : dans ces moments-là, sa voix vous parvient comme s'il parlait dans un tuyau, à partir d'un monde lointain. C'est un homme étrange : indifférent la plupart du temps, il sait être courtois lorsqu'il en a envie. Il est fasciné par les objets d'art, les antiquités, les machines complexes. Savez-vous d'où lui vient son nom ?

— C'est une histoire que je n'ai jamais entendue.

— Il signifie « la Machine à Tuer » dans le langage d'un monde secret des confins de l'Au-delà. Colonisé à une époque reculée, ce monde fut peu à peu délaissé, puis oubié, jusqu'à ce que Kokor Hekkus le redécouvre. Pour châtier les habitants d'une cité qui refusait de se soumettre à lui, il fit construire un énorme bourreau métallique muni d'une lourde hache qui tranchait le corps en deux parties. Plus terrifiant encore était l'horrible cri que poussait l'ogre de métal chaque fois que retombait son instrument. A partir de là, le nom de Kokor Hekkus lui est resté... Voilà tout ce que je sais.

— Quel dommage, déclara Gersen, que vous ne puissiez pas m'indiquer où il se trouve. L'un de vous deux doit être déféré aux autorités de Pontrefact.

Cound se tassa au creux de son siège, aussi mollement qu'une baudruche qui se vide.

— Je vous ai tout dit, murmura-t-il. Pourquoi vous acharner sur un pauvre vieillard ? Est-ce cela qui vous rendra les objets d'art ?

— La justice doit suivre son cours. A moins que vous ne me donniez les moyens de retrouver Kokor Hekkus, vous devriez expier vos forfaits conjugués.

— Comment pourrais-je vous livrer Kokor Hekkus ? demanda Cound d'une voix lugubre. C'est tout juste si j'ose prononcer son nom.

— Quel est le nom de ses acolytes ?

— Je ne sais pas. Il y a des années que je ne le vois plus. A cette époque-là... Cound se tut.

— Eh bien ?

Cound passa le bout de sa langue sur ses lèvres bleuies.

— Cela ne saurait intéresser les autorités de Pontrefact.

— J'en jugerai par moi-même.

Cound exhala un profond soupir.

— Je ne peux pas vous le dire.

— Pourquoi ?

Cound fit un geste vague.

— Je ne veux pas mourir d'une horrible façon.
— Et à Pontrefact ? Savez-vous ce qui vous attend ?
— Non ! Je ne peux pas en dire plus long.
— Vous avez très bien su jusqu'à présent surmonter ce genre d'appréhension.
— Tout ce que je vous ai dit appartient au domaine public, admit Cound en toute ingénuité.
Gersen sourit ; il se le leva.
— Suivez-moi.
Cound ne bougea pas. Il déclara finalement d'une voix sourde :
— J'ai connu trois hommes qui travaillaient avec Kokor Hekkus. Il y a eu Ermin Strank, Rob Castilligan et un individu qu'on appelait Hombaro. Stank était originaire de l'Union, j'ignore de quelle planète exactement. Castilligan venait de Boniface, Véga. Je ne sais rien sur Hombaro.
— Les avez-vous rencontrés récemment ?
— Assurément pas.
— Possédez-vous des photographies ?
Cound déclara ne rien posséder. Figé dans son fauteuil dans une attitude d'hostilité renfrognée, il observa Gersen tandis que ce dernier faisait lentement le tour de la pièce à la recherche d'une cachette plausible pour de tels documents. Au bout d'un moment, Cound observa d'un ton venimeux :
— Si vous connaissiez tant soit peu les Sanduskers, vous ne chercheriez pas de photos ici. Nous sommes tournés vers l'avenir, et non vers le passé.
Gersen abandonna finalement ses recherches. Cound l'observait du coin de l'œil. Il semblait réfléchir à quelque chose.
— Puis-je vous demander votre titre exact ?
— Agent spécial.
— Vous n'êtes pas un Aloysien. Où est votre orifice trachéen ?
— Peu importe.

— Si vous posez des questions un peu partout sur Kokor Hekkus, il finira par le savoir.

— Dites-le lui vous-même, si vous voulez.

Cound émit un rire âpre.

— Très peu pour moi, mon garçon. Même si je savais où m'adresser, je m'en garderais comme de la peste.

— Il ne me reste plus qu'à vous enlever tout votre argent et jeter vos ignobles provisions à la mer.

— Comment ! Le visage de Cound, de nouveau, était devenu larmoyant.

Gersen se dirigea vers la porte.

— Vous êtes un gros tas de rien du tout. Vous ne valez pas la peine qu'on s'occupe de vous. Je m'en vais. Estimez-vous heureux de vous en tirer à si bon compte.

Gersen quitta la villa, remonta la rue Ard jusqu'à Marish Square et emprunta le trottoir roulant jusqu'à Avente. Il était loin d'être satisfait des résultats obtenus. Dolver Cound possédait probablement d'autres renseignements importants, et il n'avait pas eu suffisamment d'adresse ou de cruauté pour les lui extorquer. Qu'avait-il appris au juste ?

Kokor Hekkus avait été ainsi baptisé par les habitants d'un monde mystérieux.

Dix ans plus tôt, trois individus dénommés Ermin Stank, Hombaro et Rob Castilligan avaient servi sous les ordres de Kokor Hekkus.

Kokor Hekkus était fasciné par les machines complexes ; il appréciait les antiquités et vouait un culte à la beauté.

Gersen occupait une chambre à un étage élevé de l'hôtel Credenze. Le lendemain de son entretien avec Dolver Cound, il se leva avant que Rigel fût apparu derrière les collines de Catiline, enduisit sa peau du fond de teint ocre foncé à la mode depuis quelque temps et revêtit un costume sobre de couleur vert foncé. Il quitta l'hôtel par une porte dérobée. Il prit le métro, commença par déjouer toute possibilité de détection, électronique ou autre, puis se rendit à Cort Tower Station. Là, un ascenseur le conduisit jusqu'à un vaste hall d'entrée. Il s'installa à bord d'une capsule monoplace. Dès que la porte se fut refermée sur lui, une voix s'enquit de son identité et de sa destination. Gersen donna les renseignements demandés et ajouta son numéro de code de la CCPI. Dès lors il n'y eut plus aucune question. La capsule s'éleva d'une trentaine d'étages, parcourut latéralement une certaine distance et le déposa dans le bureau de Ben Zaum. C'était une double pièce située sur la façade occidentale de la tour et ornée de larges baies permettant d'obtenir un magnifique panorama du sud de la capitale et du littoral conduisant à Remo. Des étagères disposées le long des murs recelaient d'innombrables bibelots, trophées, armes anciennes et globes planétaires. A en juger d'après son bureau, Ben Zaum devait être assez haut placé dans la hiérarchie de la CCPI. Gersen ne savait rien de précis là-dessus. Son titre, Mandateur de la Section Ombrienne, pouvait signifier à peu près n'importe quoi.

Zaum accueillit Gersen avec une cordialité prudente.

— Je suppose que vous venez chercher du travail. Que faites-vous pour dilapider tout votre argent ? Les femmes ? il n'y a pas un mois de cela, vous avez touché quinze mille UVS...

— Je n'ai pas besoin d'argent. Pour parler franchement, ce sont des renseignements que je désire.

— Gratuitement ? Ou êtes-vous disposé à nous verser une commission ?

— A combien estimez-vous des renseignements touchant Kokor Hekkus ?

Les prunelles bleutées de Zaum se contractèrent imperceptiblement.

— Vous êtes preneur ou vendeur ?

— Les deux.

Zaum réfléchit un instant.

— Il figure en principe sur la liste rouge... officiellement, nous ne savons même pas s'il est vivant ou pas. A moins que, bien sûr, quelqu'un de nous charge d'effectuer une enquête.

Gersen accueillit cette nouvelle dérobade avec un sourire poli.

— J'ai appris hier d'où il tenait son nom.

Zaum hocha la tête d'un air blasé.

— Je connais l'histoire. Plutôt sinistre. Elle contient sans doute une part de vérité. A propos... je ne voudrais pas refroidir votre enthousiasme, mais...

Il ouvrit un tiroir.

— L'autre jour, les défouineurs ont épinglé un de nos hommes sur Palo et l'ont livré à Kokor Hekkus. Il nous a été retourné dans un état que je ne décrirai pas. Kokor Hekkus a également envoyé un message. Zaum lut le papier qu'il tenait a la main. « *Une de vos fouines a récemment accompli à Skouse un acte inqualifiable. La créature que vous avez sous les yeux, en comparaison de ce qui attend cet homme, a eu un sort enviable. S'il est tant soit peu téméraire, qu'il vienne se faire connaître dans l'Au-delà. Je promets solennellement que les vingt prochaines fouines capturées seront alors libérées sur-le-champ.* »

Gersen esquissa un sourire anémique.

— Il est en colère.

— Plutôt. Il fera tout pour se venger. Je me demande ... Zaum hésita un instant. Je me demande s'il tiendrait sa promesse.

Gersen haussa les sourcils.

— Vous suggérez que je me livre à Kokor Hekkus ?

— Je n'ai pas dit ça... pas exactement. Mais comprenez mon point de vue : une vie contre vingt. Avec la crise de recrutement que...

— Seuls les incapables se font prendre, dit Gersen. Leur perte renforce votre organisation. Il parut réfléchir un instant. Mais votre suggestion est intéressante. En tant qu'instigateur de l'opération, pourquoi ne pas vous livrer en même temps que moi ? Il échangerait certainement cinquante fouines contre nos deux vies.

Zaum fit la grimace.

— Vous ne parlez pas sérieusement. Mais d'où vient votre intérêt pour Kokor Hekkus ?

— Je suis un citoyen soucieux du bien public.

Zaum déplaça avec application quelques objets de bronze qui ornaient son bureau.

— J'en suis un autre. Que savez-vous ?

Il n'y avait rien à gagner à tergiverser davantage.

— Trois noms viennent d'être portés à ma connaissance... ces trois hommes ont travaillé pour Kokor Hekkus il y a une dizaine d'années. Ils figurent peut-être dans votre fichier.

— Quels ont ces noms ?

— Ermin Strank. Rob Castilligan. Hombaro.

— Race ? Nationalité ? Planète d'origine ?

— Je ne sais pas.

Zaum bâilla, s'étira, alla à la fenêtre contempler la cité qui s'étendait devant lui. La journée était ensoleillée mais il y avait du vent. Très loin, au-dessus de l'océan du Thaumaturge, flottaient d'épais cumulus aux contours déchirés. Au bout d'un moment de réflexion placide, Zaum regagna sa place à son bureau.

— Je n'ai pas grand-chose de mieux à faire en ce moment, dit-il.

Il manipula une série de touches sur la console disposée à côté du bureau. Sur le mur opposé, un million de points apparurent et se stabilisèrent pour former une série de lettres :

ERMIN STRANK
n°1 et 5 rubriques

Suivait une liste codée de caractéristiques physiques

flanquée sur la gauche d'une photo et d'une série de noms d'emprunt, et sur la droite d'un résumé de la vie et de la carrière d'Ermin Strank n°1. Né sur Quantique, sixième planète d'Alphard le Solitaire, sa spécialité était de faire passer de la drogue sur le territoire des Iles Wakwana. Ermin Strank n°1 n'avait jamais quitté sa planète natale.

— Ce n'est pas le bon, déclara Gersen.

Ermin Strank n°2 apparut. En surimpression sur sa fiche était la mention, en caractères rose pâle : *Décédé*, suivie de la date : *10 mars 1515*.

Ermin Strank n° 3 avait sa résidence à l'autre extrémité de l'Œcumène, sur Vadilov, l'unique planète de Sabik, ou Eta d'Ophiuchus. Il exerçait l'activité de recéleur. Comme Ermin Strank n° 1, il n'avait pratiquement jamais quitté la planète où il était né, à l'exception d'un séjour de deux ans à Durban, sur Terre, au cours duquel il avait gagné sa vie de façon apparemment honnête en travaillant dans un entrepôt.

Ermin Strank n° 4 était un individu d'âge moyen, court et trapu, au visage cruel surmonté d'une chevelure rousse, présentement détenu à Killarney, le satellite pénitentiaire du système de Véga, où il avait passé les six dernières années.

— C'est lui, déclara Gersen.

Zaum pianota aussitôt sur la console. La fiche d'Ermin Strank n° 4 s'enrichit de la mention : Présumé complice de Kokor Hekkus.

— C'est tout pour Ermin Strank ? demanda Zaum.

— Je crois que oui.

Sur l'écran défilèrent ensuite une série de Hombaro dont le plus plausible avait disparu de la circulation il y avait une huitaine d'années et était présumé mort.

Huit individus du nom de Rob Castilligan avaient les honneurs du fichier. L'homme qui avait cambriolé, entre autres, le château de Creary, l'abbaye de Bodelsey et le musée Houl était sans conteste le n°2. Une mention récente portée à la suite de la biographie attira l'attention de Gersen : Rob Castilligan n°2 avait été arrêté cinq jours plus tôt dans la province de Garreu, en Scythie, continent situé dans l'hémisphère opposé d'Alphanor, pour avoir participé à un kidnapping.

— Une personnalité plutôt polyvalente, votre Castilligan, remarqua Zaum. Vous désirez des détails sur le kidnapping ?

Gersen fit un signe d'assentiment. De nouvelles indications apparurent sur l'écran. Les victimes : les deux jeunes enfants de Duschane Audmar, membre de l'Institut au quatre-vingt-quatorzième degré, supposé immensément riche. Au cours d'une promenade en barque sur le lac en compagnie de leur précepteur, un glisseur de surface avait brusquement foncé dans leur direction et les avait accostés. Les enfants avaient été capturés tandis que le précepteur réussissait à plonger et à s'éloigner en nageant sous l'eau. Il avait dès que possible alerté la police, qui avait agi avec célérité et efficacité. Rob Castilligan avait été appréhendé aussitôt après, mais ses deux complices avaient pu s'enfuir avec leurs victimes. Le père, Duschane Audmar, avait accueilli la nouvelle avec sérénité, et semblait se désintéresser de l'affaire. Vraisemblablement, les enfants seraient conduits à Interéchanges, d'où ils pourraient être libérés, contre « résiliation » de leur « gage » (selon le jargon en usage à Interéchanges).

L'attention de Zaum était maintenant pleinement éveillée. Il se renversa dans son fauteuil et examina Gersen avec une curiosité non dissimulée.

— Si je comprends bien, vous êtes mandaté par Audmar ?

Gersen secoua négativement la tête.

— Un membre de l'Institut ? Vous n'y pensez pas.

Zaum haussa les épaules.

— Il n'est qu'au quatre-vingt-quatorzième degré. Peut-être lui manque-t-il encore quelques échelons pour accéder à la béatitude céleste.

— S'il était au soixantième ou au soixante-dixième,

peut-être. Au quatre-vingt-quatorzième, c'est pratiquement impossible.

— Le kidnapping ne vous intéresse pas, alors? demanda Zaum, qui avait cru déceler quelque chose d'évasif dans la réponse de Gersen.

— Il m'intéresse, mais c'est la première fois que j'en entends parler.

Les lèvres de Zaum se contractèrent imperceptiblement.

— La question qui se pose, naturellement, est de savoir...

Gersen comprit qu'il était en train de spéculer sur la participation possible de Kokor Hekkus à cette affaire. En s'installant une fois de plus devant la console, Zaum déclara :

— Voyons ce que Castilligan a à dire.

Il y eut une attente de cinq minutes, au cours de laquelle Zaum parla à divers responsables du Commissariat, de la province de Garreu ; au bout de deux autres minutes, Castilligan fut amené devant l'écran. C'était un homme alerte à l'allure distinguée et au visage glabre et bon enfant. Ses cheveux d'un noir luisant étaient plaqués en arrière sur son crâne. Il ne portait aucun fond de teint et sa peau avait une blancheur marmoréenne. Fort courtois, et même cordial dans ses manières, il se comportait en invité comblé d'honneurs plutôt qu'en pensionnaire de la maison d'arrêt de la province de Garreu. Zaum se présenta ; Gersen resta dans l'ombre, en dehors du champ de l'objectif. Castilligan prit la parole d'une voix chantante et légèrement amusée :

— Le grand Zaum, de la CCPI. Tout cela pour ma misérable personne. Et que puis-je faire pour vous obliger, à part dévoiler les secrets de mon cœur ?

— Cela suffit, répondit Zaum sèchement. Comment vous êtes-vous fait prendre ?

— Bêtement. J'aurais dû quitter Alphanor en même temps que les autres. J'ai préféré rester. L'Au-delà m'ennuie. Je suis un être délicat.

— Vous serez traité avec toute la délicatesse requise.

Castilligan secoua la tête avec un regret lointain, comme impersonnel.

— Oui ; c'est dommage. Je pourrais demander la modification, mais je m'aime bien trop tel que je suis, vices et tout. Modifié, je serais un type assommant.

— C'est votre affaire, bien sûr, fit Zaum. Et puis, ce n'est pas si mal que ça si vous aimez la vie en plein air.

— Non, répondit Castilligan d'un air sombre.

« J'ai réfléchi à tout ça, ça ressemble trop à la mort. Adieu le fier, le spirituel Rob Castilligan ; avec lui disparaît toute la joie de vivre, toute la lumière du monde. A sa place s'amène le triste, l'honnête Robert Meachum Castilligan, morne comme un cloporte, incapable de voler un morceau de viande pour sa grand-mère affamée. Très peu pour moi. Avec de la chance, j'entends sortir de ce satellite d'ici cinq ans ou moins.

— Vous envisagez donc de coopérer avec les autorités ?

Castilligan esquissa une grimace impudente.

— Aussi peu que possible, mais suffisamment toutefois pour gagner une médaille de bonne conduite.

— Quels étaient vos complices dans le kidnapping des enfants Audmar ?

— Allons, cher monsieur, vous ne voudriez pas me faire donner mes petits copains ? Vous n'avez jamais entendu parler de l'honneur du milieu ?

— Ne venez pas me parler d'honneur. Vous n'êtes pas meilleurs que le reste d'entre nous.

Castilligan l'admettait volontiers.

— D'autant plus que je me suis déjà confié sur ce point à la police.

— Comment s'appellent vos complices ?

— August Wey, Pyger Symzy.

— Kokor Hekkus n'y a pas participé directement ?

Castilligan laissa brusquement tomber les coins de sa bouche. Il essaya de s'en tirer par une pirouette.

— Allons, allons... quel besoin avez-vous de jeter un

nom comme celui-là au milieu d'une conversation sérieuse?

— J'ai cru vous entendre parler tout à l'heure d'une certaine médaille?

— Certes, certes, déclara Castilligan. Mais pas d'une couronne pour mes funérailles.

— Supposons, fit Zaum sur le ton de la conversation, que grâce à vos indications nous mettions la main sur Kokor Hekkus. Vous imaginez d'ici la merveilleuse médaille que cela ferait. Vous seriez nommé au moins directeur honoraire de la CCPI!

Castilligan jeta un bref regard de côté tout en mordillant pensivement le bout de sa langue.

— Vous êtes mandaté pour retrouver Kokor Hekkus?

— A supposer que nous ne le soyons pas, nous pourrions toujours proposer sa carcasse au plus offrant et gagner une fortune. Vingt-cinq planètes donneraient n'importe quoi pour voir la couleur de ses entrailles.

Castilligan eut un rictus soudain qui dévoila l'éclat immaculé de ses dents.

— A vrai dire, je n'ai rien à cacher, car rien de ce que je sais ne saurait porter préjudice à Kokor Hekkus.

— Où se trouve-t-il en ce moment?

— Au-delà de la Limite, j'imagine.

— A-t-il participé en personne à l'affaire Audmar?

— Non, à moins qu'il ne se soit fait passer pour quelqu'un d'autre. En fait, je n'ai jamais rencontré Kokor Hekkus en chair et en os. C'est toujours: *Rob, tu feras ceci,* et: *Rob, tu feras cela,* transmis par quelque moyen détourné. C'est un être renfermé que ce Kokor Hekkus, vous savez.

— Vous avez jadis pillé un certain nombre de musées et d'autres lieux de ce genre. Pour quelle raison?

— Parce que j'étais payé pour le faire. Il avait jeté son dévolu sur des antiquités, et tant que Rob l'astucieux ne les lui a pas dérobées à la source, il n'y a rien eu à faire. Mais tout cela c'est du passé. Mes premières armes, en quelque sorte.

— Et les autre enlèvements ? A combien d'entre eux avez-vous participé ?

Castilligan fit une moue délicate.

— Je ne puis répondre à cette question. Cela pourrait porter préjudice à mon dossier.

— Très bien. Combien ont été portés à votre connaissance ?

— Récemment, quatorze. Par récemment, j'entends depuis le début du mois.

— Quatorze !

Castilligan arbora son plus beau sourire.

— Oui, cela commence à faire quelque bruit. Je me suis demandé le pourquoi de la chose, mais... Il haussa les épaules. Qui suis-je, pour prétendre deviner la pensée de Kokor Hekkus ? Il faut croire que, comme tout le monde, il a besoin d'argent.

Zaum interrogea Gersen du coin de l'œil et mit le volume sonore à zéro. Gersen demanda :

— Que sait-il d'autre sur Kokor Hekkus ?

Zaum relaya la question. Un tic nerveux agita le visage du prisonnier.

— Je trouve que vous en prenez bigrement à votre aise avec ma santé. Supposez que j'en dise assez pour que vous puissiez inquiéter Kokor Hekkus — Dieu merci, je ne dispose d'aucun renseignements de ce genre, mais supposez quand même. Croyez-vous que Son Abomination m'en garderait une reconnaissance éperdue ? Il mettrait à nu les plus noirs secrets de mon âme ; il m'accablerait des plus atroces terreurs, des plus épouvantables calamités... Un homme doit savoir ménager sa propre peau ; sinon, qui le fera pour lui ?

— Il va sans dire que les renseignements que vous pourriez nous fournir ne seraient pas communiqués à Kokor Hekkus, fit remarquer Zaum d'une voix douce.

— Bah ! C'est ce que vous croyez. Il y a quelqu'un à côté de vous en ce moment même. Je vous ai vu lui parler.

Qui nous dit que ce n'est pas Kokor Hekkus en personne qui partage votre bureau ?

— Vous n'y pensez pas sérieusement.

Une fois de plus, l'humeur de Castilligan changea.

— Non, c'est vrai. Kokor Hekkus, du moins à ce que je crois, est quelque part dans l'Au-delà, en train de dépenser l'argent qu'il a gagné ces dernières semaines.

— Dépenser comment ? En achetant quoi ?

— Cela, je ne saurais le dire. Kokor Hekkus est vieux — certains disent trois cents, d'autres quatre cents ans — mais il se démène autant qu'un jeune homme. Le moins qu'on puisse dire, c'est que le personnage ne manque pas de vitalité.

Après un léger temps d'arrêt, Zaum demanda :

— Si vous ne connaissiez pas Kokor Hekkus, comment pouvez-vous affirmer céla ?

— Je l'ai entendu parler. Je l'ai entendu exposer ses projets, proférer des jurons. Il est capricieux, fuyant, aussi insaisissable qu'une fille-de-feu de Bernal. Il est généreux sans restriction, cruel sans restriction — dans les deux cas parce qu'il ne connaît aucune autre loi que sa propre volonté. C'est un ennemi sans merci ; ce n'est pas un mauvais maître. Si je parle de lui de cette façon, c'est que tout en améliorant mon sort cela ne risque pas de lui nuire. Jamais je n'oserais encourir sa colère. Il dispose de terribles châtiments spécialement conçus et renouvelés pour de telles occasions. Mais par contre, si je le sers fidèlement ; il m'édifiera un palais et fera de moi le baron Robert de Castilligan.

— Et où se réalisera cette romantique féerie ? railla Zaum.

— Dans l'Au-delà.

— L'Au-delà, grogna Zaum. Toujours cet Au-delà. Un jour, nous nous repandrons derrière la limite, et il n'y aura plus d'Au-delà.

— Vous n'y parviendrez jamais. Il existera toujours un Au-delà.

— Peu importe, Que savez-vous d'autre sur Kokor Hekkus ?

— Je sais qu'il continuera à kidnapper d'autres enfants de riches. Il l'a dit lui-même. Il a besoin d'une vaste somme d'argent, et il en a besoin tout de suite.

3

Extrait du premier chapitre des *Populations de l'Union* par Stredk et Chernitz, consacré aux « Caractéristiques astrophysiques des planètes ».

« C'est à Rigel, l'étoile des étoiles, célèbre pour sa luminosité sans pareille et sa zone d'habitabilité étendue, que l'Union doit avant tout son existence. Comment rester insensible devant tant de splendeur grandiose ? Qu'on en juge ! Vingt-six planètes salubres accomplissant leurs lentes révolutions, de l'ordre d'un millier d'années, autour d'un étincelant soleil blanc, à une distance moyenne de vingt milliards de kilomètres. Sans compter les six mondes trop souvent négligés de la Ceinture Intérieure et l'admirable Compagnon Bleu, quelque neuf jours-lumière à l'écart de tout cela !

« Il reste que les circonstances mêmes qui ont contribué à faire de l'Union ce qu'elle est constituent l'une des plus fascinantes enigmes de la galaxie. De l'avis de la plupart des experts, Rigel est une étoile jeune dont l'âge est compris entre quelques millions et un milliard d'années. Comment expliquer, dans ces conditions, qu'à l'arrivée de Sir Julian Hove les vingt-six planètes se trouvaient à un stade de maturité biologique avancé ? Si l'on se réfère à l'échelle de l'évolution terrestre, en effet, la vie du système devrait avoir plusieurs milliards d'années... à supposer qu'elle soit autochtone.

« Or, une telle supposition est-elle fondée ? Si la faune et la flore de chacune des planètes se distinguent par leurs caractères nettement marqués, il est certain, d'autre part, qu'elles présentent un grand nombre de ressemblances troublantes, comme si la vie

du système, il y a très longtemps, avait eu une origine commune.

« On compte en la matière presque autant de théories que de théoriciens. Le doyen des cosmotologistes modernes, A.N. der Poulson, a émis l'ingénieuse hypothèse selon laquelle Rigel, Compagnon Bleu et les planètes se seraient condensés à partir d'un milieu gazeux déjà riche en carbone et en hydrogène, ce qui aurait donné un coup de pouce, pour ainsi dire, à l'éclosion de la vie. D'autres auteurs, donnant libre cours à leur imagination, se sont demandés si les planètes de l'Union n'avaient pas pu être amenées là et placées sur leurs orbites aux coordonnées optimales a une race à présent disparue mais disposant de vastes moyens technologiques. La régularité et l'espacement des orbites, la grosseur presque uniforme des planètes de l'Union, en contraste frappant avec les disparités des Mondes Intérieurs, semblent donner à ces théories un commencement de plausibilité. Mais pourquoi ? Quand ? Comment ? Qui ? Les mystérieux hexadelts ? Ceux qui sculptèrent les Falaises de Xi Puppis X ? Ceux qui laissèrent derrière eux l'inexplicable mécanisme de la Grotte du Mystère, sur le satellite naturel de la Terre ? Autant de fascinantes énigmes dont nous attendons toujours la réponse... »

Déclaration de Xaviar Skolcamp, membre centiphase de l'Institut, au cours d'une conversation à bâtons rompus avec un journaliste :

« L'humanité est ancienne ; la civilisation est jeune : les rouages ne sauraient fonctionner sans grincer. Et c'est aussi bien comme cela. Nul être humain ne doit jamais pénétrer dans un édifice de verre ou de métal, dans un astronef ou un sous-marin, sans ressentir un léger frisson de saisissement ; nul ne doit renoncer à une attitude professionnelle sans fournir un modeste effort en contrepartie... En tant que membres de l'Institut, nous recevons une formation historique intense ; nous connaissons les hommes du passé ; nous avons conçu des douzaines d'extrapolations pour l'avenir. Sans exception, elles sont toutes exécrable. L'homme, tel qu'il existe actuellement avec ses qualités et ses vices, avec ses compromis glorieusement répartis entre deux pôles d'une stérilité absolue, l'homme constitue un optimum. C'est du moins ce que nous croyons, nous qui sommes des hommes. »

Motif invoqué par un agriculteur lors de sa comparution devant le tribunal de police pour agression sur la personne de Bose Coggindell, membre de l'Institut au cinquante-quatrième degré :

« Ces gens-là ne s'en font pas. Ils vous disent : Souffrez, vous verrez comme c'est bien ; peinez ; trimez. Ils voudraient que j'attelle ma femme à la charrue, comme dans les anciens temps. J'ai voulu lui faire voir ce que je pensais de son soi-disant détachement. »

Le juge de paix (après condamnation du revenu à une amende de 75 UVS) :

« Le fait de professer une attitude détachée vis-à-vis des problèmes d'autrui ne constitue pas un délit prévu par la loi »

⁂

DES sept continents d'Alphanor, la Scythie est le plus vaste, le moins peuplé et, de l'avis des habitants des provinces ombrienne, lusitanienne et lycienne, le plus bucolique. La province de Garreu, face à l'océan Mystique est adossée aux monts Morgan, est sans conteste la région la plus isolée de la Scythie.

Gersen arriva à Taube, petite ville de la baie de Jermin, assoupie sous un soleil accablant, avec la fusée bimensuelle en provenance de Marquari, la capitale de la province. Dans tout le village, il trouva un seul véchicule à louer : un antique glisseur qui faisait un bruit de ferraille et avait une forte propension à se déporter dans les descentes. Gersen demanda son chemin, s'installa aux commandes et s'engagea sur la route qui grimpait à l'intérieur des terres, perpendiculairement au littoral.

L'aveuglante clarté de Rigel illuminait le paysage

devant lui. La route sinua quelque temps au milieu de vignobles, de vergers aux arbres noueux et de carrés d'artichauts. De place en place apparaissaient les fermettes aux toitures invariablement surmontées de parasols servant à capter l'énergie de Rigel. Gersen s'arrêta pour s'orienter au sommet d'une élévation de terrain. Au sud, doucement étagée jusqu'à l'océan, s'étendait la région côtière où Taube formait une tache ocre, rose et blanche. Sous l'étincelante lumière, toutes les couleurs du paysage devenaient des pastels irréels, ondoyants et dansants. Un peu plus loin, la route débouchait sur une sorte de plateau où se trouvait la maison de Duschane Audmar, membre de l'Institut au quatre-vingt-quatorzième degré. C'était une bâtisse de pierre, à la façade irrégulière et aux portes blanchies par le soleil. Deux énormes chênes et un ginkgo du pays lui fournissaient leur ombrage.

Gersen gravit l'allée à pied, souleva puis laissa retomber l'imposant heurtoir de bronze en forme de patte de lion. Au bout d'une longue attente, quelqu'un vint ouvrir. C'était une jeune femme au physique agréable qui portait un sarrau de paysanne.

— Je désire parler à Duschane Audmar, déclara Gersen.

La jeune femme le dévisagea pensivement.

— Puis-je vous demander à quel sujet ?

— Je dois avoir un entretien privé avec Lord Audmar.

Elle secoua lentement la tête.

— Je ne pense pas qu'il vous recevra. En raison de... difficultés d'ordre domestique, Duschane Audmar ne désire voir personne.

— Ma visite concerne ces difficultés.

Le visage de la jeune femme s'illumina d'un soudain espoir.

— Les enfants ? Mon Dieu ! On les a retrouvés ?

— Je regrette... mais pas à ma connaissance. Gersen sortit un calepin de sa poche, en déchira un feuillet et écrivit : *Kirth Gersen, onzième degré, désire s'entretenir de Kokor Hekkus.* Portez-lui ceci.

Elle lut la note, le quitta sans un mot.

Quelque instants plus tard, elle réapparut.

— Venez.

Gersen la suivit le long d'un obscur corridor jusqu'à une grande salle voûtée aux murs de plâtre nus. Audmar était assis à son bureau, une plume d'oie à la main, devant un encrier de cristal et un bloc de papier blanc. La feuille de papier était vierge, à l'exception d'une seule ligne au graphisme moulé et riche en fioritures qu'affectionnaient les membres de haut rang de l'Institut. Audmar était un homme râblé, au visage lisse, aux traits nets et harmonieux : sous de petits yeux d'un noir brillant, un nez droit et court surmontait une bouche compacte et un menton fendu d'une fossette. Il accueillit Gersen avec froideur ; écarta papier, plume et encrier.

— Où avez-vous obtenu le onzième degré ?

— A Amsterdam, sur la Terre.

— Cela devait être sous la direction de Carmand.

— Non. Sous celle de von Bleek, juste avant Carmand.

— Hmm. Vous étiez jeune. Pourquoi n'avez-vous pas persévéré ? Après le onzième il n'y a pas de difficultés notable jusqu'au vingt-septième.

— Je ne pouvais sacrifier mes fins personnelles à celles de l'Institut.

— Et en ce qui concerne ces fins ?

Gersen haussa les épaules.

— Elles sont directes, suffisamment primitives pour satisfaire un centriphase, mais centripète[1].

Audmar haussa les sourcils sceptique, mais changea de conversation.

— Pourquoi désirez-vous vous entretenir de Kokor Hekkus ?

— C'est un sujet qui nous intéresse l'un et l'autre.

1. Centripète : Qui tend à une centralisation, ou codification excessives ; par extension, se dit d'une sorte d'officiosité tatillonne (jargon de l'Institut).

Audmar hocha la tête sèchement.

— Le personnage ne manque pas d'intérêt, c'est entendu.

— La semaine dernière, il a kidnappé vos enfants.

Pendant trente secondes, Audmar ne répliqua rien. De toute évidence, l'identité du ravisseur lui avait été inconnue.

— Sur quoi se fonde cette affirmation ?

— Je tiens cet aveu de l'homme qui a été capturé : Rob Castilligan, actuellement sous les verrous.

— Vous avez un statut officiel.

— Non. Je ne possède aucun statut.

— Poursuivez.

— Il est à présumer que vous souhaitez retrouver vos enfants sains et saufs.

— Simple présomption.

Gersen ignora l'ambiguïté.

— Vous a-t-on fait savoir sous quelles conditions ils vous seraient retournés ?

— Contre paiement d'une rançon. Le message est arrivé il y a deux jours.

— Avez-vous l'intention de payer ?

— Non. Sa voix était douce et assurée.

Gersen ne s'était attendu à rien d'autre. Les Centiphases et autres membres de haut rang étaient requis de conserver une impassibilité absolue en présence de pressions extérieures quelles qu'elles fussent. Pour Duschane Audmar, le fait d'acquitter la rançon de ses enfants serait une indigne soumission qui l'exposerait, en même temps que tout l'Institut, à d'autres contraintes venues du dehors. Personne n'ignorait cela. Pour la centième fois, Gersen se demanda ce qui avait pu pousser les ravisseurs à s'attaquer à un membre de l'Institut. S'agissait-il d'une simple méprise ? Ou Duchane Audmar avait-il failli en d'autres occasions ?

— Saviez-vous que Kokor Hekkus était mêlé à cette affaire ? demanda Gersen.

— Non.

— Maintenant que vous le savez, avez-vous l'intention de prendre des mesures contre lui ?

Audmar se contenta de hausser les épaules avec une pointe d'agacement, comme si Gersen ne comprenait pas que prendre des mesures punitives était une attitude au moins aussi impulsive que payer une rançon.

— Pour être tout à fait franc, reprit Gersen, j'ai quelques raisons de considérer Kokor Hekkus comme un ennemi personnel. N'étant pas soumis aux mêmes restrictions que vous, j'ai toute liberté d'agir à ma guise.

Une lueur fugitive qui ressemblait à de l'envie apparut dans le regard d'Audmar, puis s'éteignit. Il se contenta d'incliner courtoisement la tête.

— Le but de ma visite, poursuivit Gersen, est d'obtenir de vous tous les renseignements et, j'espère, toute aide que vous jugerez bon de m'accorder.

— Ce qui signifie très peu, ou pas du tout, répliqua Audmar.

— Cependant, vous êtes humain et vous devez aimer vos enfants. Vous n'aimeriez pas les savoir vendus en esclavage, car tel est le sort qui les attend.

Audmar sourit, d'un sourire amer et pâle.

— Je suis humain, Kirth Gersen ; d'une humanité probablement plus sauvage et plus primitive que la vôtre. Mais le quatre-vingt-quatorzième degré me confère une immense puissance ; je n'ai pas le droit d'en user inconsidérément... Quant à Kokor Hekkus, je ne sais de lui que ce qu'en dit la rumeur publique.

— De tous les Prince-Démons, c'est en ce moment celui qui est le plus actif, fit Gersen. Il est à l'origine de nombreux malheurs.

— C'est un être ignoble.

— Savez-vous pourquoi Kokor Hekkus a fait enlever vos enfants ?

— Pour de l'argent, j'imagine.

— Quelle est la rançon demandée ?

— Cent millions d'UVS.

Gersen surpris, ne trouva rien à dire. Audmar sourit tristement.

— Non pas que Wix et Daro ne vaillent pas ce prix et même davantage.

— Vous pourriez payer une telle somme ?

— Si je le voulais. L'argent n'est pas un problème. Audmar retourna à sa feuille de papier et à sa plume d'oie. Gersen comprit que sa patience s'amenuisait.

— Depuis le début du mois, fit Gersen, Kokor Hekkus a kidnappé au moins vingt personnes, probablement davantage. Ceci selon les dernières estimations de la CCPI juste avant mon départ d'Avente. Toutes les victimes sont des gens influents et riches.

— Kokor Hekkus se distingue, commenta Audmar, d'une voix indifférente.

— Exactement. Quels sont ses desseins ? Pourquoi, soudain a-t-il besoin de tout cet argent ?

L'intérêt d'Audmar parut s'éveiller. Prenant conscience des implications de la question, il darda sur Gersen un regard d'une brève acuité.

Gersen poursuivit :

— Kokor Hekkus semble avoir en tête quelque vaste projet. Je n'ai pas l'impression qu'il soit sur le point de prendre sa retraite.

— Pas après deux cent quatre-vingt-deux ans.

Gersen s'avisa que Duschane Audmar en savait bien plus sur le compte de Kokor Hekkus qu'il ne voulait l'admettre.

— Il semble que les besoins de Kokor Hekkus s'élèvent, au bas mot, à deux milliards d'UVS — à supposer que toutes les rançons atteignent l'importance de celle qui vous est assignée. Que veut-il faire de tout cet argent ? Construire une flotte de guerre ? Reconstruire une planète ? Fonder une université ?

Audmar soupira pensivement.

— Selon vous, il poursuivrait un plan bien déterminé, de nature probablement dystrophique ?

— Comment expliquer autrement ce soudain besoin d'argent ?

Audmar fronça les sourcils et secoua la tête d'un air maussade.

— S'attaquer à Kokor Hekkus serait une erreur. A mon avis, et c'est la politique de l'Institut... Sa voix s'éteignit.

— Ils sont à Interéchanges ?

— Oui.

— Je ne sais pas si leur façon de procéder vous est familière. Ils calculent d'abord la durée du voyage à laquelle ils ajoutent quinze jours. Pendant cette période, seule ce qu'ils appellent la partie première a le droit de résilier le gage. Passé ce délai, n'importe qui peut se présenter pour le faire. Moi par exemple, si je disposais de cent millions d'UVS.

Audmar le dévisagea pendant un long moment.

— Pour quelle raison voudriez-vous faire dela ?

— Je désire savoir pourquoi Kokor Hekkus a besoin d'une telle somme. Il y a, en fait, beaucoup de choses que je désire apprendre sur le compte de Kokor Hekkus.

— Si je comprends bien, vos motifs ne sont pas totalement désintéressés ?

— Peu importent mes motifs. Voici ce que je pourrais faire : si j'entrais en possession de cent millions d'UVS, plus mes frais, j'irais à Interéchanges. Agissant en mon nom propre, je prendrais vos enfants sous ma protection. A propos, quel âge ont-ils ?

— Daro a neuf ans, Wix sept.

— Ce faisant, j'essaierais d'obtenir des informations sur les projets de Kokor Hekkus, ses motivations et sa situation présente.

— Et ensuite ?

— Après avoir appris le plus de choses possibles, je vous ramènerais vos enfants et, si cela vous intéresse, vous mettrais au courant de mes découvertes.

Le visage d'Audmar était totalement impénétrable.

— Quelle est votre adresse ?

— Hôtel Credenze à Avente.

Audmar se leva.

— Très bien. Vous êtes un onzième. Vous savez ce qu'il vous reste à faire. Trouvez pourquoi Kokor Hekkus a besoin d'une telle somme. C'est un être inventif et imaginatif — une source d'étonnement constante. Sous bien des aspects, l'Institut voit en lui un homme remarquable et considère que certains sous-produits de ses activités au service du mal ont un caractère propice. Je ne puis en dire plus.

Gersen quitta la pièce sans ajouter aucun commentaire. Dans le hall silencieux, il retrouva la jeune femme qui l'avait fait entrer. Elle tourna vers lui un regard d'une fixité interrogative. Gersen lui demanda :

— Vous êtes la mère des enfants ?

Elle ne répondit pas directement.

— Sont-ils... sont-ils en bonne santé ?

— Je le pense. Voudriez-vous me donner leur photographie ?

Elle alla vers une étagère. Le garçon était souriant, la petite fille avait l'air grave. Redoutant de parler à haute voix, la jeune femme demanda dans un souffle :

— Que va-t-il leur arriver ?

Gersen comprit soudain qu'elle le prenait pour un représentant des ravisseurs. Comment se justifier d'une telle imputation avant même qu'elle ait été formulée ? Il déclara avec embarras :

— Je ne suis pas très au courant. C'est-à-dire que je ne suis pas personnellement...

Les seuls mots qui lui venaient à l'esprit étaient ou bien vides de sens ou bien beaucoup trop explicites.

Elle poursuivit :

— Je comprends très bien, n'est-ce pas, nous devons apprendre à nous détacher... mais pour ces tout petits, ça ne semble pas juste. S'il y avait quelque chose que je puisse faire...

— Je ne voudrais pas vous donner de faux espoirs, fit

Gersen, mais peut-être vos enfants vous seront-ils rendus.

— Ma reconnaissance sera grande, répondit-elle simplement.

Quittant la fraîche pénombre, Gersen se retrouva dans l'aveuglante clarté du jardin. Le moteur de son vieux glisseur résonna comme un intrus dans l'après-midi silencieux. Gersen n'était pas fâché de laisser derrière lui la demeure de Duschane Audmar. Malgré son charme et son cadre grandiose, c'était un lieu d'où les émotions étaient bannies ; un lieu où la colère et le chagrin devaient être éprouvés en cachette. C'est bien pour cela, se dit Gersen, que je n'ai jamais passé le douzième degré.

Trois jours plus tard, à l'hôtel Credenze, on remit un paquet à Gersen. Il contenait dix-huit liasses de coupures toutes fraîches de la Banque de Rigel, totalisant une somme de cent un millions d'UVS. Gersen les soumit au contrôlemètre. Elles étaient toutes authentiques.

Gersen régla immédiatement sa note d'hôtel et se rendit au spatioport, où l'attendait son fidèle *Locater 9B*. Une heure plus tard, il avait quitté Rigel et voguait dans l'espace.

4

Extrait de *Éthique de la civilisation* par Calvin V. Calvert :

« En un sens, l'expansion de l'homme dans la galaxie peut être considérée comme une régression de la civilisation. L'homme avait réussi, sur la Terre, après de nombreux milliers d'années d'efforts, à mettre au point un semblant de définition du bien et du mal. Il semble qu'en quittant la Terre pour les étoiles, il ait laissé cette définition derrière lui... »

Extrait des *Institutions humaines* par Prade, manuel à l'usage des classes de seconde et de première :

« Interéchanges est un autre de ces étranges compromis indispensables au bon fonctionnement de ce que nous avons appelé plus haut le « mécanisme total ». On ne saurait nier que le kidnapping en vue d'extorquer une rançon est devenu aujourd'hui un crime facile grâce à l'astronef qui fournit un moyen commode d'échapper aux recherches. Dans le passé, les moyens de percevoir la rançon s'avèraient le plus souvent impraticables en raison des haines et des suspicions inévitablement engendrées ; c'est ainsi que de nombreux enfants ne revirent jamais leur foyer. D'où la création d'Interéchanges, organisation privée ayant son siège sur la planète Sasani, dans le proche Au-delà, et exerçant l'activité d'intermédiaire entre kidnappeur et partie adverse. Le rôle d'Interéchanges est de fournir sa caution à la transaction. Le kidnappeur perçoit le montant de la rançon, défalcation faite de la commission d'Interéchanges ; la victime est remise indemme entre les mains de la partie intéressée...

« Officiellement, l'existence d'Interéchanges est dénoncée comme un scandale ; pratiquement, elle est tolérée comme un moindre mal. Il arrive périodiquement que certains associations envisagent de mandater la CCPI pour intervenir contre Interéchanges ; jusqu'à présent, il n'est jamais rien sorti de ces discussions. »

***

INTERÉCHANGES était une série de bâtiments adossés à la base d'une éminence rocheuse au cœur du désert de Da'ar-Rizm, sur la planète Sasani, ou Aquilla GB 1201 IV, pour utiliser la nomenclature géocentrique encore en vigueur dans le *Répertoire des Étoiles*. A une époque sans doute très reculée, une race intelligente avait peuplé au moins les deux continents septentrionaux de Sasani, car on trouvait çà et là des vestiges de châteaux forts et de donjons monumentaux.

Le survol de Da'ar-Rizm par des astronefs privés était

strictement interdit, et une série d'emplacements de bouches à feu encerclait les bâtiments. Toute personne désireuse d'utiliser les services d'Interéchanges devait préalablement se poser à Nichae, sur le rivage de la mer Calopside, monter à bord d'une fusée qui faisait la navette jusqu'à Sul Arsam— simple relais au milieu du désert — et parcourir la trentaine de kilomètres qui restait dans un véhicule de surface passablement cahotant.

Lorsque Gersen descendit à Sul Arsam, une bruine glacée humectait la surface du désert, faisant apparaître, alors même qu'il parcourait la distance qui séparait la piste d'atterrissage du dépôt, des taches de lichen d'un vert éclatant. A peine avait-il fait la moitié du chemin que quelque chose de petit et de vrombissant vint se coller à sa joue et se mit en devoir de lui lacérer la peau. Tout en proférant un juron, Gersen se gifla et se frotta vigoureusement la joue. Il remarqua que les autres voyageurs étaient pareillement occupés, sous l'œil goguenard de l'employé du dépôt, armé d'une sorte de pistolet anti-moustiques à ultrasons.

En compagnie de cinq autres voyageurs, Gersen attendit au dépôt — un simple hangar fermé de forme allongée. La bruine se transforma en une courte averse, et le soleil reparut soudain, faisant monter du désert des volutes de vapeur.

L'autocar qui faisait la navette apparut enfin. C'était une guimbarde rudimentaire et bruyante, montée sur quatre énormes roues. Comme par un fait exprès, il s'immobilisa à quelque distance du hangar, ce qui obligea Gersen et les autres à courir, en agitant les mains devant leur visage pour écarter les insectes.

Au bout d'une demi-heure de course folle à travers le désert, les bâtiments d'Interéchanges apparurent. Ils étaient groupés au pied d'une colline de terre rouge surmontée d'un bosquet d'arbres en forme de plumeaux de toutes les couleurs, au milieu desquels on distinguait quelques cottages.

L'autocar s'engouffra dans l'un des bâtiments et s'arrêta. Les voyageurs descendirent et de grandes flèches jaunes les guidèrent vers le bureau d'accueil. Derrière un comptoir, occupé à remplir un grand registre, se trouvait un petit homme au teint cireux et aux cheveux blancs soigneusement lustrés surmontés d'une calotte grise ornée de l'emblème d'Interéchanges : deux mains croisées. Sans interrompre son travail, il leur désigna une rangée de sièges. Finalement, après avoir refermé son registre avec un bruit sec, il pointa son index.

— Vous, monsieur. Si vous voulez bien vous avancer, nous allons commencer par vous.

L'individu ainsi désigné avait une mine morose et des cheveux bruns et portait l'étroite veste noire et les chausses blanches caractéristiques des habitants de Bernal. L'employé prit un formulaire.

— Nom ?

— Matricule Olgium 92, classe Mettier 6.

— Demande d'élargissement de... ?

— Matricule Sett 44, classe Mettier 7.

— Montant du gage ?

— Douze mille cinq cents UVS.

— Vous agissez en qualité d'intermédiaire, de collatéral ou d'indépendant ?

— Intermédiaire.

— Parfait. Veuillez verser cette somme.

Les coupures changèrent de mains. L'employé les compta soigneusement, en les soumettant au fur et à mesure à son contrôlemètre pour vérifier leur authenticité. Finalement, il rédigea un reçu et réclama un contre-reçu, que le Bernalais se refusa à signer tant que la personne à élargir ne serait pas mise en sa présence. Devant une telle exigence, l'employé se carra dans son fauteuil et toisa le Bernalais.

— Vous ne comprenez pas, monsieur. L'intégrité est notre devise. Le fait que nous acceptions votre argent est une garantie suffisante que la personne que vous venez chercher est disponible et en parfaite condition. Par votre hésitation et votre suspicion, non seulement vous risquez de jeter le discrédit sur notre établissement, mais vous ternissez le lustre qui s'attache à votre propre personne.

Le Bernalais haussa les épaules sans se laisser impressionner par la péroraison. Il signa cependant le contre-reçu. L'employé inclina la tête avec raideur. Il appuya sur un bouton et un appariteur en livrée rouge s'avança pour le conduire à une salle d'attente.

L'employé secoua la tête d'un air désapprobateur. Puis il pointa l'index, arbitrairement, sur un deuxième visiteur. Cette fois-ci, il s'agissait d'un petit homme trapu, au visage froncé enduit d'un fond de teint couleur chamois et vêtu, comme Gersen, de la tenue plus ou moins anonyme et standardisée des hommes de l'espace.

L'employé ne parut pas impressionné par sa mine agressive.

— Votre nom ?

— Ça ne vous regarde pas.

De nouveau l'employé se carra dans son fauteuil.

— Hé ? Que signifie ? Je vous ai demandé votre nom, monsieur.

— Appelez-moi M. Inconnu.

L'employé le foudroya du regard.

— Notre organisation a pour habitude d'opérer ouvertement et sans artifices ; elle apprécierait une attitude similaire de la part de ses partenaires en affaires. Enfin... poursuivons, M. Inconnu. Avec un joli mouvement de poignet, l'employé écrivit. Et quel est le pensionnaire dont vous désirez résilier le gage ?

— Je viens payer la rançon d'un prisonnier ! tonna l'individu trapu. Tenez , empochez votre butin et rendez-moi mon neveu !

L'employé pinça les lèvres en une moue de désapprobation marquée.

— Je terminerai cette affaire car telle est notre politique. Votre neveu se nomme ?

— Cader, Lord Satterbus. Qu'on me l'amène et plus vite que ça.

L'employé baissa à demi les paupières et appela un appariteur.

— Veuillez conduire ce monsieur chez Lord Satterbus, appartement 14.

Il fit un geste délicat de la main, comme pour chasser une odeur déplaisante, et pointa son index.

— Vous, monsieur. Je vais m'occuper de vous, maintenant.

Le troisième homme était d'aspect frêle et intimidé. Sa peau était enduite d'un fond de teint vert satin et il portait la jaquette brodée et les guêtres plissées actuellement en faveur à Mountain Wilds, sur Image, l'une des planètes de l'Union. Il entendait mener son affaire avec discrétion, car il se pencha par-dessus le comptoir pour parler à l'oreille de l'employé. Celui-ci n'eut pas l'air d'apprécier ce manège. Dans un mouvement de recul, il s'écria :

— Veuillez parler plus fort, monsieur. J'entends à peine ce que vous me dites.

Son client ne semblait plus guère intimidé à présent, car il éclata :

— Je ne vois pas pourquoi cette opération infamante doit s'effectuer en public. Vous devriez prendre à part ceux de vos clients qui ont l'âme sensible.

— Mon bon monsieur, déclara l'employé, j'ai l'impression que vous vous méprenez. On n'entre pas ici furtivement, comme dans une maison close. Nous sommes une organisation respectable, impartiale, représentant au mieux les intérêts de toutes les parties. Veuillez donc parler sans réticences.

Sous l'effet d'un brusque afflux de sang, le fond de teint de l'homme vira au gris terreux.

— Puisque c'est ainsi, puisque vous n'avez aucun secret pour personne, répondez donc. Qui est le propriétaire de cet établissement ? Qui perçoit les bénéfices ?

— Cette question n'a rien à voir avec l'affaire qui nous occupe en ce moment.

— Mon nom et mon adresse non plus. Allons, parlez, puisque la véracité vous démange !

— Il suffit de savoir qu'il s'agit d'une société contrôlée et administrée par divers groupes.

— Bah !

A la fin, l'homme paya et s'en fut. Ce fut le tour de Gersen. Il déclina son identité et déclara agir en son nom propre ; en d'autres termes, et selon l'euphémisme en usage à Interéchanges, il était prêt à « resilier le gage » d'un pensionnaire en attente depuis plus de quinze jours, en principe dans l'espoir d'en tirer une rançon un peu plus élevée. L'employé inclina légèrement la tête.

— Voici la liste de nos disponibilités.

Il tendit à Gersen une feuille de papier qui comportait plusieurs douzaines de noms. Gersen la parcourut rapidement. Il lut notamment :

Audmar, Daro ; 9 ans, sexe masculin
Wix ; 7 ans, sexe féminin
Montant du gage, UVS 100 000 000.

Quelques lignes plus bas, il y avait :

Cromarty Bella ; 15 ans, sexe féminin
Montant du gage ; UVS 100 000 000.

Puis :

Darbassin, Oleg ; 4 ans, sexe masculin
Montant du gage, UVS 100 000 000.

Et encore plus bas :

Eperje-Tokay, Alusz Iphigenia ; 20 ans, sexe féminin
Montant du gage, UVS 10 000 000 000.

Gersen relut ce dernier nombre en écarquillant les yeux. Dix milliards d'UVS ? Une erreur typographique ? C'était une somme impossible, une rançon prodigieuse. Déjà, cent millions d'UVS était une demande inhabituelle — quoique figurant, s'aperçut Gersen, au moins sept ou huit fois sur cette liste. Mais dix milliards ! Qui pouvait débourser une telle somme ? C'était plus que le budget de la plupart des planètes. Gersen parcourut le reste de la liste. Une seule autre personne était évaluée à plus de 10 000 UVS C'était :

Patch Myron ; 56 ans, sexe masculin
Montant du gage, UVS 427 685.

L'employé, qui s'était occupé d'un autre client tandis que Gersen consultait la liste, s'enquit alors :

— Y a-t-il quelqu'un parmi nos disponibilités qui correspondent à vos besoins ?

— Naturellement, répondit Gersen, une inspection préalable sera nécessaire. Mais, à titre de curiosité personnelle, la mention *10 000 000 000 d'UVS* est-elle exacte ou s'agit-il d'une erreur d'impression ?

— Elle est exacte, monsieur. A Interéchanges, nous ne pouvons nous permettre de commettre des erreurs.

— Puis-je vous demander, dans ce cas, qui parraine cette jeune personne ? Quels intérêts représentez-vous ?

L'employé fit une moue réticente.

— Comme vous le savez certainement, à moins d'y être expressement autorisés, nous ne pouvons divulguer ce genre de renseignement.

— Je vois. Et en ce qui concerne, les rubriques Audmar, Cramarty, Darbassin et autres, évaluées à cent millions ? Qui les parraine ?

— Nous ne sommes pas habilités à donner ce renseignement.

Gersen hocha lentement la tête.

— Très bien. Allons jeter un coup d'œil.

— Encore une chose, monsieur. Pour la rubrique Eperje-Tokay, nous ne pouvons pas non plus satisfaire une curiosité gratuite. Avant de vous permettre d'examiner cette disponibilité, nous vous demanderons un dépôt de dix mille UVS, comme à-valoir sur la résiliation du gage.

— Ma curiosité n'ira pas jusque-là, répondit Gersen.

— Comme vous voudrez.

L'employé fit venir un appariteur, qui précéda Gersen le long d'un corridor au fond duquel s'ouvrait un jardin. L'appariteur s'arrêta.

— Par où souhaiez-vous commencer votre visite ?

Gersen le détailla. D'après son accent dépourvu d'inflexions, il était sans doute natif de la Terre ou d'une planète de l'Au-delà. Il devait avoir à peu près le même âge que Gersen. Son visage affable, aux traits accusés, arborait un fond de teint jaune clair et son abondante chevelure ondoyante, également jaune, était surmontée de la minuscule calotte d'Interéchanges.

Gersen déclara d'une voix pensive :

— Comme vous le savez, j'agis pour mon propre compte.

— Oui, monsieur.

— J'ai quelques UVS à placer de la façon la plus judicieuse possible. Vous savez ce que cela signifie.

L'appariteur n'en était pas très sûr. Il se contenta de hocher prudemment la tête.

— Vous pouvez me faciliter considérablement la tâche, poursuivit Gersen. Il y a sûrement des choses que vous ne dites pas à vos clients habituels. Si grâce à vos indications j'entrevois une bonne affaire, il n'est que juste que je partage avec vous.

L'appariteur se demandait visiblement où Gersen voulait en venir.

— Ce que vous dites me paraît raisonnable ; cependant, les règlements de la compagnie sont très stricts, et je ne saurais les enfreindre sans m'exposer à des sanctions rigoureuses.

— Il n'est pas question de faire quoi que ce soit d'illicite, répondit Gersen en exhibant deux coupures de cent UVS. Tenez. Il y en aura plusieurs autres, selon la quantité d'informations que vous pourrez me fournir.

— Oh ! je peux vous parler pendant des heures. Il se passe ici d'étranges choses. Mais voyons. Si je comprends bien, vous désirez voir chacun de nos pensionnaires disponibles ?

— C'est exact.

— Dans ce cas, nous allons commencer par les pavillons affectés à la catégorie E. Il s'agit d'infortunés dont les parents ou amis n'ont pas pu réunir la somme nécessaire à leur affranchissement et qui n'attendent plus, pour parler franchement, que l'offre d'un marchand d'esclaves. Nous visiterons ensuite les autres sections, étagées jusqu'au sommet de la colline, où se trouvent les jardins impériaux. Nos pensionnaires sont tenus de rester chez eux le matin, pendant les heures de visite. Autrement, il sont libres d'aller et venir à leur guise. Quelques-uns de nos hôtes trouvent leur séjour parmi nous fort reposant et ne se cachent pas d'éprouver une certaine gratitude à l'égard de la personne qui en est responsable.

Gersen suivit l'appariteur maintenant verbeux dans le dédale des pavillons réservés aux catégories E, puis D, puis C. A l'entrée de chaque pavillon était accrochée une pancarte indiquant les nom, statut et gage de chacun des résidents. Armand Koshiel — c'était le nom de l'appariteur — indiquait consciencieusement au passage les bonnes affaires probables et les possibilités de spéculation à longue échéance :

— Tout à fait incroyable. Regardez-moi ça, le fils aîné de Tywald Fitzbittick, le plus riche exploitant de Boniface. Qu'est-ce que c'est, pour lui, que quarante mille UVS ? Il pourrait en donner dix fois plus. Si j'avais cette somme, je l'achèterais sans hésiter. Un placement tout à fait sûr !

— Pourquoi Tywald Fitzbittick ne paie-t-il pas ?

Koshiel secoua la tête d'un air perplexe.

— C'est un homme très occupé. Peut-être ses affaires ne lui ont-elles pas laissé le temps... mais un jour ou l'autre, croyez-moi, il viendra, et alors l'argent coulera à flots.

— Très probablement.

Koshiel lui indiqua un certain nombre d'autres cas analogues. Comme Gersen ne réagissait pas, l'appariteur s'étonna.

— Croyez-en mon expérience, une trop grande hésitation conduit parfois à des déboires. Ainsi, le pavillon que vous avez sous les yeux abritait dernièrement une jeune personne d'une grande beauté dont le père avait négligé de régler la caution. Hier, un acheteur indépendant s'est présenté — un Sardanipolitain, vraisemblablement — et a conclu l'affaire. Eh bien, le croiriez-vous, juste au moment où les papiers venaient d'être signés, le père se présenta, et imaginez sa désillusion lorsque l'acheteur se déclara parfaitement satisfait !

Gersen convint que de sérieux inconvénients pouvaient résulter d'une trop grande temporisation.

— A mon avis, poursuivit Koshiel, le Conseil de l'Œcumène devrait consacrer une partie de son budget à résilier tous les gages. Pourquoi pas ? La plupart de nos pensionnaires sont des ressortissants de l'Œcumène. Un tel système satisferait tout le monde et éviterait bien des drames.

Gersen déclara que les ravisseurs risqueraient de se sentir encouragés, et Koshiel admit cette possibilité. « Mais d'un autre côté, » ajouta-t-il, « la situation actuelle présente des aspects pour le moins troublants. »

— Ah oui ?

— Vous avez entendu parler de la Compagnie Transgalactique d'Assurances et de Garanties ? Ils ont des bureaux dans la plupart des grandes villes.

— Ce nom ne m'est pas inconnu.

— Ils sont spécialisés dans l'assurance contre le kidnapping ; en fait, je crois qu'ils vendent soixante ou soixante-dix pour cent de toutes les polices de ce genre, principalement en raison de leurs tarifs très peu élevés. Et pourquoi leurs tarifs sont-ils bas ? Parce que leurs clients ne sont jamais kidnappés , alors que ceux de leurs concurrents échouent toujours à Interéchanges. Je me suis fréquemment demandé si la Transgalactique ne possédait pas Interéchanges ou inversement. Spéculation indiscrète de ma part, sans doute, mais le fait est.

— Indiscrète, peut-être, mais fort intéressante... Pourquoi pas, après tout ? Les deux entreprises se complètent admirablement.

Ils arrivèrent à l'appartement de catégorie B qui abritait Daro et Wix Audmar.

— Et voici un spectacle charmant, commenta Koshiel. Naturellement, le gage est beaucoup trop élevé. Ils valent tout au plus vingt ou trente mille.

Gersen observa les deux enfants par une baie à sens unique. Ils avaient une petite mine résignée. Daro lisait, Wix jouait avec un bout de ficelle. Ils se ressemblaient beaucoup : même aspect gracile, mêmes cheveux bruns, mêmes prunelles d'un gris lumineux qui faisait penser à leur père.

Gersen se détourna.

— Étrange, en effet. Pourquoi demander une telle somme ? Et j'ai remarqué que plusieurs de vos hôtes ont un gage à peu près similaire . Y a-t-il une corrélation ?

Koshiel se mordit la lèvre, cilla, regarda furtivement par-dessus son épaule.

— C'est un renseignement que je ne devrais pas vous communiquer, car il concerne l'identité d'un de nos clients. Mais dans le cas précis, je suis sûr que la personne intéressée ne tient pas à conserver l'anonymat. Il s'agit du célèbre Kokor Hekkus.

Gersen feignit l'étonnement.

— Vraiment ? Kokor Hekkus, la Machine à Tuer ?

— Lui-même. Il nous a toujours fourni un apport régulier ; mais depuis quelque temps, son action est prépondérante dans l'établissement. Rien qu'au cours des deux derniers mois, il a fait entrer vingt-six sujets à Interéchanges, tous — sauf un — évalués à cent millions d'UVS. Et, dans la plupart des cas, il perçoit la somme demandée. Ces enfants sont sous la tutelle de Kokor Hekkus.

— Mais pourquoi ? voulut savoir Gersen. Aurait-il quelque gigantesque projet en tête ?

Un rictus mystérieux distendit les lèvres de Koshiel.

— Eh oui, hé, hé ! C'est là que les Athéniens s'atteignirent, justement. De nouveau Koshiel regarda furtivement de tous les côtés. Vous connaissez la réputation de Kokor Hekkus...

— Comme tout le monde.

— Parmi ses préoccupations, l'idéal esthétique occupe la première place. Il semble que Kokor Hekkus soit tombé éperdument amoureux d'une femme qui — je puis vous le certifier — est la plus admirable vision qui se puisse concevoir dans tout l'univers. Une créature sans pareille !

— Comment savez-vous cela ?

— Patience. Cette femme, loin de partager les sentiments de Kokor Hekkus, frémit d'horreur et de dégoût au simple énoncé de son nom. Comment faire ? Où se réfugier ? La galaxie est trop petite pour un homme tel que Kokor Hekkus. Il la poursuivra partout où elle ira. Nul endroit ne peut abriter cette créature de rêve — excepté un : Interéchanges. Kokor Hekkus lui-même n'oserait pas transgresser le règlement d'Interéchanges. D'abord, parce que plus jamais il ne pourrait profiter de nos services ; ensuite, parce que la direction d'Interéchanges ne reculerait devant rien pour lui faire subir les représailles. Kokor Hekkus est puissant mais pas téméraire. Voilà pourquoi cette fille, agissant de son propre chef, a évalué le montant de son gage à dix milliards d'UVS. Elle l'aurait même fixé à mille milliards, mais les règlements s'y opposent.

— Je commence à y voir un peu plus clair, en effet, dit Gersen.

— Mais Kokor Hekkus n'est pas battu pour autant, reprit Koshiel avec flamme. Il la combattra avec ses propres armes. Dix milliards est une somme considérable, mais cela ne représente après tout que cent fois cent millions. Il écumera systématiquement l'Œcumène et kidnappera les héritiers des cent familles les plus nanties ! Et le jour où le centième gage aura été perçu, Kokor Hekkus viendra réclamer son dû et prendre possession d'Alusz Iphigenia Eperje-Tokay, car elle fait partie de nos disponibilités.

— Personnage hautement romantique que ce Kokor Hekkus... dans tous les sens du terme, commenta Gersen.

Koshiel ne perçut pas le caractère caustique de la remarque.

— Précisément ! Songez-y : jour après jour, elle doit voir fondre avec un peu plus d'appréhension la barrière des dix milliards. Déjà, il a perçu le montant de vingt gages. Chaque jour arrivent à Interéchanges des sujets qu'il patronne. Et pendant ce temps, il n'y a absolument rien qu'elle puisse faire : elle est prise à son propre piège !

— Hmm... Situation assez désagréable, en effet... du point de vue de cette jeune personne, tout au moins. Et elle vient de quelle planète ?

Koshiel secoua lentement la tête.

— Là, tout ce que je sais se résume à de vagues rumeurs auxquelles des gens sensés comme vous et moi ne sauraient ajouter foi. On dit qu'elle prétend être originaire du pays de Nulle Part : la planète Thamber !

— Thamber ?

Cette fois-ci, Gersen n'eut pas besoin de feindre la surprise. Thamber, la planète mythique, peuplée de sorcières, de serpents de mer, de preux chevaliers et de forêts enchantées. Le théâtre d'innombrables contes de fées ; et aussi, se souvint Gersen avec un brusque frisson, la demeure des Kourgarous !

— Parfaitement, Thamber, s'exclama Koshiel avec un sourire qui en disait long. Et il me vient tout à coup à l'idée que si vous disposiez de dix milliards d'UVS et de beaucoup de courage, ce serait un placement tout indiqué !

Quitte à kidnapper pour cela les rejetons de cent autres familles, Kokor Hekkus ne manquerait pas de payer le prix demandé.

— Ce serait bien ma chance d'affranchir une pareille beauté pour qu'elle tombe malade et meure entre mes mains ; alors, Kokor Hekkus et moi, nous serions dans de beaux draps !

Tout en bavardant, ils avaient dépassé un certain nombre d'appartements des catégories B et A. Koshiel s'arrêta et désigna un homme d'âge moyen, qui semblait occupé à tracer un diagramme sur une feuille de papier.

— Voici Myron Patch, un autre de nos pensionnaires sous la tutelle de Kokor Hekkus. Avec un gage de 427 685 UVS, il est nettement surestimé, si vous voulez mon avis. Pas comme la fille de Thamber ! Et Koshiel accompagna ces mots d'une bourrade et d'un clin d'œil fripon.

Gersen examina Myron Patch avec attention. C'était un individu d'aspect tout à fait banal, de stature moyenne, au visage replet et bon enfant. Le montant du gage l'intriguait. Pourquoi 427 685 exactement ? Un tel nombre devait cacher quelque chose. Il se tourna vers Koshiel.

— Puis-je parler à cet homme ?

— Certainement. Il fait partie de nos disponibilités. Si vous pensez pouvoir en tirer plus que — quelle est cette somme ridicule ? 427 685 UVS ! — allez-y, ne vous gênez pas.

— Naturellement, ces appartements sont équipés de microphones et de cellules d'enregistrement ?

— Non, et pour une bonne raison : qu'y aurait-il à gagner à écouter ce qui s'y dit ?

— Peu importe, fit Gersen. Nous prendrons nos précautions. Faites-moi entrer.

Koshiel appuya sur un bouton. Un léger timbre retentit. Il inséra une petite clé dans un orifice circulaire, et un panneau glissa avec un déclic. Myron Patch s'avança, examina Gersen avec espoir, d'abord, puis perplexité. Gersen prit

Koshiel par les épaules, le fit reculer jusqu'à l'entrée et le mit dos au panneau, face à la pièce.

— Chantez, très fort.

Koshiel sourit stupidement.

— Je ne connais que des berceuses, du temps de mon enfance.

— Ça ne fait rien. Chantez des berceuses, mais fort, et ne vous arrêtez pas.

Et tandis que Koshiel beuglait un air discordant, Gersen se tourna vers Patch, de plus en plus perplexe.

— Rapprochez-vous.

Patch rapprocha son visage du panneau.

— Pourquoi êtes-vous ici ? demanda Gersen.

— C'est une longue histoire.

— Racontez, le plus brièvement possible.

Patch soupira d'un air las.

— Je suis ingénieur et propriétaire d'une fabrique. J'ai entrepris un travail complexe pour un individu — un bandit, je l'ai su depuis. Nous avons eu un litige. Il m'a fait enlever par la force et conduire ici. La rançon représente l'objet du litige.

Koshiel entama une nouvelle chanson. Gersen demanda :

— Ce bandit s'appelle Kokor Hekkus ?

Myron Patch hocha lugubrement la tête.

— Vous l'avez rencontré en personne ?

Koshiel mettait tellement d'ardeur dans sa berceuse que Gersen ne comprit pas la réponse. Patch répéta :

— Je dis que je connais son émissaire, qui vient souvent sur Krokinole.

— Pourriez-vous contacter cet émissaire ?

— Sur Krokinole, oui. Pas ici.

— Très bien. Je vais résilier votre gage. Gersen tapa sur l'épaule de Koshiel. Vous pouvez vous arrêter. Nous retournons au bureau.

— Vous avez fini ? Il y en a d'autres : de véritables affaires !

Gersen parut hésiter.

— Cette femme que Kokor Hekkus persécute, puis-je la voir ?

Koshiel secoua négativement la tête.

— Pas à moins de payer dix mille UVS. Elle refuse de recevoir de simples employés comme moi-même, qui ne demanderaient pas mieux que d'égayer un peu son séjour et de soulager ses appréhensions légitimes.

— Tant pis.

Gersen sortit de sa poche trois autres billets de cent UVS que Koshiel, ébloui et un peu rêveur après toutes ces histoires de millions et de milliards, empocha avec un murmure de remerciement peu enthousiaste.

— Nous retournons au bureau.

5

Extrait du *Manuel populaire des planètes,* 303e édition (1292) :

« Krokinole : quatorzième planète de l'Union de Rigel ; se classe au troisième rang par sa taille.

« Constantes planétaires : diamètre, 15 235 kms ; masse, 123 ; durée moyenne du jour, 22 h 16 minu. 48 sec. etc.

« Considérations générales : souvent décrite comme la plus belle de toutes les planètes de l'Union, Krokinole peut prétendre à juste titre en être la plus variée, aussi bien du point de vue ethnique que géographique. Elle comporte deux continents étendus, le Borkland et le Sankland, et six de dimensions plus réduites : le Cumberland, le Layland, le Gardena, le Mergenthaler, le Hopland et le Skakerland.

« Chacun s'enorgueillit de posséder des douzaines de merveilles naturelles. Nous citerons au hasard les pinacles de cristal de Bize Parish, les chutes de la rivière Card de Dinker Parish, tous deux dans le Cumberland ; le puits à travers le monde de

l'État du Nord, dans le Sankland; la forêt sous-marine, au large d'Iksemand, dans le Skakerland; le mont Jovah, dans les hautes-terres du Gardena, le plus haut sommet de l'Union.

« La faune et la flore sont complexes et particulièrement développées. La race des super-bêtes, à l'heure actuelle en voie d'extinction mais qui jadis domina la planète, se caractérise par une intelligence qui mérite un peu mieux que le qualificatif de rudimentaire, comme l'attestent aussi bien leur singulier système de communication par signes (appeler cela un langage serait une hérésie sémantique) que leur organisation pseudo-tribale ou l'utilisation de pirogues grossières, de paniers tressés et de nœuds ornementaux.

« Le peuplement humain de Krokinole n'est pas moins varié que sa topographie. Là encore, nous nous contenterons de citer quelques exemples. Le Shakerland fut colonisé à l'origine par une fraction schismatique des Skakers d'Olliphane; les hautes-terres du Gardena abritent les célèbres Trolls. Le Cumberland est principalement peuplé de Whitelocks, industrieux et actifs, tendis que les Druides-Banquiers hantent les toundras du nord d'Hopland. Parmi les autres races, il y a les Arcadiens, les Batthalais, les Singhels, les Jansénistes, les Pêcheurs d'Oporto et bien d'autres encore... »

⁂

PENDANT le voyage de retour à bord du *Locater 9B* de Gersen, Myron Patch raconta tout à loisir ses démêlés avec Kokor Hekkus et s'étendit complaisamment sur sa propre carrière. Originaire de la Terre, Patch avait échappé de justesse aux émeutes de Texahoma et s'était trouvé contraint d'émigrer, sans un sou mais bien content d'avoir la vie sauve, sur Krokinole. Après avoir travaillé quelque temps comme gratteur de bernacles pour le Comptoir d'Exportation de l'estuaire de la rivière Card, il avait monté un petit atelier de mécanique à Patris, capitale des Whitelocks. Son affaire fructifiant peu à peu, il se trouvait, dix-huit ans plus tard, à la tête des Ateliers de Constructions Mécaniques Patch, la plus grosse entreprise de ce genre dans le Cumberland. Il avait acquis en même temps une solide réputation de bricoleur astucieux et touche-à-tout, ce qui fait qu'il ne s'étonna pas outre mesure lorsque Seuman Otwal vint le trouver avec une série de spécifications bizarres.

Seuman Otwal , selon la description de Patch, était un peu plus jeune que lui-même; son visage, d'une laideur frappante, se distinguait par un long nez crochu qui semblait presque rejoindre un menton effilé relevé en galoche.

Seuman Otwal n'y était pas allé par trente-six chemins. Il s'était tout de suite présenté comme agent de Kokor Hekkus, et s'était déclaré satisfait lorsque Patch avait répondu qu'il travaillerait pour le diable lui-même, à condition que son argent passe silencieusement dans la fente du contrôlemètre.

Leurs rapports ayant ainsi été établis sur des bases réalistes, Otwal confia ses plans à Patch. Il désirait le charger de la conception et de l'exécution d'une forteresse mobile dont l'apparence extérieure serait celle d'une monstrueuse scolopendre longue de vingt-cinq mètres et haute de quatre. Le mécanisme serait composé de dix-huit anneaux articulés, équipés chacun d'une paire de pattes. La forteresse, comme l'appelait Seuman Otwal, devrait être capable de se déplacer à une vitesse d'au moins soixante-cinq kilomètres à l'heure, sur des pattes harmonieusement et efficacement synchronisées. Elle devrait lancer des jets de liquide enflammé par les naseaux, émettre des gaz toxiques et cracher des rayons d'énergie par des sabords camouflés dans la tête. Patch se déclara tout à fait capable de mettre au point une telle machine et, mû par une curiosité bien naturelle, demanda à quel usage elle était destinée. La question sembla tout d'abord déplaire à Seuman Otwal, mais il expliqua que Kokor Hekkus éprouvait une certaine fascination pour les mécanismes complexes et macabres. Kokor Hekkus, avait poursuivi Otwal, avait récemment été molesté par un groupe d'indigènes rebelles, et la forteresse « leur parlerait le langage que ces gens-là connaissent ».

Prenant son sujet à cœur, Otwal s'était ensuite lancé

dans une longue dissertation sur la terreur et les différents moyens de la provoquer. Selon lui, la terreur était de deux sortes : instinctive ou conditionnée. Pour parvenir à un maximum d'effet, il fallait exercer les deux sortes simultanément. La méthode de Kokor Hekkus consistait, dans un premier temps, à identifier et analyser chacune des deux composantes puis, lors de l'application pratique, à isoler et à amplifier au maximum chacun des facteurs concernés. Et pour illustrer cela, Seuman Otwal avait déclaré :

— Ce n'est pas en parlant de noyade qu'on terrorise un poisson !

Une demi-heure durant, l'intarissable personnage avait poursuivi sur ce thème face à un Patch de plus en plus mal à l'aise, au point que ce dernier, resté en tête à tête avec lui-même, s'était livré à un long et douloureux débat intérieur pour savoir si la construction d'une pareille horreur était après tout compatible avec sa conscience.

Ici, Gersen l'interrompit :

— N'avez-vous jamais soupçonné Seuman Otwal d'être Kokor Hekkus en personne ?

— Oh ! oui, certes ; jusqu'au jour où Kokor Hekkus lui-même est venu me rendre visite à l'atelier. Il n'y avait pas la moindre ressemblance entre les deux hommes.

— Pouvez-vous le décrire ?

Patch fronça les sourcils.

— Ce n'est pas facile. Il ne possède aucun trait caractéristique. Il a à peu près votre stature, il est vif et nerveux. Sa tête n'est ni grosse ni petite et son visage est régulier et bien proportionné. Il porte un fond de teint sombre et ses vêtements évoquent ceux des patriarches whitelocks. Ses manières sont douces, d'une courtoisie presque exagérée mais qui n'est ni convaincante ni faite pour convaincre. Il s'exprime d'une voix posée et écoute avec attention tout ce qu'on lui dit ; mais toujours, au fond de son regard, brille une flamme lointaine, comme s'il pensait à tout ce qu'il a connu ou accompli au cours de son étrange existence.

Il y eut une nouvelle interruption, cette fois-ci de la part des deux enfants qui voulaient qu'on leur montre Rigel. Gersen désigna du doigt l'étincelant foyer blanc vers lequel fonçait leur vaisseau, puis reporta toute son attention sur Patch et ses états d'âme. Après être passé, affirma ce dernier, par toute une gamme de remords, scrupules et appréhensions variés, il avait finalement pris le parti de se laisser guider par deux considérations : tout d'abord, il s'était déjà engagé et l'argent, soit la somme de 427 685 UVS, lui avait été versé d'avance ; deuxièmement, s'il refusait de construire cette machine, il existait une douzaine d'autre ateliers qui effectueraient le travail à sa place. C'est pourquoi il s'était mis à l'ouvrage, malgré la conscience qu'il avait de participer à une entreprise maléfique.

Gersen l'écoutait sans faire aucun commentaire. En réalité, il lui était difficile d'accabler le pauvre diable. Patch semblait être tout à fait inoffensif. Il n'avait qu'un seul tort : la moralité chez lui n'était pas automatique.

La construction de la forteresse suivit normalement son cours. Lorsque l'ouvrage fut presque achevé, Kokor Hekkus fit une nouvelle visite à l'atelier. Au grand désarroi de Patch, il se déclara fort mécontent. Il critiqua le mouvement des pattes, qu'il qualifia de « grossier » et de « visiblement inorganique ». A son avis, la forteresse « ne donnerait pas le change à un enfant de trois ans ! » Patch, tout d'abord embarrassé, reprit peu à peu ses esprits. Il alla chercher les spécifications et démontra qu'il avait suivi les instructions à la lettre. Nulle part, et à aucun moment, il n'avait été fait état d'éxigences précises en ce qui concernait le mouvement des pattes. Kokor Hekkus se montra intraitable. Il déclara l'objet totalement inacceptable et exigea des modifications en conséquence. Patch, furieux, déclina toute responsabilité. Il voulait bien effectuer des modifications, mais contre versement d'une nouvelle somme d'argent. Là-dessus, Kokor Hekkus prit un air outragé et fendit l'air du plat de la main pour signifier à Patch qu'il était allé trop loin. Patch déclara-t-il, n'avait pas respecté les clauses du contrat, qui se trouvait de ce fait entaché de nullité. Il exigeait la restitution de tous les fonds avancés, soit 427 685 UVS. Patch refusa. Kokor Hekkus le salua avec raideur et sortit.

Patch s'arma, mais en pure perte. Quatre jours plus tard, quatre individus l'assaillaient, le rouaient de coups de manière brutale mais impersonnelle, l'embarquaient de force à bord d'un astronef et le conduisaient à Interéchanges où sa rançon était fixée à 427 685 UVS. Patch n'avait ni parents ni amis ni associés; en raison de certaines dettes contractées lors de ses travaux d'extention, la liquidation de son atelier de mécanique lui rapporterait tout au plus 200 000 UVS. Il avait donc abandonné tout espoir et s'était résigné à finir ses jours en esclavage lorsque Gersen était intervenu. Patch lui savait gré de sa générosité; sa gratitude serait éternelle mais, ajouta-t-il en marquant une légère hésitation, un tel geste devait bien cacher quelque chose.

Pour le moment, Gersen n'avait aucune raison de faire confiance à Patch

— Considérez, répliqua-t-il, que je m'intéresse aux activités des Ateliers Patch et que je viens d'acquérir une participation de 51 % à l'entreprise.

Patch se déclara, sans trop d'enthousiasme, satisfait de cet arrangement.

— Désirez-vous rédiger un contrat en bonne et due forme ?

— Vous pouvez coucher cela par écrit. Essentiellement, je désire contrôler la politique de la société pendant une période de durée indéterminé mais qui ne pourra excéder cinq ans. Quant aux bénéfices, vous pourrez en disposer à votre gré, notamment en les affectant au remboursement de la somme avancée.

Patch semblait peu enchanté de ces dispositions, mais il n'était pas en posture de les discuter. Cependant, une pensée soudaine le frappa et il demanda en passant une main convulsive sur son visage:

— Par hasard, vous n'auriez pas l'intention d'avoir à nouveau affaire à Kokor Hekkus ?

— Puisque vous posez la question... j'ai effectivement cette intention.

Patch se mordit la lèvre.

— Dans ce cas, permettez aux 49 % des voix que je réprésente d'élever leur protestation. Si dans votre esprit subsiste ne serait-ce que 2 % d'hésitation, alors cette funeste ambition sera contrecarrée.

Gersen eut un sourire sardonique.

— Comme vous voudrez.

L'éblouissante Rigel occupait maintenant une grande partie du ciel. Gersen mit le cap sur Alphanor. Daro et Wix ne se tenaient plus d'excitation. Gersen les contempla avec amertume. Dès qu'ils retrouveraient la pénombre familière de leur vieille demeure sur les hauteurs de Taube, ils se précipiteraient dans les bras de leurs parents et leur enlèvement, le séjour en prison, le voyage de retour ne seraient bientôt plus qu'un mauvais souvenir. Gersen lui-même serait vite oublié. Il se prit à méditer sur les caprices du destin qui avait fait de lui — lugubrement, il choisit son terme — un monomaniaque. Qu'arriverait-il si, par un exceptionnel et fantastique concours de circonstances, il réussissait à faire payer de leur vie le massacre de Mont Pleasant aux cinq Princes-Démons... que se passerait-il alors ? Serait-il capable de prendre sa retraite, acheter un lopin de terre, faire sa cour, fonder un foyer et élever des enfants ? Ou bien le rôle de justicier serait-il à ce point ancré dans sa nature que plus jamais il ne pourrait renoncer, plus jamais il ne pourrait rencontrer un méchant sans vouloir l'exécuter à tout prix ? La chose n'était que trop possible. Et, malheureusement, une telle réaction ne découlerait pas de l'indignation légitime d'un sens moral outragé, mais d'un réflexe automatique, sans passion. Et l'unique satisfaction qu'il en retirerait équivaudrait à l'accomplissement d'un besoin physiologique mineur, tel que l'acte d'éructer ou de se gratter.

De telles réflexions avaient toujours pour effet de plonger Gersen dans un état de profonde mélancolie, et pendant tout le reste du voyage il se montra plus taciturne et renfrogné que jamais. Les deux enfants l'observaient avec curiosité, mais sans crainte, car ils avaient au moins appris à avoir confiance en lui.

Puis ce fut Alphanor, la Scythie et enfin l'astroport de Marquari, dans l'antique province de Garreu. Dès son arrivée, Gersen appela Duschane Audmar au visiphone. En voyant son visage hagard, il conclut que l'éminent Centiphase avait dû se livrer à une sévère introspection quant aux véritables motifs de sa mission. Il se contenta de s'enquérir brièvement de la santé des deux enfants et accueillit d'un simple signe de tête les apaisements de Gersen.

Il n'existait pas de liaison aérienne entre Marquari et Taube et l'usage des astronefs était formellement interdit en dehors des spatioports. Gersen dut prendre place, en compagnie des deux enfants qui se montraient de plus en plus impatients, à bord d'un cargo côtier qui mettait un jour et une nuit pour parcourir les huit cents kilomètres qui les séparaient de Taube. Là, il loua de nouveau le vieux glisseur et se lança à l'assaut du chemin escarpé qui conduisait à la demeure de Duschane Audmar. Sans un mot pour Gersen, sans jeter un seul regard en arrière, les enfants se précipitèrent dans les bras de leur mère qui les attendait le visage crispé d'émotion, sur le pas de la porte. Gersen ressentit un grand vide. Il s'était attaché aux deux enfants. Il entra derrière eux et, maintenant qu'ils étaient chez eux et en sécurité, Daro et Wix accoururent, l'embrassèrent et se firent cajoler.

Audmar parut enfin et le conduisit jusqu'à la pièce austère où ils avaient eu leur premier entretien. Gersen fit son rapport.

— Kokor Hekkus a besoin de dix milliard d'UVS. Il espère réunir cette somme en extorquant cent millions aux cent familles les plus fortunées de l'Œcumène. Un tiers de l'argent est déjà en sa possession, et de nouvelles sommes affluent chaque jour. Son but est de ramasser suffisamment d'argent pour payer la rançon d'une jeune femme qui, pour lui échapper, s'est mise sous la protection d'Interéchanges en fixant elle-même le montant de son gage à dix milliards d'UVS.

— Hmm, grogna Audmar. Cette jeune personne doit posséder de bien éminentes qualités pour que Kokor Hekkus l'évalue à ce prix.

— C'est ce qu'il faut croire — quoique n'importe quel objet de ce prix soit en soi désirable, répondit Gersen. J'aurais volontiers vérifié *de visu* les qualités de la dame si elle n'avait, vraisemblablement dans le but de décourager une telle curiosité, fixé elle-même le prix du simple coup d'œil à dix mille UVS.

Duschane Audmar hocha doucement la tête.

— L'avenir dira si ces renseignements valent ou pas cent millions d'UVS aux yeux de l'Institut, d'où naturellement proviennent les fonds. Pour moi, mes enfants m'ont été rendus et bien sûr je m'en réjouis. Mais je crains d'avoir laissé mes sentiments prendre le pas sur ma raison. Je crains de m'être compromis.

Gersen ne fit aucun commentaire. En son for intérieur, il aboutissait aux mêmes conclusions. Et pourtant, si l'Institut l'avait voulu, il aurait pu détruire Kokor Hekkus. L'Institut n'avait qu'à s'en prendre à lui-même.

— Il y a autre chose, ajouta Gersen. La jeune femme en question s'appelle Alusz Iphigenia Eperje-Tokay. Elle se prétend originaire de la planète Thamber.

— Thamber! A la fin, l'intérêt d'Audmar semblait éveillé. A-t-elle dit cela sérieusement ou s'agit-il d'une mystification de sa part?

— Je pense qu'elle a fait cette déclaration sans vouloir plaisanter.

— Très intéressant. Même si ça n'a ni queue ni tête. Il jeta à Gersen un regard de biais. C'est tout ce que vous aviez à me dire?

— Vous m'avez confié une certaine somme destinée à

couvrir mes dépenses. Une partie de cette somme a été utilisé d'une manière que j'ai jugée pertinente, c'est-à-dire à acquérir une participation majoritaire à la Société des Ateliers de Constructions Mécaniques Patch, qui a son siège à Patris, sur Krokinole.

Audmar inclina ironiquement la tête.

— C'était la meilleure chose à faire, en effet.

— L'occasion s'est présentée à Interéchanges. Myron Patch s'y trouvait détenu, sous la tutelle de Kokor Hekkus, avec un gage de 427 685 UVS. Un tel chiffre a retenu mon attention. J'ai fait une petite enquête et lorsque Patch m'a assuré connaître le moyen d'entrer en contact avec Kokor Hekkus, je l'ai libéré en prenant ses actions comme garantie.

Audmar se leva, sortit et revint avec un plateau contenant une bouteille et des verres.

— J'ai ainsi appris, poursuivit Gersen, que Myron Patch a fabriqué pour Kokor Hekkus un monstre mécanique : une forteresse mobile ayant la forme d'une scolopendre composée de dix-huit anneaux.

Audmar but son verre d'un trait, le fit tourner entre ses doigts en contemplant les reflets roses et pourpres.

— Vous n'avez pas à justifier l'emploi de cet argent, dit-il. Il nous a déjà fourni quelques renseignements précieux et a permis, de façon incidente et concomitante, à deux charmants enfants de regagner leur foyer.

Il reposa son verre dans un léger tintement. Gersen, comprenant davantage ce qui n'avait pas été dit que le reste, se leva et prit congé.

Patris, capitale des Communes Associées du Cumberland, s'étirait sur plusieurs kilomètres le long de l'estuaire de la rivière Card. Face aux faubourgs résidentiels disséminés sur les rives du lac d'Ock, le Vieux Quartier comportait un grand nombre de maisons de brique noire et rugueuse, à deux ou trois étages, aux étroites façades souvent millénaires percées de hautes fenêtres et surmontées de pignons pointus. En amont, dans la Cité Nouvelle, se dressaient les célèbres Onze Arches, vieilles de sept cents ans. Ensemble monumental unique dans tout l'univers humain, elles avaient la forme d'une pyramide tronquée de huit cents pieds de haut enjambant la rivière sur un berceau de deux cents pieds taillé dans la base. A part leur couleur, elles étaient rigoureusement identiques. Chaque pilier massif abritait des commerces, des services et des studios, tandis que des appartements réservés à l'élite urbaine s'étageaient jusqu'au sommet.

Entre les Onze Arches de la Cité Nouvelle et les maisons noires du Vieux Quartier s'étendait une zone industrielle crasseuse, où Myron Patch avait son atelier. Avec une attitude d'incertitude inquiète, d'orgueil blessé et de dignité refoulée, il escorta Gersen jusqu'à l'entrée principale. Il semblait désolé de voir son usine fermée et silencieuse.

— Lorsqu'un coup dur se présente, on attendrait de ses propres employés qu'ils réagissent, qu'il continuent à faire tourner la machine ou fassent quelque chose pour venir en aide à leur employeur. Mais fi ! Plus de cent personnes, hommes et femmes, gagnaient ici leur pain grâce à moi ; et pas un seul qui ait même eu l'idée de prendre de mes nouvelles auprès des représentants d'Interéchanges !

— C'est sans doute, suggéra Gersen, qu'ils étaient trop occupés à chercher un autre travail.

— En tout cas, je ne suis pas content.

Patch ouvrit avec fracas le portail à double battant et fit entrer Gersen dans une vaste salle encombrée de forges, de tours et de toutes sortes de machines à souder, à fraiser et à mouler. L'ensemble était plus impressionnant que Gersen ne l'aurait cru.

— Seuman Otwal a insisté pour que le secret le plus absolu soit respecté, expliqua Patch en conduisant Gersen au fond de l'atelier devant une petite porte ornée d'un symbole universel : une main rouge dressée la paume en avant. Il a même exigé que les ouvriers travaillant dans l'atelier B subissent un traitement hypnotique leur enjoignant d'oublier tout ce qu'ils avaient vu ou fait en passant le seuil de cette porte. J'en ai profité, reprit-il rêveur, pour leur suggérer de travailler avec plus de zèle et d'efficacité, et aussi de ne ressentir ni faim, ni soif, ni fatigue, ni envie de bavarder durant les heures de travail; et je dois dire que pendant quelque temps j'ai eu une équipe véritablement admirable. J'étais d'ailleurs décidé à étendre ce système au reste de mes employés lorsque j'ai été enlevé. Tout en manipulant les boutons de la serrure à code, Patch ajouta: Puisque nous sommes associés, il ne saurait y avoir de secret pour vous.

La porte coulissa et les deux hommes passèrent dans l'atelier B. La forteresse était là. Patch, constata Gersen, avait une fois de plus péché par euphémisme en lui décrivant le monstre. L'effroyable mécanisme avait une tête garnie de six mandibules en forme de faucille et entourée d'une triple rangée de crocs effilés. Une fente transversale servait d'œil et l'orifice d'ingestion était une poche de forme conique située au sommet de la tête et munie de chaque côté d'une paire de bras articulés. Suivaient les dix-huit anneaux, portés chacun par une paire de pattes hautes et articulées, recouvertes d'une peau jaunâtre à l'aspect rugueux. A l'extrémité opposée du monstre se trouvait comme une seconde tête plus petite, en forme d'épi, également munie d'un œil et hérissée d'un collier de piquants. Le tronc était resté inachevé et avait encore un éclat métallique.

— Qu'est-ce que vous en pensez? demanda Patch anxieusement, comme s'il quêtait l'approbation de Gersen.

— Tout à fait impressionnant, fit Gersen, et Patch sembla rassuré. Je serais curieux de savoir ce qu'il compte faire avec.

— Regardez.

En s'aidant des crocs comme d'une échelle, Patch grimpa jusqu'au somment de la tête et disparut dans la poche d'ingestion. Resté seul avec l'horrible engin de mort, capable de cracher le feu ou de sectionner un tronc d'arbre d'un coup de mandibule, Gersen regarda en hésitant à droite et à gauche, puis se replia dans l'encoignure de la porte, hors de portée du regard du monstre. Patch était certainement un bon bougre, sa reconnaissance semblait sincère, mais pourquoi tenter le diable ?

Patch avait mis le contact. Peu à peu, l'objet prenait vie. La tête remua de droite à gauche, les mandibules cliquetèrent ; des évents disposés de chaque côté de la tête exhalèrent une lugubre plainte qui emplit toute la pièce. Gersen frissonna. La plainte s'éteignit. Le monstre s'ébranla : de chaque côté, une série de pattes alternées se souleva et retomba en avant tandis que l'autre se rétractait.

La machine avança, recula ; les pattes articulées lui assuraient un mouvement continu mais un peu rigide. Puis la scolopendre de métal fit halte, amorça une volte : un pas, puis deux, puis trois. Mais soudain, toutes les pattes du côté de Gersen semblèrent se rétracter. Le monstre vacilla un instant, puis s'abattit avec fracas contre la paroi. Gersen, s'il était resté dans l'atelier, aurait été immanquablement écrasé. Un accident, sans doute... une défaillance de la mécanique — ou de l'opérateur... Du sommet de la tête émergea Patch, le visage moite, le regard consterné. En le voyant, Gersen aurait juré que son affolement était réel, qu'il était véritablement horrifié à la pensée de ce qu'il allait découvrir. Patch sauta à terre, contourna l'énorme carcasse en criant :

— Gersen ! Gersen !

— Derrière vous, fit Gersen. Patch fit un bond ; et si l'expression de soulagement qui se peignit alors sur son visage était feinte, cela signifiait, se dit Gersen, que le monde avait perdu un grand acteur.

En bredouillant, Patch loua le ciel que Gersen fût encore en vie. Le mécanisme assurant la synchronisation des pattes à tribord s'était déréglé ; c'était la première fois qu'une telle chose se produisait. Non pas que cela ait de l'importance, à présent : de toute façon, l'objet était destiné à être démantelé.

Il précéda Gersen dans l'atelier principal, et referma la porte derrière eux.

— Demain, dit-il, nous reprenons le travail. J'ignore ce que sont devenus mes anciens clients, mais je leur ai toujours donné satisfaction par le passé et j'espère qu'ils continueront à nous apporter leurs commandes.

Gersen hocha le menton en direction de l'atelier B.

— Qu'est-ce que Kokor Hekkus reprochait exactement à votre travail ?

Patch fit la grimace.

— L'action des pattes. Il prétendait que l'effet produit ne correspondait pas à ce qu'il avait demandé. Le mouvement était trop rigide. Il exigeait quelque chose de plus souple et de plus arrondi. J'ai essayé en vain de lui expliquer qu'un tel système serait beaucoup plus coûteux et offrirait de nombreux inconvénients ; en particulier, si l'on tient compte du poids de la forteresse et du terrain très accidenté où elle doit évoluer, je doute qu'on puisse mettre au point un mécanisme durable.

— Voici mon opinion, déclara Gersen. Kokor Hekkus nous a extorqué près d'un demi-million d'UVS. Nous devons récupérer cet argent.

Patch émit un pauvre sourire accablé.

— La mienne est qu'il serait plus sage d'ignorer Kokor Hekkus. Les clients de son espèce ne nous intéressent pas. Oublions le passé, c'est ce qu'il y a de mieux à faire. Venez ! Allons dans mon bureau, nous examinerons les comptes ensemble.

— Non, fit Gersen. Je vous fais entièrement confiance pour ces choses-là. En ce qui concerne la forteresse, cependant, j'estime qu'il faut absolument que nous rentrions en possession de cet argent. Et il y a un moyen absolument sûr et légal de le faire.

— Lequel ? demanda Patch d'un ton dubitatif.

— Modifions la forteresse de telle sorte qu'elle réponde aux exigences de Kokor Hekkus. Nous pourrons la lui vendre au prix fixé à l'origine.

— Possible. Mais il y a des difficultés. Qui vous dit qu'il est toujours preneur ? Ou — surtout — que nous parviendrons à apporter les modifications voulues ?

Gersen parut réfléchir.

— Quelque part, j'ai vu un jour quelque chose d'analogue à ce que nous cherchons... C'était tout au bout de l'Œcumène, sur Vanello, planète à la mode fréquentée surtout par les ressortissants du Scorpion. Au cours d'une de leurs cérémonies religieuses, la prêtresse, vêtue de pétales de fleurs, s'élève du sol sur une plate-forme portée par une longue tige flexible. En même temps qu'elle, s'élève une plate-forme identique portant divers objets rituels : un livre, une coupe, un crâne humain... peu importe. Tandis que la prêtresse accomplit les rites, les deux tiges se croisent et s'entrelacent. D'après ce qu'on m'a dit, ces tiges seraient composées de plusieurs douzaines de tubes plus petits, emplis d'un coulis magnétique : un liquide visqueux contenant de la limaille de fer. Obéissant à des champs d'impulsions préalablement programmés, ces tubes sont capables de se contracter violemment, rendant ainsi possible n'importe quelle contorsion de la tige. Il me semble qu'un tel système pourrait être adapté au mouvement de la forteresse.

Patch gratta d'un air pensif son petit menton arrondi.

— Si ce que vous dites est exact, oui, cela pourrait constituer un moyen.

— Avant tout, nous devons contacter Seuman Otwal pour nous assurer que Kokor Hekkus a toujours besoin de la forteresse.

Patch poussa un soupir prolongé, leva les bras et les laissa retomber brutalement.

— Comme vous voudrez... mais je préférerais avoir affaire à un nid de vipères.

Cependant, lorsque Patch appela l'hôtel où Otwal descendait habituellement, on lui répondit que ce dernier n'y résidait pas actuellement et qu'il n'avait laissé aucune instruction. Visiblement soulagé, Patch aurait raccroché si

Gersen ne lui avait soufflé de laisser son nom et de demander que Mr. Otwal veuille bien l'appeler le plus tôt possible.

L'écran du visiphone s'éteignit ; Patch retrouva sa bonne humeur.

— Après tout, qu'avons-nous à faire de leur sale argent, issu des crimes les plus abominables qu'on puisse imaginer ! Peut-être pourrons-nous vendre le monstre à un amateur de curiosités, ou même fixer des sièges sur son dos et le faire promener à travers la ville comme un char à banc excentrique. Soyez assuré, Kirth Gersen, que votre argent ne craint rien !

— L'argent ne m'intéresse pas, fit Gersen. Ce que je veux, c'est Kokor Hekkus.

Aux yeux de Patch, c'était une inclination bizarre et même perverse.

— Pour quoi faire ?

— Pour le tuer, répondit Gersen, qui regretta aussitôt de s'être montré un peu loquace que de coutume.

6

Extrait de *Kokor Hekkus, la Machine à Tuer,* chapitre IV des *Princes-Démons* par Caril Carphen (Presses Elucidariennes, New Wexford, Aloysius, Véga) :

« Tandis que Grendel le Monstre appelle infailliblement le qualificatif de sinistre et Howard Alan Treesong celui de déconcertant, Viole Falusche, Lens Larque et Kokor Hekkus, eux, se disputent la palme de l'extravagance. Lequel est le plus fantastique des trois ? Spéculation amusante quoique parfaitement oiseuse. Il suffit de considérer, en effet, l'extraordinaire Monument de Lens Larque, le Palais de l'Amour de Viole Falusche ou les incroyables forfaits dont Kokor Hekkus n'a cessé d'accabler l'humanité pour s'apercevoir que de tels égarements, sans parler

de les comparer, dépassent de loin l'entendement du commun des mortels. Il convient toutefois d'ajouter, pour être impartial, que Kokor Hekkus a su captiver l'imagination populaire grâce à un humour aussi effrayant que grotesque. Ecoutons plutôt ce qu'il dit dans cet extrait de sa célèbre communication téléphonée, Théorie et pratique de la terreur, *à l'intention des étudiants de l'université Cervantes :*

« ... pour que l'effet produit atteigne un maximum d'intensité, il faudra d'abord isoler, puis amplifier chacune des tendances de base existant préalablement chez notre sujet. C'est une erreur que de considérer la peur de la mort comme la forme de terreur la plus extrême. Je pourrais citer au moins une douzaine d'autres cas beaucoup plus poignants, comme par exemple : la peur de se trouver incapable de protéger un être aimé ; la peur du discrédit ; la peur d'un contact répugnant ; la peur d'avoir peur.

« Mon dessein est de provoquer chez un sujet donné une terreur du type cauchemar et de la maintenir pendant un laps de temps important. Le cauchemar est le reflet de l'inconscient dans ce qu'il a de plus profond et de plus sensible. Comme tel, il servira de repère à l'expérimentateur. Dès qu'une zone apparemment sensible aura été décelée, l'expérimentateur déploiera toute son ingéniosité à la mettre en valeur, à la dramatiser puis à l'amplifier au maximum de ses possibilités. Si le sujet craint l'altitude, l'expérimentateur le conduira au pied d'une haute falaise, l'attachera à l'aide d'une corde d'apparence fragile ou élimée, et le hissera lentement jusqu'en haut, ni trop près de la paroi ni trop loin ; ainsi sera soulignée l'échelle, en même temps que l'insupportable et irréalisable tentation de se raccrocher à la surface verticale. Enfin, le mécanisme de remontée sera réglé de façon à avoir des ratés et à produire de fortes secousses. De même, si le sujet est claustrophobe, il sera conduit au fond d'une excavation où débouche un étroit tunnel à pente variable et aux coudes fréquents et imprévus. Tandis que le sujet doit ramper la tête la première dans ce tunnel, la fosse est comblée derrière lui. »

***

EN attendant que Seuman Otwal veuille bien se manifester, les Ateliers de Constructions Mécaniques Patch avaient peu à peu repris le cours de leurs activités normales. Gersen s'était personnellement attelé au problème des modifications à apporter à la forteresse. Il avait pris contact avec l'agence locale du SUCT[1], décrit les rites de la Floraison sur Vanello, avec les quarante-cinq plates-formes cépaloïdes montées sur leurs tiges rétractiles. Quelques minutes plus tard, il avait reçu un volumineux dossier chargé de graphiques, schémas et spécifications techniques. Patch avait examiné le tout en ponctuant sa lecture de : «Oui... Ah ! oui... Je vois...» Après quoi il avait poussé un soupir résigné.

— C'est parfait. A grand renfort d'argent, nous perfectionnons ce grotesque croquemitaine ambulant, pour nous apercevoir que ni Seuman Otwal, ni Kokor Hekkus, ni personne d'autre ne veut nous l'acheter... Que se passe-t-il alors ?

— Nous faisons un procès.

Patch émit un grognement de dérision, puis retourna à l'étude du dossier que Gersen lui avait confié. Finalement, il déclara à regret :

— C'est faisable. Un tel système serait nettement supérieur aux pattes articulées. Cependant, la mise au point des régulateurs de phase, du couplage des modulateurs et des modulateurs eux-mêmes est tout à fait en dehors de ma compétence. Je ne vois guère qu'un cybernéticien pour résoudre le problème. Nous pourrions sous-traiter cette partie du contrat.

— Faites pour le mieux.

Deux mois plus tard, Seuman Otwal n'avait toujours pas donné signe de vie. Avec réticence, Patch accepta d'appeler à nouveau l'hôtel Halkshire, mais Otwal n'y avait pas mis les pieds. Gersen commença à perdre patience et à étudier un autre moyen de retrouver la piste de Kokor Hekkus. La forteresse, de par sa nature même, raisonna-t-il, devait lui fournir ce moyen. Il alla chercher le cahier des charges au complet et l'étala devant lui.

Nulle part n'apparaissait de mention permettant d'identifier à coup sûr la planète où le monstre de métal serait

1. Service Universel de Consultations Techniques.

appelé à fonctionner. S'armant de patience, Gersen parcourut à nouveau le dossier, à la recherche cette fois-ci d'un indice quelconque qui lui permettrait d'en savoir davantage sur cette mystérieuse planète X.

Aucun dispositif de climatisation n'avait été prévu : de toute évidence, l'atmosphère était de type standard ou quasi standard.

Un alinéa disait ceci :

Le véhicule devra être capable de gravir en pleine charge des inclinaisons allant jusqu'à 40° (dans des conditions normales d'adhérence) à une vitesse d'au moins seize kilomètres à l'heure ; d'évoluer aisément et sans défaillance en terrain tourmenté, par exemple parsemé de fragments rocheux de forme variable et de six pieds de diamètre au maximum ; de franchir des fissures, fossés ou crevasses ne dépassant pas vingt pieds de largeur.

Un peu plus bas, Gersen lut :

Les spécifications concernant la puissance ont été établies sur la base d'un rendement thermodynamique de 75 %, avec un facteur de dépassement de 100 %.

Muni d'une règle à calcul et d'un intégraphe, Gersen se mit au travail. Connaissant la masse de la forteresse et l'énergie requise pour propulser le véhicule sur une inclinaison à 40° à la vitesse de seize kilomètres à l'heure, il pouvait, compte tenu du facteur de dépassement, calculer la gravité de surface de la planète X. Il aboutit au chiffre de 0,84 standard, qui correspondait à un diamètre compris entre 11 000 et 13 000 kilomètres.

Tout cela ne le menait pas très loin. Une fois de plus, il étudia les spécifications. Elles étaient extrêmement précises et n'admettaient aucune marge d'erreur. Quatroze planches en couleurs décrivaient la forteresse sous tous les angles. Elle devait être enduite d'émaux de différentes teintes : noir, brun foncé, rose et azur. Même les émaux et les pigments faisaient l'objet de spécifications rigoureuses sous la forme de graphiques indiquant les différentes longueurs d'ondes en fonction des indices de réflexion. Une seule variable, constata Gersen, manquait à l'appel : la couleur de la lumière incidente. Soucieux, il appela l'ingénieur responsable des couleurs et lui demanda une série de plaques émaillées selon ces graphiques.

En attendant les plaques, Gersen eut une autre idée. L'extrême précision des spécifications permettait de penser qu'une similitude poussée avec une créature vivante avait été recherchée. Une telle créature, si elle existait, devait être véritablement effroyable, mais cela correspondait bien aux préoccupations de Kokor Hekkus. Gersen prépara un résumé décrivant les caractéristiques de la forteresse et le soumit au SUCT. Douze minutes plus tard, il reçut un rapport d'où il ressortait qu'aucune créature correspondant aux indices taxonomiques indiqués n'était signalée dans les sources habituelles, bestiaires, monographies ou rapports d'explorations existants. De nombreuses planètes abritaient des créatures présentant des points communs ; les exemples ne manquaient pas : la planète Idora, Sadal Suud XI, possédait un serpent aquatique annelé qui pouvait atteindre dix mètres de long ; diverses espèces en miniature existaient sur la Terre ; les hautes-terres de Krokinole étaient hantées par le dangereux tectigrade. Toutefois, ajoutait le rapport du SUCT, il existait une référence particulièrement appropriée dans un vieux recueil de contes pour enfants : *Légendes de l'antique Thamber* — là, Gersen se pencha pour lire de plus près l'extrait qui suivait :

Souple et sinueuse, ondoyante et glissante, l'horrible créature, portée par trente-six pédoncules, dévale sans se hâter le flanc de la montagne escarpée. Douze de ses victimes allongées bout à bout l'égaleraient en longueur !

— Nous sommes perdus ! s'écrie la princesse Sozanella. D'un

côté le monstre, de l'autre les affreux gnomes de Taddo qui nous feront prisonniers !

— Ne perdez pas espoir, douce princesse, murmure Dantinet, car l'ennemi séculaire des Taddos est devant nous. Voyez comme il pointe la tête noire sur nos poursuivants. On aperçoit le bleu hideux de son ventre. Les gnomes hurlent et se dispersent, épouvantés ; mais trop tard ! le monstre les projette dans sa panse béante. Fuyons, princesse, dans l'obscurité propice ; car cette fois-ci, le Malfaisant a décidé de nous épargner !

Gersen reposa lentement le rapport devant lui. Thamber ! Encore une allusion à la planète mythique !... Xavar Mankinello, le spécialiste des couleurs, entra à ce moment-là, porteur d'échantillons émaillés selon les spécifications de Kokor Hekkus. Mû par plus d'impatience qu'il n'en laissait jamais paraître, Gersen les disposa autour des modèles en couleurs de la forteresse. Les différences étaient notables. Mankinello se pencha anxieusement vers la table.

— Aucune erreur n'a pu être commise. J'ai fait très attention.

Gersen étudia les plaques.

— S'il en est ainsi, pouvez-vous déterminer la qualité de lumière qui amènerait les plaques à la même couleur que ces schémas ?

Mankinello réfléchit.

— Incontestablement, les plaques sont plus claires. Allons au labo.

Une fois dans son laboratoire, Mankinello disposa les plaques émaillées sous un générateur de couleurs.

— C'est sans doute l'incandescence standard qui vous intéresse ?

— La luminosité stellaire standard. Je suppose que c'est à peu près la même chose.

— Pas tout à fait — en raison de l'atmosphère stellaire. Mais nous pouvons aisément corriger ce facteur. Commençons à 4 000° F. Il tourna un volant, abaissa un commutateur et consulta le comparateur. Presque. Il tourna à nouveau le volant. Nous y voilà : 4 350°. Vérifiez vous-même.

Gersen se pencha vers l'appareil. Les plaques avaient à présent exactement la même couleur que les schémas.

— Température de couleur, 4 350° : type K ?

— Je vais vous le dire exactement. Mankinello consulta une table de référence. Type G8.

Gersen reprit plaques et schémas et retourna dans le bureau qu'il s'était provisoirement attribué. Les faits commençaient à s'accumuler. La planète en question tournait autour d'une étoile de type G8 ; elle avait une gravité de 0,84 G ; les références à Thamber, le monde légendaire, revenaient avec une particulière insistance... Gersen appela le SUCT et demanda une liste complète des allusions — littéraires, hypothétiques, fictives, mythiques, hystériques ou autres — à la localisation du monde perdu de Thamber. Une demi-heure plus tard, un épais dossier comportant plusieurs douzaines de références lui fut apporté. Il n'y avait rien de bien consistant dans tout cela. L'information la plus détaillée était encore contenue dans ce minuscule refrain enfantin, familier à Gersen :

De l'antique étoile du Chien
Vire d'un quart au nord d'Achernar ;
Et droit devant au bord du monde
Brille Thamber la magnifique.

A la rigueur, les directives contenues dans les deux premiers vers pouvaient servir. Mais la suite n'avait aucune signification. Gersen décida qu'il avait abouti à une impasse. Quelque part dans l'espace se trouvait une planète où Kokor Hekkus avait l'intention de transporter un monstre de métal. Cette planète était peut-être le monde natal d'une certaine Alusz Iphigenia Eperje-Tokay, qui s'évaluait à dix milliards d'UVS. Cette planète était peut-être la mystérieuse Thamber de la légende. Mais il n'y avait aucun moyen de le savoir.

Myron Patch apparut sur le seuil. Son visage rond était tendu, accusateur. Il regarda longuement Gersen, puis déclara d'une voix lourde d'implications :

— Seuman Otwal est ici.

7

Extrait de la préface de l'*Histoire concise de l'Œcumène* par Albert B. Hall :

« L'évocation de l'espèce humaine... s'est toujours accomplie de manière cyclique, convulsive même. Les tribus se croisent et se fondent pour donner naissance à une nouvelle race, jusqu'au moment où survient l'explosion, la dispersion et la ramification en de nouvelles tribus.

Depuis plus d'un millier d'années, tandis que l'espèce humaine se répand dans l'espace, nous assistons à la phase ascendante de ce processus. L'isolement, les nouvelles conditions d'existence, les mariages consanguins, ont abouti à l'apparition de dizaines de nouvelles subdivisions raciales. Toutefois, l'évolution de l'Œcumène semble avoir atteint à l'heure actuelle un palier où le pendule pourrait bien amorcer son mouvement de retour.

Mais seulement l'Œcumène ! L'homme poursuit sa marche en avant, plus loin, toujours plus loin. Jamais la dispersion n'a été plus facile, l'isolement plus accessible à tout le monde.

Ce qui nous attend en fin de compte ? Toutes les conjectures sont permises. Peut-être l'Œcumène sera-t-il amené à s'étendre. Peut-être verrons-nous la naissance d'autres Ecumènes. Peut-être, enfin, nous heurterons-nous un jour aux frontières d'un empire galactique différent du nôtre. Les traces ne manquent pas de mystérieux voyageurs de l'espace qui nous ont précédés pour disparaître d'une façon encore plus mystérieuse. »

***

— OU se trouve Seuman Otwal ? demanda Gersen. Ici, à l'usine ?

— Non. Ici, à Patris. Il se demande pourquoi j'ai laissé ce message. Les traits de Patch se firent plus accusateurs que jamais. Je n'ai pas su quoi répondre... Quelle humiliation ! Avoir à le traiter poliment, après tout le tort qu'il m'a fait... c'est dur à avaler...

— Que lui avez-vous dit ?

Patch fit un geste d'impuissance. « La vérité, quoi d'autre ! Que nous avions trouvé un moyen de modifier la forteresse.

— Nous ?

— En référence, naturellement, aux Ateliers de Constructions Mécaniques Patch.

— Vous a-t-il semblé intéressé ?

A contrecœur, Patch fit signe que oui.

— Il dit qu'il a reçu de nouvelles instructions de ses supérieurs. Il sera ici sous peu.

Gersen réfléchit. Seuman Otwal pouvait fort bien être l'une des multiples personnalités de Kokor Hekkus. Ce dernier savait-il que la fouine de Skouse et Kirth Gersen formaient en réalité une seule et unique personne ? Gersen se leva.

— Lorsque Seuman Otwal sera là, recevez-le dans votre bureau. Présentez-moi sous le nom de ... Howard Wall, directeur de fabrication, ou ingénieur en chef, ou quelque chose d'approchant. Ne soyez surpris par aucune de mes paroles... ou, ajouta-t-il après coup, aucun changement de mon aspect physique.

Avec raideur, Patch acquiesça et se retira. Gersen se rendit au cabinet de toilette du personnel, où un distributeur offrait un assortiment de teintures faciales. Il choisit un deux-tons exotique — marron pourpre, avec des reflets verts — refit son maquillage, se coiffa avec la raie au milieu en plaquant ses cheveux le long de ses joues, à la manière d'un esthète Whitelock. Comme il ne disposait pas d'autres vêtements pour achever sa transformation, il revêtit une blouse blanche de laboratoire. Pas encore satisfait, il suspendit à ses oreilles une paire de boucles dorées en filigrane et compléta sa toilette par une arête nasale en or oubliée là par quelque dandy appartenant au personnel. Ainsi attifé et mis au goût du jour, Gersen se regarda dans la glace. Il ne se reconnut pas.

Il traversa le corridor qui menait au bureau de Patch. La réceptionniste le regarda curieusement. Gersen passa devant elle et pénétra dans le bureau de Patch. Ce dernier, surpris, rangea précipitamment une petite arme qu'il était en train de manipuler.

— Oui, vous désirez quelque chose, monsieur ?

— Je m'appelle Howard Wall, fit Gersen.

— Est-ce que je vous connais ? Patch fronça les sourcils. Votre nom me dit quelque chose.

— Pas étonnant, dit Gersen. Vous l'avez entendu il y a dix minutes.

— Oh ! Gersen, c'est vous. Patch toussa pour s'éclaircir sa voix. Vous m'avez pris au dépourvu. Il se rassit. En quel honneur cette mascarade ?

— En l'honneur de Seuman Otwal. Il ne me connaît pas, et je préfère que les choses restent ainsi.

Patch prit une expression de méfiance maussade.

— Cette visite ne me plaît pas du tout. Je déteste que le nom de Patch soit associé à des individus louches. Après tout, ce nom est notre plus précieux capital.

Gersen ignora le sous-entendu.

— N'oubliez surtout pas : je suis Howard Wall, votre directeur de fabrication.

— Comme vous voudrez, répondit Patch avec dignité.

Cinq minutes plus tard, la réceptionniste annonça Seuman Otwal. Gersen alla ouvrir la porte. Otwal s'avança d'un air décidé. Il portait un fond de teint bicolore d'un noir et roux agressif. Son nez était fortement arqué et il avait la mâchoire anguleuse et le menton en proue. De hautes boucles d'oreilles de jais et de nacre faisaient ressortir encore davantage les traits saillants de son visage osseux. Gersen essaya de le comparer mentalement à l'homme qu'il avait affronté sur Bissom. Il y avait certes quelques points communs, notamment en ce qui concernait l'aspect général des deux hommes. Mais leurs visages étaient en tous points différents.

Seuman Otwal posa sur Gersen un regard empreint de curiosité, puis se tourna vers Patch, qui se tenait près de son bureau, l'air gêné.

— Mon directeur général, déclara Patch. Howard Wall.

Otwal inclina courtoisement la tête.

— Je vois que les affaires vont bien.

— Il fallait bien, grogna Patch. Qui se serait occupé de l'usine pendant mon absence ? Vous êtes bien placé pour le savoir.

Otwal eut un geste désinvolte.

— Laissons cela, c'est du passé. Mon employeur a ses petites faiblesses ; il sait se montrer généreux, mais uniquement avec ceux qui le servent bien. Mr. Wall sait-il qui je représente ?

— Certainement. Et il comprend la nécessité d'une très grande discrétion.

Gersen hocha la tête avec tout le degré de solennité voulu.

Seuman haussa légerement les épaules.

— Très bien, Mr. Patch. Je vous crois sur parole. Et à présent ?

Patch désigna Gersen du pouce et répondit avec une ironie acerbe qui n'échappa pas à ce dernier :

— Mr. Wall est au courant de nos difficultés passées et semble avoir quelques idées.

Otwall ne sembla pas remarquer le manque d'enthousiasme de Patch.

— Je suis tout prêt à l'écouter.

— Tout d'abord, une question, dit Gersen. La partie que vous représentez est-elle toujours intéressée par l'objet du contrat tel qu'il est décrit dans les clauses originales ?

— Cela pourrait être le cas, effectivement, déclara Otwal, si nos spécifications étaient respectées. Mon employeur a été véritablement choqué de voir la façon maladroite et rigide dont la locomotion a été rendue dans la première version.

— Etait-ce le seul point contesté ? demanda Gersen.

— Certainement le plus important. Nous supposons que le reste de l'objet répond aux normes de qualité bien connues de la société Patch.

— N'en doutez pas ! s'écria ce dernier.

— Dans ce cas, conclut Gersen, aucune difficulté ne subsiste. Mr. Patch et moi-même avons imaginé un système permettant de programmer et de reproduire n'importe quelle sorte de locomotion.

— S'il en est ainsi, et si votre système est sûr, je suis heureux d'apprendre cette bonne nouvelle.

— Il faudra régler la question de la rétribution, dit Gersen. Je parle au nom de Mr. Patch, naturellement. Il demande la totalité de la somme prévue dans le contrat original, augmentée du coût des modifications envisagées et du pourcentage de bénéfice habituel.

Otwal médita un instant.

— Moins, bien entendu, les avances de fonds qui ont été faites jusqu'à présent et qui s'élèvent, si ma mémoire est bonne, à 427 685 UVS.

Patch, outré, commença à bredouiller quelque chose. Otwal ne put réprimer un léger sourire.

— Il y a eu des dépenses imprévues, dit Gersen. Pour un montant de 437 685 UVS. Cette somme doit être ajoutée au reste. Otwall allait protester, mais Gersen l'arrêta d'un geste. Nous refusons de discuter sur ce point. Nous sommes prêts à vous donner livraison de l'objet, mais en ce qui concerne le paiement notre position sera inébranlable. Naturellement, si votre commettant désire faire valoir d'autres arguments, nous serons heureux de l'écouter en personne.

Otwal émit un rire glacé.

— Peu importe. J'accepte vos conditions. Mon commettant est pressé de prendre livraison.

— Tout de même — et sans vouloir vous offenser — nous préférerions traiter directement avec lui, afin d'éviter tout malentendu.

— Impossible. Ses occupations ne le lui permettent pas. Mais pourquoi nous laisser arrêter par des détails ? J'ai plein pouvoir pour agir en son nom.

Patch commençait à manifester de l'impatience. Ses prérogatives étaient honteusement bafouées par ce soi-disant associé, dont le seul titre était de l'avoir arraché à Interéchanges. Gersen le surveillait du coin de l'œil. Ses réactions pouvaient être imprévisibles.

— Nous traiterons donc avec vous, dit Gersen. Et, pour commencer, nous avons besoin d'une nouvelle avance de fonds — environ un demi-million d'UVS.

— Impossible ! glapit Otwal. Mon commettant est engagé dans une entreprise où toutes ses ressources doivent être concentrées.

Patch explosa.

— Rendez-moi d'abord mon argent, espèce de...

Gersen l'interrompit précipitamment :

— En supposant l'objet terminé et prêt à être livré, quelle garantie aurons-nous de récupérer notre argent ?

— Vous avez ma parole.

— Peuh ! s'exclama Patch. Ça ne suffit pas. Vous m'avez dupé une fois, vous n'hésiterez pas à recommencer si vous en aviez l'occasion.

Otwal prit un air peiné et se tourna vers Gersen.

— Si nos engagements n'étaient pas respectés — supposition ridicule, il va sans dire — vous n'auriez qu'à refuser la livraison. C'est aussi simple que ça.

— Et que ferions-nous d'une forteresse à trente-six pattes ? rétorqua Gersen. Non. Nous sommes contraints d'exiger un tiers du paiement immédiatement, un autre sur approbation du mécanisme moteur et le reste à la livraison.

— Ils devraient nous payer des dommages et intérêts,

grommela Patch. Dix mille UVS, ce n'est pas assez. Il en faudrait cent mille. Deux cent mille. Pour tout le tort, toutes les souffrances morales qui m'ont...

La discussion se poursuivit âprement. Otwal exigea des détails sur le nouveau système de locomotion adopté. Gersen le renseigna avec prolixité. Finalement, Otwal céda.

— Nous pourrions nous adresser ailleurs, mais le temps presse. Quand pouvez-vous garantir la livraison ? Le nouveau contrat devra comporter une clause pénale. Nous nous sommes montrés beaucoup trop indulgents jusqu'à présent.

De nouvelles protestations suivirent. A un moment, Patch bondit même sur ses pieds pour agiter son poing sous le nez d'Otwal, qui se contenta de faire un pas en arrière avec un sourire méprisant.

L'affaire fut enfin réglée. Otwal exigea toutefois d'inspecter la forteresse inachevée. Patch les précéda en grommelant quelque chose entre ses dents, tandis que Gersen formait l'arrière-garde. Tout en marchant, Gersen étudia à loisir la silhouette d'Otwal. Ce dernier, les hanches minces et les épaules larges, avait la démarche sûre et feutrée d'une panthère — tout à fait comme Billey Windle, mais aussi comme des millions d'autres hommes actifs et athlétiques.

Otwal fut surpris de voir les techniciens déjà au travail. Il se tourna vers Gersen.

— Vous étiez donc sûr que j'accepterais ?

— Certainement — après avoir obtenu le plus possible.

Otwal éclata de rire.

— Vous êtes très perspicace, Mr. Wall. Avez-vous jamais passé la Limite ?

— Jamais. Je déteste l'aventure et l'anticonformisme.

— C'est curieux, déclara Seuman Otwal. Il émane de vous ce quelque chose d'indéfinissable qu'on ne rencontre que chez les gens qui ont séjourné dans l'Au-delà. Naturellement, je me trompe souvent dans mes estimations. Il se retourna vers la forteresse. Eh bien, tout me semble en ordre, à l'exception, bien sûr, du revêtement final.

— Pour satisfaire notre curiosité, demanda Gersen, pourriez-vous nous dire quel usage elle est destinée ?

— Volontiers. Mon employeur passe une grande partie de son temps sur une planète lointaine peuplée de sauvages. Lorsqu'il se déplace, ces indigènes le harcèlent intolérablement. La forteresse aura pour effet de les maintenir à distance.

— C'est donc un engin purement défensif ?

— Naturellement. Mon employeur est souvent calomnié. Pour ma part, je le trouve tout à fait raisonnable. Il est audacieux, entreprenant, téméraire même, et c'est certainement l'être le plus imaginatif qui soit — mais il est raisonnable en tous points.

Gersen hocha pensivement la tête.

— Je crois comprendre qu'il fait un usage imaginatif de la terreur.

— Mieux vaut la terreur inspirée par un acte, déclara Otwal, que l'acte brutal lui-même. Ne trouvez-vous pas ?

— Possible. Mais j'ai idée qu'un homme à ce point obsédé par la notion abstraite de terreur doit à son tour passer par des affres peu communes.

Otwal parut surpris.

— Je n'avais pas envisagé la chose sous cet angle, dit-il. Mais j'incline à penser comme vous. Un homme complet ne vit pas une, mais cent vies. Il connaît des joies, des peines, des triomphes et, pourquoi pas, des terreurs inaccessibles au commun des mortels. Il exulte pleinement, souffre pleinement, craint pleinement, mais pour rien au monde il ne voudrait qu'il en soit autrement.

— A votre avis, qu'est-ce qu'il redoute par-dessus tout ?

— Ce n'est un secret pour personne : la mort. Il ne craint rien d'autre... Il met en œuvre, pour la combattre, les moyens les plus extravagants.

— Vous parlez de Kokor Hekkus avec beaucoup d'assurance, s'étonna Gersen. Vous devez très bien le connaître ?

— Mieux que quiconque. Et puis, j'ai également beaucoup d'imagination pour ma part.

— Tout comme moi, déclara Patch. Mais moi, je n'ai pas l'habitude de passer par Interéchanges pour mener à bien mes affaires financières.

Seuman Otwal eut un rire tranquille.

— Episode regrettable, que je vous propose d'oublier définitivement.

— Facile à dire, se lamenta Patch. Ce n'est pas vous qui êtes resté enfermé loin de votre travail pendant plus de deux mois.

Ils retournèrent au bureau où Otwal, quelque peu revêche, sembla-t-il, apposa sa signature au bas d'un titre bancaire d'un montant d'un demi-million d'UVS puis, redevenu aimable, prit congé des deux hommes. Gersen se rendit immédiatement à l'agence locale de la Banque de Rigel, où le chèque fut vérifié et la somme immédiatement créditée au compte des Ateliers Patch.

De retour à l'usine, Gersen trouva son associé d'humeur passablement litigieuse. Patch lui offrit de lui racheter sa part grâce à l'avance remise par Otwal, mais il refusa. Patch émit alors de noirs propos sur les contrats signés le couteau sous la gorge et déclara qu'il allait fermer l'atelier jusqu'à ce que la justice les départage. Gersen le railla :

— Vous ne pouvez pas faire ça. Je détiens la majorité des parts.

— Je ne savais pas que j'avais affaire à des bandits, des aventuriers sans scrupules, gémit Patch. Le bon renom des Ateliers Patch est souillé à jamais. Monstres ! Assassins ! Terroristes ! Crapules ! Dans quel pétrin me suis-je donc fourré !

Gersen s'efforça de le consoler.

— Vous finirez par la retrouver, votre société. Et... n'oubliez pas qu'il y a un gros bénéfice en perspective pour les Ateliers Patch.

— A moins que nous ne nous retrouvions tous les deux à Interéchanges, déclara Patch d'une voix sépulcrale. C'est tout ce à quoi je m'attends.

Gersen jura doucement entre ses dents. Patch le dévisagea, étonné de le voir pour une fois manifester une quelconque émotion.

— Qu'y a-t-il ?

— Une chose que j'ai oubliée, à laquelle je n'ai même pas pensé.

— Quelle chose ?

— J'aurais pu filer Seuman Otwal — ou mettre un traceur à ses trousses.

— Pourquoi vous en faire ? Il descend à l'hôtel Halkschire. Vous pouvez l'y retrouver.

— Oui, évidemment.

Gersen décrocha le visiphone, demanda la réception de l'hôtel Halkschire. On lui répondit que Mr. Otwal ne résidait pas actuellement à l'hôtel, mais qu'il pouvait laisser un message, Gersen raccrocha et se tourna vers Patch.

— Il se méfie, l'animal. Il aurait probablement semé mon traceur.

Patch étudiait à présent Gersen avec une expression toute nouvelle.

— Dès le début, je m'en suis douté.

— De quoi donc ?

— Que vous étiez un agent de la CCPI.

Gersen éclata de rire, secoua la tête.

— Je ne suis rien d'autre que Kirth Gersen.

— Et comment, demanda Patch avec un sourire matois, pourriez-vous utiliser un détecteur mobile, si vous n'étiez pas de la police ou de la CCPI ?

— Oh ! rien de bien difficile, si vous savez à qui vous adresser. Mais retournons à notre monstre.

Le lendemain, Seuman Otwal appela pour déclarer qu'il quittait la planète. Il serait de retour d'ici deux mois environ et espérait qu'alors de substantiels progrès auraient été accomplis.

Le jour suivant, une nouvelle sensationnelle éclata : au cours d'une seule nuit, cinq des familles les plus nanties du Cumberland avaient eu à déplorer l'enlèvement d'un ou plusieurs de leurs membres. « Voilà ce que Seuman Otwal est venu faire sur Krokinole », expliqua Gersen à son associé.

La construction de la forteresse se poursuivit à une allure satisfaisante — ce dont Patch ne pouvait que se réjouir, mais ce qui ne laissait pas d'augmenter l'inquiétude de Gersen. Ou bien Seuman Otwal était Kokor Hekkus, ou il ne l'était pas. Dans ce dernier cas, comment le forcer à révéler l'endroit où Kokor Hekkus se trouvait ? Tout ce que pouvait espérer Gersen, c'est que Kokor Hekkus, sous sa véritable identité, ferait une nouvelle visite impromptue à l'atelier. Sinon... il songea un instant à une capsule secrète cachée à bord de la forteresse, dans laquelle il voyagerait clandestinement. Mais il rejeta cette idée : la forteresse était bien trop petite... Pourquoi ne pas s'arranger pour l'accompagner en qualité d'instructeur ou d'expert ? Mais si la destination du monstre était véritablement la planète Thamber, alors il risquait de se retrouver exilé pour la vie ou réduit en esclavage.

Une idée d'un genre différent le frappa alors, qu'il s'employa à mettre en œuvre dans les quelques jours qui suivirent. Les pulsations de contrôle du mécanisme cyclique de la forteresse étaient transmises par un conduit dorsal qui se ramifiait de chaque côté vers les relais de chacun des anneaux. A un endroit où ce conduit passait en travers de la tête du monstre, Gersen installa un interrupteur de circuit commandé par des cellules disposées de part et d'autre de la tête. Si le gaz entre ces cellules venait à être ionisé — par exemple par l'impact d'un rayon de projac de faible intensité — le circuit serait établi et l'interrupteur agirait, paralysant la forteresse durant une dizaine de minutes au moins.

Entre-temps, les émaux de surface avaient été rivés, les

moteurs et les circuits vérifiés et mis au moint, l'action des pattes essayée avec des programmations diverses. Enfin, la forteresse fut déclarée fin prête. Aux premières lueurs du petit matin, elle fut enveloppée d'une housse et sortie dans la rue, où un hélico de transport l'enleva et la convoya jusqu'à une région isolée située au sud du désert de Bize Parish, pour ses premiers essais sur le terrain. Patch s'assit fièrement aux commandes, tandis que Gersen prenait place à côté de lui. La forteresse se joua allégrement des obstacles, se lança sans protester à l'assaut des collines. Quelques défectuosités se manifestèrent, dont on prit dûment note. Un peu avant midi, débouchant au sommet d'une petite crête, la forteresse se trouva face à face avec un pique-nique de l'Association pour le développement de la vie en plein air. Une centaine d'amis de la nature, levant le nez de leur repas de midi, poussèrent des clameurs horrifiées et s'égaillèrent dans les collines.

— Un succès sur toute la ligne, commenta Gersen. Nous pouvons maintenant garantir à Kokor Hekkus sa ration d'épouvante.

Patch arrêta le monstre, lui fit faire demi-tour et rebroussa chemin. Au crépuscule, la forteresse rejoignit sa housse et fut de nouveau emportée jusqu'à l'atelier.

Comme s'il avait un don de seconde vue, Seuman Otwal passa le lendemain matin pour s'enquérir des progrès accomplis. Patch lui assura que tout allait bien et que, s'il le désirait, il pourrait faire un essai le jour suivant. Otwal accepta et une fois de plus le monstre fut enveloppé dans sa housse et transporté aux confins des terres arides, non loin des pinacles de cristal ; Otwal suivait à quelque distance, dans un aérocar léger sans signe distintif.

Gersen, arborant son deux-tons marron et un accoutrement dernier cri, s'installa aux commandes, et la forteresse s'élança à nouveau à l'assaut des collines.

Selon les termes du contrat, aucun armement n'avait été installé ; toutefois, les poches à venin et à gaz avaient été emplies de fumée et d'eau colorée, qu'elles crachaient avec précision. Otwal mit pied à terre, contempla à distance les évolutions de la forteresse, puis remonta prendre place au poste de pilotage. Il ne disait rien, mais son attitude indiquait sa satisfaction. De son côté, Patch, également silencieux, se félicitait visiblement de ce que l'odieuse aventure touchât enfin à son terme.

Le soir venu, la forteresse dut de nouveau être convoyée jusqu'à Patris. Otwal, Patch et Gersen se réunirent dans le bureau de Patch. Otwal se mit à faire les cent pas, comme si quelque chose le préoccupait.

— La forteresse se comporte assez bien, déclara-t-il enfin, mais pour être tout à fait franc, je considère que son prix est beaucoup trop élevé. Dans mes recommandations à mon commettant, je proposerai donc que l'objet soit examiné uniquement lorsque la somme demandée aura été réduite de façon raisonnable et réaliste.

Patch chancela, devint cramoisi. « Comment ! » rugit-il.

— Vous osez me jeter cela en plein visage ? Moi qui ai trimé comme un âne pour vous fabriquer votre damnée machine ?

Seuman Otwal le toisa d'un air glacial.

— Il ne sert à rien de protester. J'ai déjà expliqué mon...

— La réponse est non ! Hors d'ici ! Ne revenez pas tant que vous n'aurez pas avec vous jusqu'au dernier fichu centime que vous nous devez. Il s'approcha d'Otwal d'un air menacant. Sortez, vous m'entendez ? Ou c'est moi qui vous mets dehors. Rien ne pourrait me faire autant plaisir. D'ailleurs...

Il saisit Otwal aux épaules et le secoua. Otwal fit un pas de côté en adressant un sourire à Gersen, comme s'il s'amusait de la férocité d'un chaton. Patch renouvela son assaut. Otwal fit un léger mouvement : Patch fut projeté à travers la pièce, alla donner de la tête contre son bureau, le regard papillotant. Otwal fit face à Gersen.

— Et vous ? Vous plairait-il de tenter votre chance ?

Gersen secoua négativement la tête.

— Je désire seulement mener le contrat à son terme.

Faites venir votre commettant pour une inspection finale et, s'il se déclare satisfait, prenez livraison de l'objet. Sous aucun prétexte nous ne réduirons notre prix. Nous sommes même obligés de commencer à exiger des intérêts sur la somme restant due.

Seuman Otwal éclata de rire et accorda un bref regard à Patch, qui se redressait lentement sur son séant.

— Vous refusez de transiger. Dans ces conditions, je pourrais faire comme vous. Mais soit : je suis obligé d'accepter. Quand pouvez-vous effectuer la livraison ?

— Selon les termes de notre contrat, la marchandise doit être enrobée de mousse, emballée et livrée au spatioport... Il faut compter trois jours à partir de l'acceptation et du paiement final.

Seuman Otwal s'inclina.

— C'est très bien. Je vais essayer de contacter mon employeur. Vous serez informés aussitôt de sa décision.

— Je crois, dit Gersen, que notre seconde échéance arrive à son terme.

Tandis que Patch se frottait le crâne en dardant sur lui des regards virulents, Seuman Otwal répondit d'un ton insouciant :

— Pourquoi vous tracasser ? Laissons ces formalités ennuyeuses pour plus tard.

Gersen protesta :

— A quoi bon établir un contrat si on n'en respecte pas les termes ?

A ce moment-là, Patch, qui s'était remis en vacillant sur ses pieds, contourna son bureau d'un air décidé. Agissant rapidement, Gersen arriva avant lui et ôta le projac du tiroir à demi ouvert. Otwal sourit négligemment.

— Vous venez de lui sauver la vie.

— J'ai surtout sauvé notre second paiement, fit Gersen, car j'aurais été obligé de vous tuer ensuite.

— Laissons cela, laissons cela. Ne parlons pas de la mort : quelle horrible chose que d'envisager la nonexistence ! Vous voulez votre argent : que de mesquinerie ! Encore un demi-million, je suppose ?

— Précisément. Et un paiement final de... (Gersen consulta ses notes) 681 490 UVS, qui vous libèrera entièrement de vos obligations envers les Ateliers Patch.

Otwal se mit à marcher lentement de long en large.

— Je dois prendre des dispositions... Trois jours pour la mousse et l'emballage, dites-vous ?

— C'est un délai tout à fait raisonnable.

— C'est trop long. Voici ce que nous allons faire. Recouvrez la forteresse d'une bâche. A minuit, sortez-la dans la rue. Un hélico viendra la chercher et la transportera jusqu'à notre astronef, qui par chance se trouve disponible.

— Il y a un petit ennui, fit Gersen. A cette heure-là les banques sont fermées et votre chèque ne pourra être certifié.

— J'apporterai la totalité en argent liquide : les second et troisième versements tout à la fois.

Essentiellement, l'argent était bien le dernier souci de Gersen ; mais tout à coup, il lui semblait vital de ne pas permettre à Seuman Otwal de gruger les Ateliers Patch une seconde fois. Se forçant à considérer la situation d'un point de vue moins restrictif, Gersen demanda prudemment :

— Et votre commettant ?

Seuman Otwal fit un geste d'impatience.

— Je prends ce risque. Il est occupé ailleurs et m'a donné toute liberté pour agir en son nom. Allons, qu'est-ce que vous en dites ?

Gersen eut un sourire morose. Cet homme au profil d'aigle était-il Kokor Hekkus — ou pas ? Parfois, la réponse était indubitablement oui ; et l'instant d'après, sûrement non. Gersen chercha à temporiser.

— Encore une chose... Désirez-vous qu'un conseiller technique vous soit fourni ?

— Si cela s'avère nécessaire, nous vous en aviserons. Mais après tout, nous avons notre propre équipe, celle qui a conçu les plans. Je ne vois pas en quoi votre expert nous serait utile.

A ce moment-là, Patch bondit comme un ressort.

— Sortez d'ici, murmura-t-il d'une voix rauque. Sortez tous les deux. Assassins, pirates. Vous aussi, Wall, ou Gersen, peu importe. Je ne sais pas qui vous êtes, mais sortez immédiatement !

Gersen lui lança un rapide coup d'œil, puis l'ignora. Seuman Otwal semblait amusé. Gersen déclara :

— Si vous voulez prendre livraison à minuit, veuillez créditer notre compte en banque de la totalité de la somme restant due. Nous ne voulons pas d'argent liquide, qu'il faudrait passer au contrôlemètre et conserver jusqu'à l'ouverture des banques. Votre probité et celle de votre commettant ne font aucun doute, mais les crapules et les canailles existent aussi, c'est connu. Dès que le versement aura été enregistré, vous pourrez prendre livraison de l'objet.

Seuman Otwal médita un instant, puis asquiesça gravement.

— Nous ferons selon votre désir. Il darda un regard de serpent sur sa montre. Nous avons tout le temps. Quelle est votre banque ?

— Banque de Rigel, agence centrale de Patris.

— D'ici une demi-heure au plus, le nécessaire sera fait. Je passerai prendre livraison à minuit.

Se souvenant, un peu tard peut-être, du rôle qu'il était censé tenir, Gersen se tourna vers Patch.

— Cet arrangement vous satisfait-il, Mr. Patch ?

Ce dernier grommela quelque chose d'inintelligible que Seuman Otwal et Gersen interprétèrent de bonne grâce comme un acquiescement. Otwal s'inclina et prit congé. Resté seul avec Patch, Gersen réprima une furieuse envie de le corriger vertement. Les deux hommes se toisèrent en silence. Finalement, Gersen déclara :

— Il nous faut un plan.

— Quel besoin avons-nous d'un plan, à présent ? Dès

que l'argent sera déposé à la banque, je vous rachète votre part, même si mon dernier sou doit y passer, et vous pouvez aller au diable.

— Vous manifestez bien peu de gratitude. Sans moi, vous seriez encore en train de vous morfondre à Interéchanges.

Patch hocha amèrement la tête.

— Vous avez payé mon gage... pour une raison que j'ignore, mais qui n'a absolument rien à voir avec ma personne. Non. Je vous donnerai tout ce que vous demanderez — dans des limites raisonnables —mais de grâce vendez-moi votre part, et que je ne vous revoie plus jamais !

— Comme vous voudrez, dit Gersen? Je n'ai aucune envie de rester là où ma présence n'est pas désirée. Quant au montant du rachat... disons un demi-million tout rond.

Les joues de Patch se gonflèrent.

— Cela me convient à merveille, dit-il.

Une demi-heure plus tard, Patch appela l'agence locale de la Banque de Rigel et inséra sa carte de crédit dans la fente réservée à cet effet. Oui, lui répondit-on, son compte avait effectivement été crédité de la somme de 1 181 490 UVS.

— Dans ce cas, reprit Patch, veuillez ouvrir un compte au nom de Kirth Gersen... (il épela le nom) et verser à ce compte la somme de 500 000 UVS.

L'opération fut accomplie avec célérité. Chacun de son côté, Patch et Gersen apposèrent au bas d'un carton leur signature et l'empreinte de leur pouce. Finalement, Patch se tourna vers Gersen.

— A présent, veuillez me donner un reçu et détruire le contrat d'association.

Gersen obéit.

— Et maintenant, reprit Patch, ayez la bonté de quitter ces lieux pour n'y remettre plus jamais les pieds.

— Comme vous voudrez, répondit courtoisement Gersen. Notre association a été stimulante. Je vous souhaite ainsi qu'aux Ateliers Patch beaucoup de prospérité, et je me permets d'ajouter ce petit conseil amical : après la livraison de la forteresse, essayez de ne pas vous faire kidnapper de nouveau.

— Ne vous inquiètez pas pour cela, répondit Patch avec un ricanement féroce. Ce n'est pas pour rien que je suis ingénieur et inventeur : j'ai fabriqué un harnais protecteur capable d'arracher la figure et les mains au premier qui me touchera. Les kidnappeurs n'ont qu'à bien se tenir !

8

Dicton favori du sieur Raffles, cambrioleur amateur :
Perte d'argent, perte banale.
Perte d'honneur, perte notable.
Perte d'ardeur, perte fatale.

⁂

LA nuit d'une planète de l'Union est rarement d'un noir total. Pour chacun de ces mondes aux orbites si appropriées, Compagnon Bleu sert de lune, petite mais intense, tandis que resplendit dans leur ciel nocturne l'éclat des planètes-sœurs, toujours en nombre.

Vu de Krokinole, Compagnon Bleu n'apparaissait que comme une étoile du soir — état de choses destiné à durer une bonne centaine d'années encore et dû à l'extrême étirement, commun à toutes les planètes de l'Union, de la période de rotation annuelle, soit 1642 ans dans le cas de Krokinole.

Minuit sur Krokinole était toutefois plus noir qu'en n'importe quel autre endroit de l'Union. Patris, encore sous l'influence des vieilles procédures d'injonction instaurées jadis par les Whitelocks, avait peu à offrir en guise de vie nocturne. Les quelques restaurants encore ouverts à cette heure étaient groupés au bord du fleuve dans la Cité Nouvelle. Au milieu du Vieux Quartier, sombre et transi sous la brume venue de l'estuaire, les Ateliers Patch formaient un îlot de lumière.

Une demi-heure avant minuit, Gersen arriva silencieusement par les rues désertes. Compagnon Bleu avait depuis longtemps disparu du ciel. Pour tout éclairage, quelques lampadaires largement dispersés émettaient dans la brume un faible halo de lumière jaunâtre. Il flottait dans l'air cette odeur de brique mouillée qui, mêlée au effluves subtils venus des docks et des bancs de vase de l'estuaire, est à l'origine des exhalaisons fétides qui caractérisent le Vieux Quartier de Patris. Face aux Ateliers Patch s'alignait une série de bâtisses étroites aux pignons élevés, précédée chacune d'une cour d'entrée dénivelée par rapport à la rue et où régnait une obscurité propice. De zone d'ombre en zone d'ombre, Gersen s'approcha d'aussi près qu'il osa de la tache de lumière oblongue délimitée par le portail ouvert de l'atelier B. Adossé à la brique moite, il desserra les diverses sangles et attaches qui retenaient son artillerie et se prépara à attendre. Il était tout en noir, avec un fond de teint noir et des cache-paupières noirs, destinés à dissimuler l'éclat de ses yeux. Immobile, il n'était plus qu'une ombre sinistre parmi les ombres.

Un laps de temps s'écoula. A l'intérieur de l'atelier, l'avant de la forteresse, couvert d'une bâche, était visible, ainsi que de temps à autre un technicien. A un moment, la silhouette de Patch apparut à l'entrée, et il se pencha au-dehors pour scruter le ciel.

Gersen regarda l'heure : minuit moins dix. Il passa autour de son front une paire de lunettes à infrarouges et la fit descendre sur ses yeux : instantanément, la rue s'emplit d'ombres et de taches brillantes irréelles, en un clair-obscur parfois inversé, parfois non. La lueur de l'atelier, compensée par un filtre mutachrome, lui apparaissait comme une large tache sombre. Il scruta longuement le ciel, mais ne vit rien.

Une minute avant minuit, Patch sortit de nouveau dans la rue. Deux lourds projacs pendaient ostensiblement à ses hanches tandis que devant son menton était fixé un micro, vraisemblablement réglé sur la longueur d'ondes de la police. Gersen sourit : son ex-associé ne prenait pas de risque. Après un regard suspicieux en direction du ciel, Patch rentra. Une minute s'écoula. La long hululement sinistre de la Mermiana, la colossale statue défendant les pieds dans l'eau l'entrée de l'estuaire, retentit, annonçant minuit. Haut dans le ciel apparut la silhouette d'un hélicargo. Il descendit, puis s'immobilisa dans les airs. Sans le quitter des yeux un seul instant, Gersen saisit à tâtons son fusil lance-grenades. L'équipage était certainement composé d'hommes de main à la solde de Kokor Hekkus. Leur mort serait un bienfait pour la galaxie... Mais où se trouvait Kokor Hekkus ? Et Gersen maudit l'incertitude qui l'empêchait d'appuyer son doigt sur la détente.

Un aérocar léger apparut. Il piqua, au grand mépris des règles de la circulation aérienne, et se posa au milieu de la rue, à moins de trente mètres de la cachette de Gersen. Ce dernier se tapit de plus belle, puis ôta ses lunettes, qui désormais ne pourraient que l'encombrer.

Deux hommes descendirent de l'aérocar. Gersen pesta intérieurement. Aucun des deux n'était Seuman Otwal ; aucun ne pouvait être Kokor Hekkus. Ils étaient tous les deux courts, trapus, enduits d'un fond de teint sombre et vêtus de collants sombres surmontés d'une capuche. A pas rapides, ils se dirigèrent vers l'atelier, s'arrêtèrent sur le seuil, et l'un d'eux fit un geste impérieux. Gersen remit ses lunettes et leva les yeux en direction de l'hélicargo. Il n'avait pas changé de place. Gersen fit glisser les lunettes sur son front et reporta son attention sur les deux hommes de l'aérocar. Patch apparut alors. Il s'avança d'un air bravache, assez peu convaincant. Il s'arrêta devant les deux hommes et leur dit quelque chose. Ils s'inclinèrent avec raideur, et l'un des deux prononça quelques paroles dans un microphone.

Patch se tourna et fit un grand geste. La forteresse s'avança dans la rue dans un froissement de bâche. L'hélicargo descendit du ciel. Gersen regardait de tout ses yeux, persuadé qu'ici se briserait irrémédiablement la chaîne d'événements née un beau jour sur un banc de l'Esplanade d'Avente.

Patch recula jusqu'à l'atelier, une main sur chacune de ses armes. Les deux hommes en noir l'ignorèrent. De l'hélicargo descendait à présent un cadre métallique d'où pendaient dix câbles. Les deux hommes grimpèrent au sommet de la forteresse, chevillèrent les câbles à des pitons disposés le long de la crête dorsale, sautèrent à terre et agitèrent les bras. La forteresse s'éleva dans la nuit. Les deux hommes regagnèrent leur appareil en hâte, sans même accorder un regard à Patch. L'aérocar décolla aussitôt, laissant Patch et son atelier dans une solitude étrange, presque désemparée.

Les portes de l'atelier B se refermèrent. La rue était noire et silencieuse. Gersen massa ses membres endoloris par l'immobilité. Il se sentait frustré et irrité. Pourquoi n'avait-il pas, au moins, abattu l'hélicargo et sa charge ? Kokor Hekkus aurait pu s'y trouver. Et même dans le cas contraire, la destruction de la forteresse l'aurait rendu furieux, l'aurait poussé à agir d'une façon ou d'une autre.

Gersen savait très bien pourquoi il n'avait pas tiré. L'indécision avait paralysé son doigt. Ce qu'il voulait, c'était une confrontation finale. Kokor Hekkus devait savoir pourquoi, et par qui il mourait. L'abattre dans le noir était une bonne chose, mais pas assez bonne.

Où et comment rencontrer une autre occasion ? Il restait peut-être Seuman Otwal et l'hôtel Halkshire. Gersen s'avança dans la rue. Trois formes noires, surprises, sursautèrent. Un ordre rauque fut jeté et un pinceau de lumière blanche jaillit, qui aveugla Gersen. Il fit un geste vers ses armes. Rapide, l'une des trois formes se courba, lui frappa l'avant-bras ; une autre lança un long filin noir qui vint s'entortiller, comme doué d'une vie propre, autour du corps de Gersen, lui enserrant le bras droit et les cuisses. Un autre filin arriva, qui s'enroula avec un bruit sec autour de ses jambes. Gersen vacilla, tomba en avant. Ses armes lourdes furent écartées à coups de pieds, son couteau et son projac lui furent ôtés brutalement.

Celui qui tenait la torche électrique, s'approcha, éclaira le visage de Gersen.

— Bravo, gloussa-t-il. C'est celui-là qui a l'argent.

C'était la voix froide, décontractée, de Seuman Otwal.

— Vous vous trompez, fit Gersen, Patch m'a racheté ma part.

— Excellent... Donc, vous avez de l'argent.

La lumière se rapprocha.

— Fouillez-le avec soin. Il pourrait s'avérer dangereux.

Des doigts prudents explorèrent les vêtements de Gersen et découvrirent un poignard de jet, une poche épineuse à moitié remplie d'un anesthésique, et différents objets qui intriguèrent visiblement ceux qui le fouillaient. L'un d'entre eux s'écria, avec une pointe de respect dans la voix :

— C'est un véritable arsenal ambulant, celui-là. Je n'aimerais pas le rencontrer seul la nuit !

— Oui, fit Seuman Otwal, songeur. Drôle de bonhomme, avec un mètier aussi sédentaire que le sien. Drôle de bonhomme, en vérité... Mais ne nous étonnons pas. Nous savons que l'univers est peuplé de toutes sortes d'originaux. Occupons-nous donc de notre invité, et ne nous attardons pas plus longtemps pour l'autre.

Un aérocar descendit du ciel. Gersen fut hissé dans la soute. L'appareil décolla et s'éloigna rapidement dans la nuit de Krokinole.

Seuman Otwal apparut bientôt à l'entrée de la soute.

— Vous êtes un étrange personnage, Mr. Wall, ou je ne sais trop qui. Vous vous embarrassez de toute une panoplie d'engins dangereux, comme si vous saviez vous en servir, presque. Vous vous dissimulez avec tant de patience et tant de soin que nous, qui sommes également patients et persévérants, n'avons pas la plus petite idée de votre présence toute proche; et puis, sans un regard ni à droite ni à gauche, voilà que vous surgissez au beau milieu de la rue.

— Pas très fort de ma part, reconnut Gersen.

— Mais votre erreur première fut votre association avec Patch — inutile de nier, nous nous sommes renseignés — alors qu'il était évident dès le début que votre présomptueux ami ne toucherait jamais un sou en échange de cette forteresse. Il a été forcé de rendre gorge à Interéchanges; à présent c'est votre tour. Si vous désirez nous restituer immédiatement nos 1 681 490 UVS, nous mettrons rapidement un terme à cette affaire; sinon... je crains que vous ne soyez bon pour un petit voyage dans l'espace.

— Mais je n'ai pas cette somme, dit Gersen. Laissez-moi vous expliquer...

— Je ne puis écouter vos explications. D'autres affaires m'attendent, très loin d'ici. Si vous n'avez pas d'argent, vous devrez passer par le canal habituel.

— Interéchanges? demanda Gersen avec un sourire glacé.

— Interéchanges. Je vous souhaite bonne chance. Mr. Wall, ou autre. Avoir affaire à vous a été un plaisir.

Et là-dessus, Seuman Otwal le quitta. Peu après, Gersen fut transféré à bord d'un autre appareil, où il se retrouva en compagnie de trois enfants, deux jeunes femmes, trois femmes un peu plus âgées et un homme d'âge moyen, tous appartenant vraisemblablement à diverses familles aisées de l'Union. Le temps passa, Gersen mangea et dormit à plusieurs reprises, et finalement le vaisseau s'immobilisa. Ce fut la familière mais toujours déplaisante attente, au cours de laquelle les stabilisateurs de pression furent mis en marche, puis les voyageurs débarquèrent sur le sol de Sasani et furent invités à grimper dans un autocar qui prit la route du désert en direction d'Interéchanges.

Dans un petit auditorium, un fonctionnaire d'Interéchanges s'adressa à eux en ces termes:

— Mesdames, mesdemoiselles, messieurs, nous sommes heureux de vous accueillir parmi nous. Nous espérons que vous ferez tout pour rendre votre séjour agréable, divertissant et reposant. Les facilités offertes par Interéchanges sont celles d'un établissement de cure. Nous approuvons les rapports sociaux, dans les limites indispensables de la bienséance et de la courtoisie. Nous encourageons la pratique de toute occupation destinée à meubler vos loisirs, ainsi que de certains sports ou jeux, comme les échecs, la natation, le kalingo, le tennis, la musique ou le chromatil. Nos facilités d'hébergement comportent six catégories, de la plus luxueuse à la plus modeste, et sont assorties de huit options culinaires, correspondant aux principaux standards gastronomiques des peuples de l'Œcumène.

« Sur quelques points, toutefois, nos règlements sont très stricts. Les promenades, l'exploration des merveilleuses contrées sauvages de Sasani sont proscrites. Toute excursion solitaire et inopinée à travers le désert ne saurait aboutir qu'à des conséquences fâcheuses. Premièrement, il y a de nombreux insectes carnivores. Deuxièmement, il n'y a ni nourriture, ni eau. Troisièmement, les populations aborigènes de Sasani, qui ne quittent leurs terriers que la nuit, pratiquent l'anthropophagie. Enfin, nous avons pour mission de protéger au mieux les intérêts de nos clients, et tout comportement déplaisant se voit rapidement sanctionné (fait rarissime, heureusement) par la perte de la totalité des avantages accordés.

« Je vais maintenant faire passer quelques formulaires parmi vous. Vous voudrez bien indiquer la catégorie d'hébergement choisie, ainsi que l'option culinaire. Veuillez également lire avec soin les passages concernant le règlement intérieur. Notre personnel se montrera courtois mais réservé dans ses rapports avec vous. Sa rémunération étant amplement suffisante, aucune sorte de gratification ne sera admise pour quelque motif que ce soit, et toute tentative dans ce sens sera regardée avec la plus grande suspicion.

« Demain nous mettrons à votre disposition les moyens de communication avec les personnes susceptibles de résilier votre gage. C'est tout, je vous remercie de votre attention.

Gersen prit connaissance du formulaire et opta pour la catégorie B qui, en même temps qu'un minimum d'intimité, lui assurait l'accès des facilités récréatives de l'établissement. Il avait goûté à toutes les cuisine de l'Œcumène — celle de Sandusk y comprise, songea-t-il en se rappelant avec une grimace le restaurateur de la rue Ard — et n'était pas, en fait, particulièrement difficile. Il cocha la catégorie « classique », la cuisine d'Alphanor, de la Terre occidentale et d'un tiers peut-être des populations de l'Œcumène.

Il lut le « règlement », qui ne recelait rien de bien menaçant ou surprenant à l'exception de l'article 19 : *« Les personnes encore en résidence à l'expiration de la période de résiliation première entrent de ce fait dans la catégorie des « disponibilités » et sont priées de passer la matinée dans leurs appartements afin de faciliter une éventuelle inspection par des visiteurs intéressés par le rachat de leur gage. »*

Le moment venu, on conduisit Gersen à son appartement, à première vue assez confortable. Le salon contenait un bureau, une table, plusieurs chaises, un tapis vert et noir et une étagère bourrée de périodiques. Les murs étaient d'un mauve tacheté d'orangé, et le plafond roux. La salle de bains, pourvue des commodités habituelles, était entièrement revêtue d'un carrelage couleur phoque. Le lit était austère et étroit et un radiateur à infrarouges pendait ostensiblement au plafond, comme dans les vieilles auberges campagnardes.

Gersen prit un bain, revêtit le linge frais mis à sa disposition et s'étendit sur son lit pour réfléchir aux diverses tournures que l'avenir pouvait prendre. Tout d'abord, il fallait se débarrasser du sentiment d'amertume et de découragement qui imprégnait ses pensées depuis le moment où Seuman Otwal avait braqué sur son visage la lumière aveuglante de sa torche électrique. Trop longtemps, il s'était considéré comme invulnérable, protégé par la providence du seul fait de la justesse de ses motivations. C'était là, peut-être, son unique superstition : l'intime, la fervente conviction que, l'un après l'autre, les cinq bourreaux de Mount Pleasant finiraient par périr de sa main. Trompé par sa foi, Gersen avait négligé d'accomplir cet acte de simple bon sens : tuer Seuman Otwal — et il en payait les conséquences.

Il devait faire amende honorable. Il s'était montré jusqu'ici suffisant, paternaliste et doctrinaire. Il s'était conduit comme si le succès de ses ambitions était réglé d'avance, comme s'il était doté de capacités surnaturelles. Il avait échoué en tous points. Seuman Otwal l'avait capturé avec une ridicule facilité. Seuman Otwal faisait si peu cas de lui qu'il ne s'était même pas donné la peine de l'interroger et l'avait jeté dans sa soute comme un vulgaire bagage. Et Gersen s'en trouvait profondément mortifié. Pour la première fois l'étendue de sa vanité lui était révélée. Très bien, se dit-il. Si vraiment il était homme de ressources, si vraiment l'indomptabilité était à la base de sa personnalité, il était grand temps de mettre ces attributs au travail.

Rasséréné — amusé, presque, par l'intensité de sa réaction — il dressa un bilan de la situation. Demain, s'il le désirait, il pourrait mettre Patch au courant de son infortune. Mais il n'attendait rien d'une telle démarche. Gersen lui-même possédait le demi-million que lui avait versé Patch — argent fourni à l'origine par Kuschane Audmar — plus peut-être soixante ou quatre-vingt mille UVS qui lui restaient de l'héritage de son grand-père. Il lui manquait donc un million pour payer son gage : somme qui dépassait de très loin toutes ses possibilités.

S'il pouvait convaincre Kokor Hekkus ou Seuman Otwal — le même homme ? — que Patch et lui s'étaient séparés, ils essaieraient peut-être de rekidnapper Patch pour ramener son gage à la somme qu'il avait effectivement perçue de son ex-associé. Mais si ce dernier n'était pas fou, il disparaîtrait promptement de la circulation. Gersen pouvait être retenu des mois, des années, à Interéchanges. A la fin, lorsque la commission prélevée par Interéchanges rognerait peu à peu le bénéfice escompté, le montant du gage commencerait à baisser. Dès qu'il atteindrait un demi-million, Gersen pourrait racheter sa liberté — à moins qu'un acheteur indépendant ne survienne entre-temps, chose improbable à coup sûr.

Cela signifiait que Gersen serait confiné à Interéchanges pour une période de temps indéterminée. Il n'était pas question de songer à s'évader. De jour comme de nuit, le désert était fatal. Pour sortir d'Interéchanges, il fallait être mort ou avoir payé sa caution.

Gersen repensa à Alusz Iphigenia Eperje-Tokay, la fille de Thamber. Sur les dix milliards que valait son gage, combien Kokor Hekkus, avait-il réussi à amasser jusque-là ? Et quelle serait sa réaction si quelqu'un — lui, Gersen par exemple — la rachetait à son nez et à sa barbe ? Rêve insensé, en vérité, pour un homme qui n'avait pas les moyens de payer son propre gage, tellement modeste en comparaison !

Un coup de gong retentit, annonçant le repas du soir. Gersen gagna la salle à manger qui lui avait été assignée par une allée bordée de murs nus et surmontés d'un lacis compliqué de panneaux vitrés, caractéristiques de l'architecture d'Interéchanges. La salle à manger, d'un gris austère, avait un plafond élevé et comportait une série de petites tables individuelles entre lesquelles les plats circulaient sur des chariots. Il règnait là une atmosphère de colonie pénitentiaire plus ou moins absente du reste d'Interéchanges. Probablement, se dit Gersen, à cause de l'isolement des dîneurs et de l'absence totale de propos échangés de table à table. La nourriture était synthétique, insipide et peu abondante. Même Gersen, qui d'ordinaire ne prêtait aucune attention à ces choses-là, la trouva rebutante. Si c'était là le régime de la catégorie B, il était curieux de savoir ce qu'était celui de la catégorie E. Sans doute pas tellement différent, tout compte fait.

Après dîner, l'ensemble des résidents d'Interéchanges se réunissaient, autant par desœuvrement que par curiosité, sous une vaste rotonde qui les abritait des tempêtes de sable nocturnes de Sasani. C'est là que Gersen, muni d'une boite de bière obtenue contre une signature au kiosque central, chercha un banc libre et s'installa. Il évaluait la foule présente à deux cents personnes, de tous les âges et de toutes les races. Certains jouaient aux échecs, d'autres déambulaient en conversant ou, comme lui-même, buvaient, assis sur un banc, l'air morose. Mais sur tout les visages se lisait la même expression renfrognée, la même hostilité butée à l'égard de tout ce qui concernait Interéchanges, y compris leurs propres compagnons d'infortune. Même les enfants semblaient gagnés par l'atmosphère de mélancolie générale, avec toutefois une tendance plus marquée à rester en groupes. Gersen dénombra une vingtaine de jeunes femmes, en général plus distantes et plus offusquées que le reste d'entre eux. Alusz Iphigenia était-elle parmi elles ? Pour que Kokor Hekkus en soit fou, il fallait qu'elle soit extraordinairement belle ; ce qui, à première vue, ne semblait être le cas d'aucune d'elles. Non loin de Gersen, une grande fille rousse contemplait en rêvant ses longs doigts aux phalanges ornées d'un fourreau de métal noir, selon la coutume des Eginands de Copus. Un peu plus loin, une petite brune au teint foncé sirotait une liqueur à petites gorgées. Tout à fait charmante et séduisante, elle semblait cependant incapable d'évaluer sa propre personne à dix milliards d'UVS.

Il y en avait d'autres, mais toutes semblaient ou trop vieilles ou trop jeunes, ou encore d'une beauté trop quelconque — comme par exemple la jeune personne assise à l'autre bout de son banc, et qui à la rigueur aurait pu remplir les conditions requises. De teint clair et ivoirin, elle avait des yeux limpides et gris, des traits réguliers et une chevelure d'un blond fauve. En somme, elle était loin d'être laide, mais dix milliards d'UVS; cela semblait beaucoup pour elle. Et Gersen ne s'en serait sans doute pas préoccupé davantage, n'eût été une certaine insolence dans son port de tête, une certaine lueur d'intelligence altière dans son regard... Mais non: malgré ses traits harmonieux, malgré la limpidité de son regard, elle était trop banale, trop insignifiante...

L'employé qui avait renseigné Gersen lors de sa précédente visite à Interéchanges traversa à ce moment-là l'espace couvert sans jeter un regard ni à droite ni à gauche. Comment s'appelait-il déjà? Armand Koshiel. Et Gersen retomba dans ses réflexions noroses...

Le lendemain matin, après le petit déjeuner, Gersen fut convoqué dans le bâtiment administratif central, où il se retrouva en compagnie de plusieurs personnes arrivées en même temps que lui à Interéchanges.

A l'appel de son nom, il passa dans le bureau d'un employé qui s'adressa à lui d'une voix blasée:

— Mr. Wall, prenez un siège je vous prie. De votre point de vue, votre présence ici est une chose fâcheuse; du nôtre, vous êtes un client que nous devons traiter avec dignité et courtoisie. Désireux de donner toute satisfaction au public, nous ferons tout ce qui est en notre pouvoir pour vous aider. Vous êtes ici sous la tutelle de Mr. Kokor Hekkus. Votre gage s'élève à 1 681 490 UVS et nous serions heureux de savoir comment vous avez l'intention de régler cette somme. Il attendit la réponse d'un air affable.

— J'aimerais bien le savoir moi-même, fit Gersen. C'est un chiffre tout à fait exorbitant.

L'employé hocha doucement la tête.

— Beaucoup de nos clients trouvent leur caution excessive. Comme vous le savez, nous n'y sommes pour rien. Notre rôle se borne à conseiller aux deux parties intéressées une attitude de modération et de conciliation. Eh bien, Mr. Wall... avez-vous la possibilité de trouver cet argent?

— Non.

— Et votre famille ?
— Elle n'existe pas.
— Vos amis ?
— Je n'ai pas d'amis.
— Vos relations d'affaires ?
— Non plus.
L'employé soupira.
— Dans ce cas, nous devrez demeurer parmi nous jusqu'à ce qu'une de ces éventualités se présente : la personne qui vous cautionne pourra être amenée à réduire ses exigences de façon acceptable ; après un délai de quinze jours reservé à vos proches, toute personne intéressée pourra racheter votre gage ; enfin, après un certain temps, si vos frais de séjour ne sont pas régulièrement pris en charge, nous nous réservons le droit de céder votre gage à n'importe qui contre règlement des factures impayées. Eh bien, qu'en dites-vous ?
— Je ne puis payer une telle somme. Je n'ai personne à qui m'adresser.
— La personne qui vous cautionne en sera informée. Vous plairait-il de nommer le chiffre maximum que vous seriez en mesure de verser ?
— Environ un demi-million, fit Gersen sans enthousiasme.
— Nous en prenons bonne note. En attendant Mr. Wall, j'espère que votre séjour parmi nous vous sera aussi agréable que possible.
— Merci.
Gersen fut reconduit à son appartement. Après déjeuner, ce jour-là, il fit l'inventaire des diverses facilités récréatives que lui offrait Interéchanges. A part les jeux, activités ou sports mineurs, il décida qu'il pourrait maintenir sa forme au gymnase et à la piscine. Naturellement, il pouvait aussi rester chez lui. Quant aux visites aux autres résidents dans leur chambre ou dans leur appartement, elles étaient prohibées.
Plusieurs jours s'écoulèrent. L'inaction commençait à

lui peser. Le gymnase n'était pas un exutoire suffisant. Un soir, sous la rotonde, alors qu'il venait de retirer sa bière comme de coutume au kiosque central, il se trouva nez à nez en se retournant avec Armand Koshiel. Celui-ci s'effaça en murmurant une excuse polie, puis le dévisagea d'un air intrigué.

Gersen lui adressa un piètre sourire.

— Les circonstances ont changé depuis notre dernière rencontre.

— En effet, répondit Koshiel. Je me souviens parfaitement de vous, Mr... Gassoon ? Grisson ?

— Wall, fit Gersen. Howard Wall.

— Oui, bien sûr : Mr. Wall. Et Koshiel hocha la tête d'un air désolé. Qui peut jamais dire ce que le destin nous réserve ? Mais à présent, monsieur, veuillez m'excuser. Nous n'avons pas le droit de bavarder avec les pensionnaires.

— Dites-moi une chose. Est-ce que Kokor Hekkus approche des dix milliards ?

— Progressivement. Je pense qu'il n'en est plus très loin, à présent. Tout le monde suit cela de près, ici. C'est naturellement le gage le plus important qui ait jamais été demandé.

Irrationnellement, une rage subite — ou était-ce de la jalousie ? — envahit Gersen.

— Cette jeune femme, est-ce qu'il lui arrive de venir ici ?

— Occasionnellement, oui... Koshiel paraissait anxieux de mettre un terme à la conversation.

— A quoi ressemble-t-elle ?

Koshiel plissa le front d'un air ennuyé, lança un coup d'œil furtif par-dessus son épaule.

— Pas du tout à ce que l'on pourrait croire. Elle n'a rien d'exceptionnel ou de tapageur, si vous voyez ce que je veux dire... mais excusez-moi, Mr. Wall, je ne puis rester plus longtemps.

De nouveau en proie à une profonde mélancolie, Gersen

alla s'asseoir sur un banc habituel. Cette femme, qu'il ne connaissait même pas, aurait dû le laisser parfaitement indifférent. Pourquoi le fascinait-elle à ce point ? A cause des dix milliards d'UVS ? Parce que Kokor Hekkus, l'arrogant, l'infatué Kokor Hekkus était sur le point de la posséder ? (Cette seule pensée éveillait en lui d'indicibles fureurs.) A cause de ses prétendus liens avec la mystérieuse planète Thamber ? Ou était-ce simplement le fait de son propre romantisme refoulé et exacerbé ? Quoi qu'il en soit, le regard de Gersen erra, une fois de plus, à la recherche de la ravissante créature qui pourrait être Alusz Iphigénia de Thamber. Lorsque le gong retentit, il regagna son appartement, plus insatisfait et plus désabusé que jamais.

Le lendemain, Gersen attendit la soirée avec impatience. Lorsque enfin le moment arriva de se réunir dans la rotonde, il remarqua la présence d'une nouvelle jeune femme. Elle était svelte et souple, avec de longues jambes et un visage ovale aux traits aristocratiques surmonté d'un torsade complexe de cheveux d'une blancheur éblouissante. Gersen la détailla avec soin. Mais non, conclut-il avec une sorte de soulagement : cette femme ne pouvait pas être Alusz Iphigenia de Thamber. Elle était bien trop affectée, bien trop artificielle. Kokor Hekkus pouvait bien payer les dix milliards d'UVS et en prendre possession, il aurait vu cela d'un œil presque indifférent.

C'est avec un sentiment d'humiliation irritée qu'il regagna ce soir-là son appartement. Pendant qu'il se morfondait, impuissant, dans sa prison, Kokor Hekkus, lui, ne cessait de se rapprocher inéluctablement de sa proie.

Le jour suivant ne fut guère différent de tous les précédents. Gersen commençait à perdre la notion du temps écoulé. Au déjeuner, deux nouveaux arrivants se joignirent à son groupe. D'une conversation qu'il surprit, il apprit qu'il s'agissait de Tychus Hasselberg, premier président de la Corporation de Jarnell, et de Skerde Vorek, directeur des Terres Forestières, tous deux de la Terre, tous deux plusieurs centaines de fois millionnaires. Deux pas de plus vers le but, se dit Gersen avec amertume.

Tout l'après-midi, il s'entraîna au gymnase. Au dîner, la nourriture lui parut encore plus insipide que d'ordinaire. Il se rendit à la rotonde dans un état de découragement morose et, muni d'un gobelet de vin aigrelet de Sasani, se prépara à passer une autre lugubre soirée. Une demi-heure s'écoula. A l'entrée de la rotonde apparut la jeune fille altière aux cheveux d'un blond fauve qu'il avait remarquée l'autre soir. Elle semblait plus lointaine que jamais. Il l'examina avec soin. En fait, pensa-t-il, elle était loin d'être quelconque, comme il l'avait cru la première fois. Ses traits étaient assez parfaits, son visage était assez harmonieux pour passer inaperçus... mais elle n'était certainement pas quelconque. Il la suivit du regard tandis qu'elle allait chercher une timbale de thé au kiosque central. Puis elle revint s'asseoir sur un banc pas très éloigné de celui de Gersen. Il l'étudia avec un intérêt croissant. Son pouls se mit à battre plus fort. Pourquoi ? se demanda-t-il, irrité. Pourquoi cette fille, au charme tout conventionnel, l'affectait-elle à ce point ?

Il se leva, marcha jusqu'à elle.

— Puis-je m'asseoir à côté de vous ?

— Si vous le désirez.

Elle avait hésité juste assez pour lui faire comprendre qu'elle aimait autant rester seule sur son banc. Elle avait un accent chantant, aux résonances archaïques, que Gersen ne parvenait pas à identifier.

— Pardonnez-moi ma curiosité, fit-il, mais ne seriez-vous pas Alusz Iphigenia Eperje-Tokay ?

— Je suis Alusz Iphigenia Eperje-Tokay, dit-elle en rectifiant la prononciation.

Gersen respira. Son instinct ne l'avait pas trompé ! Maintenant qu'il pouvait l'observer de près, sa tranquille beauté lui paraissait un peu moins commune. C'était à n'en pas douter une ravissante personne. Ses yeux gris et lumineux, en particulier, donnaient à son visage un éclat sans pareil. Mais cette beauté suffisait-elle à expliquer l'extravagant engouement de Kokor Hekkus? C'était plus difficile à admettre.

— Et vous venez bien de la planète Thamber?

Elle tourna de nouveau vers lui un regard tranquille.

— C'est exact.

— Savez-vous que pour la plupart des gens, Thamber est un monde imaginaire, un lieu de légende et de fable?

— C'est ce que j'ai appris, à ma grande surprise. Je puis vous assurer, pourtant, que l'endroit n'a rien d'imaginaire.

Elle but son thé à petites gorgées, lança de nouveau à Gersen un rapide regard. Décidément, se dit-il, ses yeux, larges, limpides et francs étaient ce qu'elle avait de mieux. Ils étaient à proprement parler adorables. Cependant, un changement subtil dans son attitude indiqua qu'elle ne tenait pas à poursuivre cette conversation.

— Je ne vous importunerais pas, déclara Gersen avec quelque raideur, si votre fiancé, Kokor Hekkus n'était pas responsable de ma présence ici et si je ne le considérais pas comme un ennemi personnel.

Alusz Iphigenia médita un instant.

— Vous avez tort de le considérer comme votre ennemi.

— Et s'il réussit à résilier votre gage?

Elle haussa les épaules.

— Je ne tiens pas à discuter de cela.

Oui, songea Gersen. Elle était très belle. Elle était beaucoup plus que cela, même. Lorsqu'elle parlait, lorsqu'elle réfléchissait, ses traits revêtaient une luminosité, une vitalité qui la transfiguraient. Il se demandait comment poursuivre la conversation. Finalement, il l'interrogea:

— Est-ce que vous connaissez bien Kokor Hekkus?

— Pas très bien. La plupart du temps, il reste à Misk, le pays-derrière-les-montagnes. Moi, j'habite Draszane, en Gentilie.

— Comment avez-vous fait pour venir ici ? Est-ce que beaucoup d'astronefs rendent visite à Thamber ?

— Non. Elle le dévisagea soudain avec acuité. Qui êtes-vous ?Vous a-t-il envoyé pour m'espionner ?

Gersen secoua négativement la tête. En la regardant, fasciné, il songea avec une espèce de stupeur : Comment ai-je fait pour ne pas m'en apercevoir ? Elle est extraordinairement, indiciblement belle ! A haute voix, il déclara :

— Si j'étais libre, je pourrais vous aider.

Elle éclata de rire, cruellement.

— Comment le pourriez-vous ! Vous ne pouvez même pas vous aider vous-même !

Et Gersen sentit une rougeur inhabituelle lui monter au visage. Il se leva :

— Bonsoir !

Alusz Iphigenia ne répondit rien. Gersen regagna son appartement. Il prit sa douche et s'allongea sur son lit. S'il essayait de contacter Duschane Audmar ? Inutile. Audmar ne se donnerait même pas la peine de répondre non. Myron Patch ? Encore plus inutile. Ben Zaum ? Il pourrait réunir cinq ou dix mille UVS, pas davantage... Gersen s'empara d'un vieux magazine, le feuilleta rageusement... Un visage apparut, l'espace d'une seconde, qu'il lui sembla reconnaître. Il retourna en arrière, retrouva la photo, lut la légende : le nom, Daeniel Trembath, lui était inconnu... Bizarre. Il aurait juré qu'il s'agissait de... Qui donc ? Il tourna la page, fouilla intensément sa mémoire. Mais oui ! Il se reporta de nouveau à la photographie : il avait connu cet homme sous le nom de Mr. Hoskins. Il avait ramené son cadavre de Bissom ! Il lut la légende en entier :

« Daeniel Trembath, archidirecteur de la Banque de Rigel, après une longue et fructueuse carrière au service des peuples de l'Union, a annoncé cette semaine sa décision de prendre sa retraite. Interrogé sur ses intentions concernant l'avenir, Son Excellence l'archidirecteur a déclaré : « Avant tout, je désire me reposer. J'ai beaucoup travaillé dans ma vie ; peut-être trop. J'en-

tends désormais profiter des aspects de l'existence dont mes responsabilités m'ont jusqu'à présent tenu écarté.»

Gersen regarda la date de la couverture. Il s'agissait du numéro de janvier 1525 de *Cosmopolis*. Trois mois plus tard, Trembath disparaissait ; une semaine après environ, il mourait de la main de Billy Windle — Kokor Hekkus ? — sur une déplaisante petite planète de l'Au-delà. Gersen, à présent tout à fait en éveil, se reporta par la pensée plusieurs mois en arrière. Quelle raison avait pu pousser l'archidirecteur de la Banque de Rigel à voyager si loin et si secrètement pour rencontrer celui qui se faisait appeler Billy Windle ? Trembath n'avait pu désirer qu'une seule chose : le jeunesse éternelle. Qu'avait-il à offrir en échange ? De par la nature même de ses fonctions, ce ne pouvait être que de l'argent. La rencontre de Skouse avait eu lieu peu après la fugue d'Alusz Iphigenia à Interéchanges. L'enchaînement des circonstances et des personnalités impliquées ne laissait pas d'être troublant. Kokor Hekkus voulait de l'argent — dix milliards d'UVS. Daeniel Trembath, archidirecteur (en retraite) de la Banque de Rigel, était le symbole de l'argent — et aussi de la respectabilité conservatrice. Pourquoi la CCPI avait-elle exigé son retour mort ou vif ? Se pouvait-il que Trembath eût volé dix milliards d'UVS ? Gersen pensa soudain au fragment de papier arraché à Skouse à Mr. Hoskins. Il chercha dans sa mémoire les mots exacts, soudain riches en possibilités :

...rie de striures, ou plus exactement bandes de densité. Quoique suffisemment discrètes pour passer pratiquement inaperçues, elles sont en outre apparemment dispersées de manière indifférente. Leur espacement critique est proportionnel à la racine carrée des onze premiers nombres premiers. La présence de six ou plus de ces striures en l'un quelconque des emplacements indiqués suffira à valider...

Les conclusions qu'on pouvait en tirer étaient époustouflantes. Certains aspects de la situation confinaient au tragi-comique. Gersen bondit du lit et se mit à faire les cent pas dans l'appartement comme un fauve en cage. Si c'était bien ce qu'il soupçonnait, comment exploiter à son avantage les indices en sa possession ?

Une heure durant, il réfléchit, retournant dans sa tête les diverses possibilités d'action qui s'offraient à lui. L'atelier de bricolage semblait être la clé de tous ses problèmes. Les activités permises devaient nécessairement être simples et faciles à contrôler : sculpture sur bois, marionnettes, broderie, tissage, aquarelle, poterie. Eventuellement photographie...

La matinée passa avec une lenteur désespérante. Affalé au creux de son fauteuil le plus confortable, Gersen imagina, à un moment, une exquise variation à son plan. Il éclata d'un rire sonore...

Tout de suite après le déjeuner, il alla visiter l'atelier de bricolage. C'était plus ou moins ce à quoi il s'était attendu. La salle était assez grande et équipée de métiers, de pots de peinture ou de glaise, de perles à enfiler, enfin tout l'attirail habituel. Le préposé était un homme corpulent, d'âge moyen, chauve, avec une figure ronde et poupine. Il répondit avec un degré de patience raisonnable aux questions de Gersen. Non, il n'y avait rien de prévu pour la photographie. Quelques années auparavant, une tentative dans ce sens avait été faite, mais le matériel s'était avéré trop coûteux et trop difficile à entretenir, et ils avaient dû renoncer. Gersen avança une proposition délicatement formulée : il se trouvait qu'il était malheureusement à peu près certain de demeurer à Interéchanges encore un mois ou deux. Juste avant son arrivée, il s'était consacré à des recherches expérimentales sur certaines formes d'art nouvelles étroitement liées à la photographie ; il était extrêmement désireux de continuer ses recherches — à un tel point, même, qu'il s'offrait volontiers à acheter lui-même tout l'équipement indispensable.

Le préposé fit une moue songeuse. Un tel projet ne semblait receler que des complications — pour Gersen, pour lui-même, pour tous ceux qui étaient concernés. En théorie, bien sûr, la chose était concevable, mais... il eut un haussement d'épaules éloquent. Gersen le rassura d'un sourire : il était bien entendu que le dérangement supplémentaire que cela causerait au préposé — comment s'appelait-il ? Funian Lubby ? — serait dûment, et même, rectifia prudemment Gersen, généreusement recompensé. Lubby poussa un profond soupir. Dans des limites bien compréhensibles, la règle d'Interéchanges était de satisfaire au mieux les désirs des clients. Si Mr. Wall insistait vraiment, Lubby s'efforcerait de faire ce qui lui etait demandé. Quant à la rémunération suggérée par Mr. Wall, elle allait à l'encontre des règlements d'Interéchanges, mais Mr. Wall était seul juge de ce qu'il convenait de faire. Et quand Lubby pourrait-il se procurer le matériel nécessaire ? demanda Gersen. Si Mr. Wall voulait bien établir sa liste et le munir des fonds adéquats, il pourrait passer sa commande à Sagbad, le centre commercial le plus proche, et le matériel serait livré le lendemain matin au plus tôt, ou au pire le jour suivant.

Gersen se déclara satisfait de cet arrangement et s'assit pour rédiger sa liste. Elle était longue et comprenait un grand nombre d'articles dont le seul but était de noyer les véritables intentions de Gersen. Immédiatement, Lubby fit une moue de surprise et de désapprobation contrariée. Gersen se hâta de déclarer :

— Je me rends très bien compte que ceci représente pour vous un énorme dérangement : est-ce que 100 UVS seraient un dédommagement suffisant ?

— Vous n'ignorez pas, fit Lubby d'un ton réticent, que le règlement interdit formellement tout transfert de fonds entre les clients et le personnel. Dans ce cas particulier, il s'agirait surtout de permettre à l'atelier de se procurer un matériel dont il a le plus grand besoin — car je présume que vous avez l'intention de laisser ici tout cet équipement à votre départ ?

Gersen ne voulait pas paraître trop impatient.

— J'imagine. Une partie, tout au moins. Celle qui fait double emploi avec ce que je possède déjà chez moi.

Décidément, se dit-il, les choses se présentaient à peu près bien. Le fait que Lubby pouvait s'exprimer aussi ouvertement indiquait que l'atelier de bricolage n'était pas sous surveillance indirecte.

— A votre avis, qu'est-ce que cet équipement va coûter ? demanda-t-il.

Lubby évalua le contenu de la liste.

— Appareil de photo Megaphot... tireur d'épreuves et agrandisseur Chago... microscope Ball. Tout cela, c'est très cher... Duplicateur Tanglemat... A quoi diable cela peut-il vous servir ?

— J'utilise des permutations kaléidoscopiques d'objets naturels, fit Gersen. J'ai parfois besoin de vingt ou trente copies d'une épreuve ; le duplicateur me rend des services.

— Cela va vous coûter une fortune, grommela Funian Lubby. Mais si vous êtes décidé à payer...

— Je ne puis faire autrement. Toutes ces dépenses ne m'enchantent guère, mais interrompre mes recherches pendant deux mois me plaît encore moins.

— C'est compréhensible. Lubby parcourut le reste de la liste. Votre liste de produits chimiques est impressionnante. J'espère, ajouta-t-il avec une moue sardonique, que vous n'avez pas l'intention de faire sauter l'établissement et de détruire ainsi mon gagne-pain.

Gersen accueillit la boutade en riant.

— Je suis sûr que vous êtes suffisamment au courant pour écarter tout danger de ce genre. Non, il n'y a là aucune substance explosive, corrosive ou nocive en quoi que ce soit : rien que des encres, colorants, révélateurs, et tout le reste.

— C'est ce que je vois. Je ne manque pas d'expériences dans ces domaines-là. Je suis académicien diplômé du Collège Scientifique de Boomaraw, sur Lorgan, et en fait j'étais chargé de recherches sur les poissons plats de l'océan de Neuster jusqu'à la révocation de mon contrat — encore un mauvais coup dû à la politique rétrograde de l'Institut, j'imagine.

— Oui, c'est bien malheureux, approuva Gersen. On se demande où tout cela va finir. Que veulent-ils donc ? Que nous redevenions tous des hommes des cavernes ?

— Qui peut savoir ce que ces éternels mécontents ont dans la tête ? On dit que peu à peu ils sont en train de s'assurer le contrôle de la Corporation de Jarnelle et que dès qu'ils auront en main leur cinquante et un pour cent, alors *pfuitt !* plus d'astronefs, plus de voyages dans l'espace. Et qu'est-ce que nous deviendrons ? Qu'est-ce que je deviendrai, sans travail, si je suis assez infortuné pour être encore en vie ? Non. Ces gens-là, moi, je les vomis.

Gersen examinait la salle depuis un moment.

— Où pourrais-je m'installer pour ne gêner personne ? Il me faudrait un coin à l'abri de la lumière... Naturellement, je n'oublierai pas votre dévouement. S'il y avait un débarras inutilisé ou quelque chose de ce genre...

— Oui. Funian Lubby se leva lourdement. Voyons voir. Il y aurait bien l'atelier de sculpture. Personne n'y met jamais plus les pieds. De nos jours, les clients préfèrent la facilité.

L'atelier de sculpture était une pièce octogonale aux parois de bois verni d'un brun aigre. Le sol était en brique jaune et le plafond percé d'une lucarne qui diffusait une lumière grisâtre, presque mauve.

— Il faudra boucher la lucarne, fit remarquer Gersen. A part cela, l'endroit me convient très bien. Et pour vérifier si la pièce était surveillée, il ajouta : Je comprends bien que les règlements interdisent l'octroi de toute gratification au personnel ; cependant, les règlements sont faits pour être violés, et il serait injuste que votre peine ne soit pas récompensée. Qu'en dites-vous ?

— Je crois que vous venez d'exprimer à peu près mon point de vue.

— Parfait. Ce qui se passe dans ce vieil atelier ne concerne que vous et moi. Si je ne suis pas riche, je ne suis pas non plus parcimonieux, surtout lorsqu'il s'agit de mes recherches.

Il sortit un chéquier de sa poche et inscrivit la somme de 3 000 UVS, payable par la Banque de Rigel.

— Voilà qui devrait couvrir les dépenses et vous laisser un substantiel dédommagement.

Les joues de Lubby s'arrondirent.

— Vous pouvez compter sur moi. Je transmettrai votre commande avec un soin particulier. Elle sera livrée dès demain peut-être.

Satisfait, Gersen regagna son appartement. Naturellement, ses espoirs pouvaient être fondés sur une série de conclusions erronées. Mais plus il y repensait, plus il était certain que tout concordait et qu'il ne pouvait pas se tromper.

Il lui manquait une chose, cependant, la plus importante de toutes. C'était un travail qu'il n'osait confier, sinon en dernier recours, à Funian Lubby. Il rédigea un nouveau chèque, de 20 000 UVS cette fois-ci, et le mit dans sa poche.

Ce soir-là, Alusz Iphigenia ne parut point à la rotonde, mais c'était le dernier souci de Gersen. Il faisait les cent pas, observant, épiant, et allait juste perdre tout espoir lorsque Armand Koshiel apparut, traversant le terre-plein en ligne droite comme à son habitude. Prenant un air aussi naturel que possible, Gersen se porta à sa rencontre.

— Je vais passer devant la corbeille à papiers, dit-il. Venez derrière moi. Ramassez ce que je laisserai tomber. Vous y trouverez un chèque de 20 000 UVS. Procurez-moi un billet de 10 000 UVS de la Banque de Rigel. Conservez les 10 000 autres pour vous.

Et sans attendre la réponse, il se détourna et alla sans se presser jusqu'au kiosque. Du coin de l'œil, il vit Koshiel hausser les épaules, puis continuer son chemin.

Au kiosque, Gersen acheta un sachet de friandises. En passant devant la corbeille, il s'arrêta et, visant à côté, lança le sachet froissé à l'intérieur duquel il avait glissé le chèque. Puis il alla tranquillement s'asseoir sur un banc.

La boulette de papier était bien en évidence au pied de la corbeille. Rebroussant chemin, Koshiel se dirigea vers le kiosque, échangea quelques plaisanteries avec la marchande et acheta un paquet de bonbons. Il jeta l'emballage à côté de la corbeille, se pencha pour le ramasser, ramassa en même temps celui de Gersen et, après avoir apparemment déposé les deux sachets dans la corbeille, s'éloigna rapidement.

Le cœur battant, Gersen rentra chez lui. Jusqu'à présent, son plan fonctionnait normalement. Mais trop d'optimisme était prématuré. Une caméra dissimulée avait pu surprendre Koshiel en train de ramasser le chèque ; Funian Lubby pourrait exercer sur lui une surveillance trop étroite, ou encore l'importance de l'équipement commandé pourrait attirer l'attention de quelqu'un d'un peu moins naïf. Cependant, dans l'ensemble, Gersen s'estimait satisfait.

Le lendemain, il fit une brève apparition à l'atelier de bricolage. En compagnie de deux enfants en mal de distractions, Lubby était occupé à confectionner des masques. L'équipement, assura-t-il, serait livré le lendemain. Gersen retourna chez lui.

Le soir venu, ni Koshiel ni Alusz Iphigenia ne se montrèrent sous la rotonde. Le lendemain matin, lorsque Gersen regagna son appartement après le petit déjeuner, il trouva sur sa table une enveloppe contenant un billet rose et vert de 10 000 UVS. A l'aide de son contrôlemètre, qu'on lui avait permis de conserver en même temps que quelques autres effets personnels, il vérifia l'authenticité de la coupure. La réponse fut favorable. Jusque-là, tout allait bien. Cependant, Gersen n'osait trop se laisser aller à la joie. En ce moment même, il était peut-être surveillé. De plus, le matériel n'était pas encore arrivé. Et, bien que le jour de Sasani ne fût que de vingt et une heures, jamais journée ne s'écoula avec une lenteur aussi désespérante.

Le lendemain après-midi, enfin, Funian Lubby désigna d'un geste affable une série de caisses en carton.

— Et voilà, Mr. Wall. C'est tout ce qu'il y a de meilleur comme équipement. Vous allez pouvoir vous en donner à cœur joie avec vos effets de prisme, ou de kaléidoscope, ou je ne sais trop quoi.

— Merci, Mr. Lubby, vous ne pouvez pas savoir comme je suis content, fit Gersen. Il transporta les caisses dans le vieil atelier de sculpture et, aidé d'un Lubby impatient et gloussant de plaisir, déballa tout le matériel.

— J'ai hâte de vous voir travailler, fit Lubby. Il n'est jamais trop tard pour apprendre, et c'est la première fois que j'entends parler de votre technique.

— C'est un travail de longue haleine, expliqua Gersen. Certains trouvent cela rébarbatif, même. Pour ma part, j'adore me consacrer à des tâches minutieuses. Mais avant tout, nous devons obstruer la lucarne et prendre nos précautions pour qu'on ne nous dérange pas.

Et tandis que Lubby lui tenait l'échelle, Gersen appliqua un tissu opaque contre la lucarne; il rédigea ensuite un écriteau qui disait : *Chambre noire — Frapper avant d'entrer,* et l'accrocha à la porte.

— Et maintenant, déclara-t-il, nous pouvons commencer. Il parut réfléchir. Pour débuter, j'exécuterai une simple série en vert et rose.

Tandis que Lubby le regardait faire avec respect, Gersen photographia solennellement une épingle, l'agrandit dix fois et prépara un cliché qu'il tira en trente exemplaires de couleur verte et trente de couleur rose.

— Et maintenant ? demanda Lubby.

— Nous arrivons maintenant à la partie la plus délicate de notre travail. Chacune de ces épingles doit être soigneusement découpée. Ensuite, à l'aide des épingles et des trous correspondants, je créerai la réitération. Si vous le désirez, vous pouvez vous charger du découpage tandis que je calcule la couleur exacte de l'encre.

Incrédule, Lubby regarda la série d'épreuves.

— Il faut découper tout ?

— Oui, avec le plus grand soin.

Sans enthousiasme, Lubby se mit à l'ouvrage. Gersen le regarda faire en lui donnant des conseils et en insistant sur la nécessité absolue d'une très grande précision. Puis, empruntant à Lubby sa règle à calcul, il détermina la racine carrée des onze premiers et trouva des valeurs réparties entre 1 et 4,79. Entre-temps, Lubby avait découpé trois épingles et commis une toute petite erreur, que Gersen lui reprocha d'un ton peiné. Lubby posa sa paire de ciseaux.

— Tout cela est extrêmement intéressant, dit-il, mais malheureusement d'autres occupations m'appellent.

Dès qu'il fut parti, Gersen compara son billet de 10 000 UVS aux épingles roses et vertes, fit les réajustements nécessaires, ajouta un mordant et un catalyseur et tira de nouvelles épreuves.

Il jeta un coup d'œil dans l'atelier principal. Lubby était occupé avec les deux enfants. Gersen glissa le billet de banque sous le microscope et, comme des milliers de personnes avaient dû le faire avant lui, s'efforça de percer le secret de son authenticité. Comme tous ceux qui l'avaient précédé, il ne découvrit pas le plus petit indice. Et maintenant... il était temps de se livrer à la petite expérience dont dépendait le succès de son entreprise. Choisissant un papier de densité et de poids similaires à ceux du billet de banque, il découpa un rectangle de même taille : exactement douze centimètres sur cinq et demi. Il glissa le papier dans la fente du contrôlemètre : le voyant rouge s'alluma aussitôt. Prenant le rectangle dans le sens de la longueur, Gersen marqua alors une série de points espacées selon les racines carrées qu'il avait calculées. Puis, à l'aide d'une reglette, il traça du bout de l'ongle une série de traits transversaux qui, espérait-il, suffiraient à « strier », en les compressant les fibres du papier. D'une main tremblante, il leva le contrôlemètre... La porte s'ouvrit. Funian Lubby entra. D'un seul mouvement, Gersen glissa controlemètre, billet et rectangle de papier dans sa poche ; d'un autre, il s'empara des ciseaux et des épreuves et simula une intense activité créatrice. Lubby, déçu du peu de résultats obtenus avec des moyens si considérables, fit part de son étonnement à Gersen. Celui-ci expliqua qu'il avait dû recalculer certaines données esthétiques — opération des plus ingrates — mais que si Lubby désirait activer le processus final il pouvait découper, en faisant attention, d'autres épingles. Lubby se déclara incapable, désormais, de lui fournir la moindre assistance. Il se contenta d'observer avec attention tandis que Gersen découpait quelques nouvelles épingles et les disposait avec amour sur son plan de travail. Puis il s'approcha avec curiosité des deux plaques témoins rose et verte que Gersen avait placées sous une lampe.

— Ce sont les seules couleurs que vous utiliserez ?

— Pour cette composition tout au moins, fit Gersen. Le rose et le vert, trop souvent considérés comme des couleurs banales, voire naïves, servent cependant mes desseins à la perfection.

Lubby grogna :

— Elles me paraissent particulièrement ternes, et même passées.

— Exact, répliqua Gersen. J'ai ajouté certains composants aux pigments. Il semble que la lumière ait tendance à les altérer.

Lubby retourna enfin dans la salle principale. Gersen put sortir son contrôlemètre et passer le rectangle de papier dans la fente. Aucune lumière, cette fois-ci, mais le bourdonnement rassurant, chaud au cœur, de l'authenticité : la plus belle musique que Gersen eût jamais entendue.

Il regarda sa montre : la période touchait à sa fin. Il n'avait pas le temps d'entreprendre autre chose.

Ce soir-là, Alusz Iphigenia fit une brève apparition à la rotonde. Comme d'habitude, elle resta isolée, altière, dans un coin du terre-plein. Gersen ne tenta pas de s'approcher d'elle et, pour autant qu'il pouvait en juger, elle ignorait qu'il existait... Il l'avait trouvée quelconque! Il avait jugés ses traits insipides! Elle était la perfection même; le spectacle le plus exaltant qu'il lui ait jamais été donné de contempler. Dix milliards d'UVS ? Dérisoire ! Il aurait presque félicité Kokor Hekkus de son discernement...

Le lendemain, il attendit avec impatience le moment de se rendre à l'atelier; mais Lubby se montra plus encombrant que jamais. Comme il n'avait personne d'autre à l'atelier, il resta tout l'après-midi assis béatement devant Gersen, qui découpait ses épingles et les disposait artistement devant lui, l'âme torturée de désir de voir Lubby s'en aller enfin.

La journée était perdue. Bouillant de rage contenue, Gersen regagna son appartement.

Le lendemain fut un jour plus faste. Lubby avait du travail et Gersen put photographier le billet de banque, dont il masqua préalablement le numéro de série. A l'aide d'encres soigneusement préparées, il en tira ensuite deux cents copies. Le jour suivant, prétextant la nécessité d'exposer de grandes quantités de papier sensible, il condamna la porte. Puis à l'aide d'un instrument de fortune, il stria les nouveaux billets et imprima de nouveaux numéros avec une presse enfantine. Les nouvelles coupures ressemblait à s'y méprendre à l'orignale. Le toucher n'était peut-être pas tout à fait le même... mais qu'importait ? Le contrôlemètre s'en accomodait, c'était l'essentiel.

Tout en dînant, Gersen réfléchit à son ultime problème: comment résilier son gage sans éveiller de soupçons. S'il se présentait simplement au bureau, on lui demanderait immanquablement comment il était entré en possession des fonds... Il ne voyait aucune solution pratique pour se faire envoyer un colis. Quant à Koshiel, il ne pouvait certes pas lui confier tout cet argent.

Il décida qu'il avait besoin d'informations complémentaires. Le soir venu, il se rendit au bureau de l'ordonnateur adjoint, petit homme à la face de belette qui portait l'uniforme bleu marine d'Interéchanges comme s'il s'agissait d'un insigne privilège. Il se composa un visage soucieux.

— J'ai un petit problème, déclara-t-il à l'ordonnateur. J'ai appris qu'un vieil ami arrivait demain pour libérer un de vos pensionnaires. Serait-il possible que je lui dise un mot lorsque le car arrivera du spatioport ?

L'ordonnateur fronça les sourcils.

— C'est une procédure tout à fait irrégulière.

— Je ne l'ignore pas. Cependant, la politique d'Interéchanges est de faciliter la résiliation des gages, et c'est justement le cas présent.

— Très bien, dit l'ordonnateur au bout d'un moment. Trouvez-vous ici même demain matin juste après le petit déjeuner, et je tâcherai d'arranger cela.

Gersen retourna à la rotonde, arpenta le terre-plein et but du vin en quantité pour se calmer les nerfs. La nuit passa ; il avala rapidement un déjeuner sommaire et fila au bureau de l'ordonnateur, qui prétendit avoir oublié de quoi il était question. De nouveau, Gersen expliqua patiemment son cas.

— Enfin... soupira l'ordonnateur. Je suppose qu'on ne peut pas demander à toutes les affaires de suivre la filière habituelle. Il conduisit Gersen dans une antichambre du hall d'arrivée. Ils attendirent.

L'antique autocar arriva enfin. Huit voyageurs descendirent et se dirigèrent vers le hall d'arrivée.

— Eh bien ? demanda l'ordonnateur. Votre ami est-il parmi eux ?

— Certainement, fit Gersen. Ce petit homme au fond de teint bleu. Je n'ai qu'un mot à lui dire, et il fera le nécessaire pour résilier mon gage. Et sans lui laisser le temps d'objecter quoi que ce soit, Gersen sortit dans le hall et s'approcha de l'homme qu'il avait désigné : Pardonnez-moi. Êtes-vous bien Myron Patch, de Patris ?

— Nullement, monsieur. Je ne connais pas cet individu.

— Dans ce cas, j'ai dû faire une erreur. Et Gersen retourna vers l'ordonnateur, une enveloppe à la main. Tout est parfait. Il m'a apporté l'argent. Je suis libre.

L'ordonnateur grommela. L'événement était quelque peu singulier. Mais les événements singuliers ne faisaient-ils pas aussi partie de la vie ?

— Votre ami est venu payer votre gage et celui de quelqu'un d'autre en même temps ?

— Oui, c'est un membre de l'Institut, et il n'aime pas afficher trop de cordialité.

L'ordonnateur grommela de nouveau. Tout s'expliquait — du moins, tout semblait s'expliquer.

— C'est bien, dit-il. Si vous avez l'argent, allez résilier votre gage. Je dirai un mot à l'employé pour tout arranger.

Lorsque l'autocar repartit d'Interéchanges, il avait Gersen à son bord. A Nichae, Gersen loua un aérocar qui le conduisit à la cité de Sagbad.

Cinq jours plus tard, fardé de noir, vêtu d'une tunique noire et beige et de chausses noires, Gersen retourna à Interéchanges à bord du vétuste autocar. Il se dirigea vers le bureau, désormais familier, affronta l'obséquiosité de l'employé :

— Et quelle est la personne dont vous souhaitez résilier le gage ?

— Alusz Iphigenia Eperje-Tokay.

L'employé haussa les sourcils.

— Vous êtes Kokor Hekkus, monsieur ? demanda-t-il avec un effroi respectueux.

— Non.

L'employé s'agita nerveusement.

— C'est que le gage est élevé. Dix milliards d'UVS.

Gersen ouvrit la mallette noire qu'il avait avec lui et en sortit des liasses de billets de 100 000 UVS, la plus grosse coupure en circulation.

— Voici l'argent.

— Euh... oui ; mais je dois vous informer que Kokor Hekkus a déjà déposé chez nous plus de neuf milliards...

— Voici dix milliards. Vérifiez.

L'employé émit un soupir inarticulé.

— Vous êtes dans vos droits. Cette personne fait partie de nos disponibilités. De ses doigts tremblants, il toucha les liasses. Je vais demander du renfort pour compter cet argent.

Il fallut six hommes et quatre heures pour compter et contrôler les billets. Finalement, l'employé apposa nerveusement sa signature au bas du reçu.

— Eh bien, voici, monsieur. La personne dont vous venez de résilier le gage va vous être amenée immédiatement. Et il grommela entre ses dents : Je connais quelqu'un qui ne vas pas être content. Je ne voudrais pas être à la place de certains.

Dix minutes plus tard, Alusz Iphigenia arriva au bureau. Son visage était tendu et farouche ; ses yeux brillaient d'effroi. Elle dévisagea Gersen sans le reconnaître, puis courut vers la porte comme si elle voulait s'enfuir dans le désert. Gersen la saisit par le bras.

— Calmez-vous, dit-il. Je ne suis pas Kokor Hekkus. Je ne vous veux aucun mal. Vous êtes en sécurité avec moi.

Elle le regarda d'un air incrédule, le dévisagea à nouveau, et Gersen se dit qu'elle l'avait reconnu.

— Il y a autre chose, déclara l'employé. Il s'adressa à la jeune fille : Puisque dans cette affaire d'un genre un peu particulier vous êtes sous votre propre tutelle, l'argent, moins notre commission de 12,5 % vous appartient.

Alusz Iphigenia le fixa d'un air hébété, apparemment sans comprendre.

— Je suggère, intervint Gersen, que vous établissiez un chèque à son ordre, afin de lui éviter d'avoir à transporter tant d'espèces.

Il y eut un fièvreux conciliabule, suivi d'un haussement d'épaules et d'un geste d'impuissance de la main ; finalement, un chèque fut établi, tiré sur la Banque Planétaire de Sasani, agence de Sagbad, d'un montant de 8 749 993 581 UVS : dix milliards moins 12,5 % moins les frais d'hébergement en catégorie extra-spéciale, soit 6 419 UVS.

Gersen examina le document d'un œil suspicieux.

— J'espère que ce titre est valable ? Vous avez une couverture suffisante ?

— Naturellement, répliqua le responsable. Justement Kokor Hekkus vient de créditer notre compte d'une somme sensiblement supérieure à celle-ci.

— C'est très bien, dit Gersen. Nous vous faisons confiance. Il se tourna vers Alusz Iphigenia : Venez, le car nous attend.

Elle hésitait encore, regardant autour d'elle comme si elle envisageait à nouveau de fuir à travers le désert de Da'ar-Rizm. A ce moment-là, un des horribles insectes ailés vint la heurter et se colla à son bras. Elle le chassa avec un cri de frayeur.

— Venez, répéta Gersen. Vous avez le choix entre Kokor Hekkus, les insectes ou moi. Et je n'ai l'intention ni de vous violer ni de vous dévorer vivante.

Sans protester davantage, elle le suivit jusqu'au car. Le véhicule démarra dans un bruit d'enfer, et bientôt Interéchanges ne fut plus qu'une informe masse grise à peine visible à travers les nuages de poussière.

Assise à côté de Gersen dans le véhicule cahotant, Alusz Iphigenia tourna à demi vers lui un visage angoissé.

— Qui êtes-vous ?

— Un ennemi de Kokor Hekkus.

— Que... que comptez-vous faire de moi ?

— Rien d'infamant.

— Où irons-nous ? Vous ne savez pas de quoi Kokor Hekkus est capable. Il retrouverait notre trace au fin fond de la galaxie.

Gersen n'avait rien à répliquer à cela. En fait, il était loin de se sentir tranquille. A tout moment, on pouvait encore les intercepter. Mais la traversée du désert se passa sans aucun incident.

A Sul Arsam, le car s'immobilisa dans un tourbillon de poussière. Ils grimpèrent à bord du vaisseau qui les attendait et débarquèrent peu après au spatioport de Nichae. Sur une aire de stationnement à l'écart se dressait, flambant neuf, l'astronef *Armintor* dont Gersen avait fait l'emplette à Sagbad. Alusz Iphigenia hésita avant de monter, puis haussa les épaules d'un air fataliste.

A Sagbad, il y eut une nouvelle attente à la Banque planétaire. De mauvaise grâce, sentant que quelque chose n'allait pas mais bien en peine de dire quoi, Interéchanges accorda la confirmation demandée. Le président de la Banque Planétaire, avec un manque d'enthousiasme évident, déclara à Gersen :

— Il se trouve que, par un hasard extraordinaire, nous avons dans nos caves une somme équivalente, provenant d'une série d'importants dépôts effectués par Interéchanges. Toutefois, il s'agit de coupures de diverses valeurs...

— Peu importe. Nous les acceptons, fit Gersen.

L'argent, qui représentait le butin patiemment accumulé par Kokor Hekkus, fut entassé dans quatre caisses que l'on transporta à bord de l'hélitaxi en attente. Mais, à ce moment-là, un employé sortit en courant de l'immeuble.

— Mr. Wall ! Une communication urgente d'Interéchanges !

Gersen réprima l'envie de tout planter là et de fuir. Il retourna à la banque. Sur l'écran du visiphone apparut le visage du directeur. Derrière lui se tenait quelqu'un que Gersen ne connaissait pas.

— Mr. Wall, déclara le directeur. Une chose grave vient de se produire. Achill Gogan, représentant de Kokor Hekkus, est dans mon bureau. Il vous prie instamment de rester à Sagbad jusqu'à ce qu'il puisse s'entretenir avec vous.

— Mais certainement, dit Gersen. Il n'a qu'à nous demander à l'hôtel Alamut.

Gersen quitta la banque et monta dans l'hélitaxi où Alusz Iphigenia, le visage morose, l'attendait avec l'argent.

— Au spatioport, lança-t-il au pilote.

Vingt minutes plus tard, ils laissaient derrière eux la planète Sasani. Ce n'est qu'après avoir engagé l'interscission que Gersen se sentit tout à fait rassuré. Ivre de soulagement, il se laissa tomber au creux d'une banquette et partit d'un rire tonitruant. Alusz Iphigenia le considéra avec une curiosité inquiète.

— Pourquoi riez-vous ?

— C'est la façon dont nous avons racheté nos gages.

— Nous ?

Elle ne l'avait donc pas reconnu. Gersen s'approcha lentement d'elle. Méfiante, elle fit un pas en arrière.

— Un soir, je vous ai parlé dans la rotonde, continua Gersen.

Elle le détailla.

— Je vous reconnais, maintenant. Le monsieur discret toujours assis dans l'ombre. Où avez-vous trouvé tout cet argent ?

— Je l'ai fabriqué moi-même — c'est cela qui m'amuse.

— Mais c'est impossible ! Ils l'ont vérifié, ils l'ont accepté !

— Justement. Mais attendez de savoir le meilleur : il y a un décolorant dans l'encre. Dans une semaine, il ne restera plus rien que du papier blanc. Envolé, l'argent versé à Kokor Hekkus ; envolés, les dix milliards d'UVS. J'ai roulé Kokor Hekkus ! J'ai roulé Interéchanges ! Et l'argent de Kokor Hekkus, vous l'avez devant vous.

Alusz Iphigenia le gratifia d'un regard qui ne trahissait aucune émotion, puis se tourna pour contempler Sasani. Un sourire apparut sur ses lèvres : un sourire pensif.

— Sa colère sera grande. Ses réactions émotives dépassent tout ce qu'un homme normal peut imaginer.

Et elle ajouta d'une voix rêveuse :

— Il était prêt à payer pour moi dix milliards — parce que tel était le prix que j'avais choisi. Et une fois en sa possession... (elle frissonna) j'aurais été amenée, d'une façon ou d'une autre, à lui fournir l'équivalent de ces dix milliards. Lorsqu'il mettra la main sur vous, ce qu'il vous fera est... impossible à imaginer.

— A moins que je ne le tue le premier.

— Cela vous sera difficile. Sion Trumble est le guerrier le plus valeureux de Thamber, et il n'a pas réussi.

Gersen alla dans la cambuse et revint avec une bouteille de vin et deux gobelets. Alusz Iphigenia refusa d'abord d'un geste, puis se ravisa et accepta un gobelet. Gersen demanda :

— Savez-vous pourquoi j'ai résilié votre gage ?

— Non. Mais elle se tortilla d'un air embarrassé et une légère rougeur apparut sur son visage. Jamais, se dit Gersen, elle n'avait été aussi jolie.

— Parce que vous pouvez me conduire sur Thamber, où je trouverai et tuerai Kokor Hekkus.

La rougeur disparut peu à peu. Elle but une gorgée de vin, contempla pensivement le fond du gobelet.

— Je ne veux pas retourner sur Thamber. J'ai peur de Kokor Hekkus. Il doit écumer de rage à présent.

— C'est pourtant là que nous irons.

Elle secoua rêveusement la tête.

— Je ne puis vous aider. J'ignore où se trouve Thamber.

9

Exhortations du révolutionnaire Tedoro à ses compagnons d'armes après leur capture :

« N'accordez rien ! Ne cédez pas d'un quart de pouce ! Mangez la nourriture qu'ils vous portent, ne concédez rien d'autre. Que sont-ils d'autre que des scélérats ? Faites-leur honte ! Défiez-les ! L'indécision est une fissure dans l'acier. Accepterez-vous qu'ils vous plient de chaque côté et qu'ils vous brisent sec ? Ne donnez

rien ; ne concédez rien. Si leur commandant vous laisse vous asseoir, choisissez de rester debout ! S'il vous donne du papier à interlignes, écrivez en travers des interlignes !»

***

GERSEN fixa sur Alusz Iphigenia un regard incrédule. Puis il bondit vers le panneau de contrôle et coupa l'interscission. Ébranlé dans toute sa structure, le vaisseau exhala un soupir quasi humain qui sembla se répercuter le long de leur corps.

Tous moteurs coupés, l'astronef *Armintor* dériva librement dans l'espace. Loin derrière lui brillait Aquila GB 1202, oscillant à la limite de la distinction psychologique entre soleil et étoile.

Gersen passa à l'avant, se doucha pour se débarrasser de son fond de teint noir et revêtit sa tenue habituelle de cosmonaute : short, sandales, gilet léger. Lorsqu'il retourna au salon, il trouva Alusz Iphigenia exactement dans la posture où il l'avait laissée, les yeux rivés au plancher. Il s'assit sans rien dire sur la banquette opposée. Finalement, ce fut elle qui parla :

— Pourquoi avez-vous stoppé les moteurs.

— Il n'y a pas de raison de continuer à errer à l'aveuglette. Si nous n'avons pas de destination, autant rester où nous sommes.

Elle haussa les épaules d'un air irrité.

— Vous pouvez garder l'argent ; mais conduisez-moi sur la Terre. Je n'ai aucune envie de dériver stupidement dans l'espace.

Gersen secoua la tête d'un air buté.

— J'ai couru de grands risques en résiliant votre gage... principalement pour obtenir de vous de plus amples renseignements sur Thamber, mais accessoirement parce que je vous trouve très séduisante. Je suis d'accord sur ce point avec Kokor Hekkus : vous valez bien dix milliards d'UVS.

Alusz Iphigenia déclara sauvagement :

— Vous ne me croyez pas! C'est la vérité: même si c'était mon plus cher désir, je ne saurais pas retourner à Thamber.

— Comment êtes vous partie?

— Sion Trumble avait capturé un petit astronef de plaisance au cours d'un raid sur l'île d'Omad, qui est le spatioport de Kokor Hekkus. J'ai lu la notice de pilotage, et cela m'a semblé très simple. Lorsque Kokor Hekkus a menacé de faire la guerre à la Gentilie si mon père ne me livrait pas à lui, je n'avais que deux solutions: me tuer ou quitter Thamber. J'ai choisi la deuxième. Il y avait à bord du vaisseau un *Manuel des Planètes*. Il mentionnait Sasani et décrivait Interéchanges comme le seul endroit de l'univers humain à l'abri des bandits. Elle gratifia Gersen d'un regard caustique. Ce qui est inexact. Apparemment, Interéchanges est une proie facile pour les faux-monnayeurs.

Gersen accusa la remarque d'un sourire sardonique. Il se reversa à boire mais hésita: la bouteille était restée là tandis qu'il prenait sa douche. Il n'était pas inconcevable que la jeune femme y eût versé du poison. Il reposa le verre.

— Et qui est Sion Trumble?

— Le prince de Vadrus. C'est une contrée située à l'ouest de Misk. Nous étions sur le point d'être fiancés... Sion Trumble est un guerrier courageux; il a plus d'une prouesse à son actif.

— Je vois... Gersen réfléchit. Et vous ne savez pas comment vous êtes allée de Thamber à Sasani?

— J'ai réglé les cadrans astrogationnels sur Sasani, je n'en sais pas plus. A part Kokor Hekkus, personne n'a jamais possédé d'astronef sur Thamber.

— Comment s'appelle votre soleil?

— Soleil, c'est tout.

— Est-ce qu'il est plutôt orangé?

— Oui. Comment le savez-vous?

— Simple déduction. Comment est le ciel la nuit? Y a-t-il quelque chose d'inhabituel? Une étoile double ou triple?

— Non. Rien d'inhabituel.

— Y a-t-il eu une nova récemment?

— Qu'est-ce que c'est qu'une nova?

— Une étoile qui explose et qui donne soudain une très vive lumière.

— Non. Rien de tel.

— Et la Voie Lactée? Vous la voyez comment? Sous forme de ceinture, de nuage?

— L'hiver, il y a dans le ciel un long ruban de lumière; c'est ce que vous voulez dire?

— Oui. Apparemment, vous êtes tout à fait à la lisière.

— C'est possible, déclara Alusz Iphigenia avec indifférence.

— Quelles traditions avez-vous? continua Gersen. Est-ce qu'il y a de vieilles légendes de la Terre ou d'autres planètes?

— Rien de très particulier... Quelques légendes, quelques vieilles chansons. Elle le regarda d'un air légèrement moqueur. Comment se fait-il qu'avec votre *Répertoire des Étoiles* et votre *Manuel des Planètes* vous ne trouviez pas ce que vous cherchez?

— Thamber est un monde oublié. Ceux qui jadis régnèrent sur la planète ont su garder leur secret. Tout ce qui nous reste, à présent, c'est une chanson enfantine:

De l'antique étoile du Chien
Vire d'un quart au nord d'Achernar;
Et droit devant au bord du monde
Brille Thamber la magnifique.

Alusz Iphigenia sourit faiblement.

— Je la connais aussi. Tout entière.

— Tout entière? Il y a autre chose?

— Bien sûr. Il manque tout le milieu. Comme ceci:

De l'antique étoile du Chien
Vire d'un quart au nord d'Achernar;
Poursuis ta route, et par travers tribord
Six soleils rouges fuiront un soleil bleu.
Sous le pommeau du cimeterre dirige-toi
Et droit devant au bord du monde
Brille Thamber la magnifique.

— Tiens, tiens, fit Gersen. Il se leva, s'installa devant le tableau de commande, manipula des cadrans et remit en marche le système de Jarnell.

— Où allons-nous ? demanda Alusz Iphigénia.

— Sirius... L'Etoile du Chien.

— Vous prenez cette vieille chanson au sérieux ?

— C'est tout ce que je possède comme information. C'est cela ou rien du tout.

— Hmm. Alusz Iphigenia but une gorgée de vin. Dans ce cas, puisque je vous ai appris tout ce que je savais, vous me déposerez sur Sirius, ou sur la Terre peut-être ?

— Non.

— Mais... je ne sais rien d'autre que ce que je vous ai dit !

— Vous connaissez l'aspect des constellations de Thamber. Votre chanson, à supposer que ses indications aient jamais correspondu à la réalité, est vieille de mille ans ou plus. Sirius et Achenar ont changé de place. Avec un peu de chance, nous pourrions arriver dans le secteur de Thamber — disons à moins d'une dizaine ou d'un vingtaine d'années-lumière. Il nous faudrait alors recourir au vieux truc des astronautes perdus : ils scrutent l'espace autour d'eux jusqu'à ce que dans un coin du ciel apparaisse une constellation familière. Il n'y en a qu'une, et encore en miniature, car elle se trouve juste dans le prolongement de leur planète. Toutes les autres constellations sont déformées. Et même celle-là a son aspect modifié par des étoiles intermédiaires, notamment l'étoile de la planète en question. Néanmoins... il y a toujours une constellation familière à chercher, et si on la trouve, on n'a plus qu'à se diriger droit dessus, et lorsqu'elle atteint sa taille habituelle, cela signifie que la planète recherchée n'est plus très loin.

— Et si on ne trouve pas de constellation familière?

— Il y a d'autres ressources. On peut s'éloigner perpendiculairement au plan de la galaxie, jusqu'à ce qu'on en ait une bonne vue d'ensemble; à ce moment-là, on peut trouver des repères. Mais cela demande beaucoup de temps et d'énergie, et le Jarnell en prend un bon coup. Et si quelque chose flanche... alors on est perdu pour de bon, car il n'y a rien d'autre à faire que de se laisser dériver dans l'espace en regardant la galaxie se dérouler comme un tapis jusqu'à ce que l'énergie s'épuise et que la mort arrive.

Gersen haussa les épaules.

— Jamais je ne me suis perdu.

Il leva son verre de vin, l'examina avec circonspection, puis alla à la cuisine chercher une autre bouteille.

— Parlez-moi de Thamber.

Alusz Iphigenia parla pendant deux heures tandis que Gersen, confortablement installé au creux de sa banquette, sirotait tranquillement son vin. Ecouter et regarder étaient pour lui une agréable expérience. Les réalités de l'existence s'estompèrent pour un temps... Alusz Iphigenia décrivait Aglabat, la cité entourée d'une sombre muraille de pierre brune; Gersen essaya de secouer son inertie. L'apathie était un danger. Le séjour à Interéchanges lui avait été néfaste. Il était devenu influençable, facilement distrait... Néanmoins, il se détendit à nouveau, buvant son vin, écoutant les paroles d'Alusz Iphigenia...

Thamber était un monde merveilleux. Nul ne savait quand le premier homme était arrivé. Cela se perdait dans la nuit des temps. Il y avait plusieurs continents et péninsules, et un vaste archipel tropical. Alusz Iphigenia était originaire de Draszane, en Gentilie, principauté située sur la bordure occidentale du plus petit continent. A l'est se trouvait Vadrus, où régnait Sion Trumble, et plus loin le pays de Misk. Le reste du continent, à l'exception de quelques Etats perpétuellement en lutte sur la côte est, consistait en régions désertiques peuplées de barbares. Alusz Iphigenia cita une vingtaine de peuples, chacun avec ses caractères distinctifs. Certains étaient de grands musiciens, capables d'organiser des parades d'un faste à vous couper le souffle. D'autres étaient des fétichistes et des assassins, commandés par des ogres. Dans les montagnes vivaient des bandes de brigands et des hobereaux arrogants, chacun à l'abri de son château. Partout, il y avait des sorciers et des magiciens, capables des exploits les plus fantastiques, et une sinistre contrée au nord du plus grand continent était sous la domination de démons et autres créatures malfaisantes. La faune et la flore de Thamber étaient complexes, riches, d'une grande beauté, mais parfois dangereuses. Il y avait des monstres marins, les loups cuirassés des toundras et l'horrible dnazd des montagnes du nord de Misk.

La technologie et tous les aspects de la vie moderne étaient inconnus sur Thamber. Même les Bersagliers Rouges de Kokor Hekkus ne portaient que des vouges et des dagues, tandis que les chevaliers de Misk étaient armés d'épées et d'arbalètes. Des conflits intermittents opposaient Misk à l'Etat de Vadrus, aux côtés duquel la Gentilie combattait de temps à autre. Sion Trumble était un guerrier valeureux, mais jamais il n'avait réussi à défaire les Bersagliers Rouges. Au cours d'un combat titanesque, il avait mis en déroute les barbares du Skar Sakau, qui avaient alors tourné leur furie vers le pays de Misk, plus au sud, où ils avaient pillé des villages, incendié des avant-postes et semé la dévastation sur leur passage.

Gersen écouta tout cela avec émerveillement. Les légendes romantiques qui couraient sur Thamber n'avaient pas été exagérées ; elles étaient même plutôt en deçà de la vérité. Lorsqu'il expliqua cela à Alusz Iphigenia, elle haussa les épaules.

— Thamber est un monde romantique, c'est certain.

Ses châteaux ont de grandes salles où les bardes chantent et des pavillons où des jeunes filles dansent au son des luths ; mais ils ont aussi des oubliettes et des chambres de torture. Les chevaliers sont un spectacle grandiose avec leurs armures et leurs étendards, mais dans les steppes neigeuses de Skava les Skodolaks nomades leur coupent les jambes et ils gisent impuissants jusqu'à ce que les loups les taillent en pièces. Les sorcières élaborent leurs philtres magiques ; les sorciers dispersent au vent leur poudre de rêve et jettent des maléfices sur leurs ennemis... De grands héros vécurent il y a deux cents ans. Tyler Trumble conquit Vadrus et édifia la cité de Carrai, où règne aujourd'hui Sion Trumble. A l'arrivée de Jadask Dousko, Misk n'était qu'un pays de bouviers et Aglabat un village de pêcheurs. En dix ans, il créa la première Brigade Rouge, et depuis la guerre n'a pas cessé. Elle soupira. A Draszane, la vie est relativement calme. Nous avons quatre antiques universités et des centaines de bibliothèques. La Gentilie est un vieux pays bien tranquille, mais il n'en est pas de même pour Misk et Vadrus. Sion Trumble désire que je sois sa reine, mais... connaîtrions-nous le bonheur et la paix ? Ou bien serait-il toujours en train dé combattre les Skodolaks, ou les Tadousko-Oï, ou les Argonautes ? Et il y a toujours Kokor Hekkus, qui sera plus implacable que jamais...

Gersen ne disait rien. Alusz Iphigenia poursuivit :

— J'ai lu des livres, à Interéchanges... sur la Terre, sur l'Union, sur Aloysius. Je sais comment vous vivez. Au début, je me suis demandé pourquoi Kokor Hekkus passait tant de temps à Aglabat, pourquoi il se battait encore à l'arme blanche, alors qu'il pouvait équiper ses Bersagliers Rouges de fusils à énergie. Mais il n'y a là rien de mystérieux. Kokor Hekkus se repaît d'émotions comme d'autres se repaissent de nourriture. Il a besoin de haine et de sensations fortes, de terreurs et de turpitudes. Tout cela, il le trouve au pays de Misk. Mais un jour, il ira trop loin, et Sion Trumble le tuera.

Elle sourit tristement.

— Ou bien un jour, Sion Trumble ne pourra s'empêcher d'accomplir quelque navrante action d'éclat, et c'est lui qui se fera tuer.

— Hmm, fit Gersen. Vous l'aimez beaucoup, votre Sion Trumble.

— Oui. Il est bon, brave et généreux. Il ne s'aviserait pas de tromper même Interéchanges.

— Je vois, grimaça Gersen. Moi, je serais plutôt le genre de Kokor Hekkus... Et le reste de la planète?

— C'est partout différent. A Birzul, le Godmus possède un harem de dix mille concubines. Chaque jour, il recrute dix nouvelles vierges et en renvoie dix; ou bien, s'il se trouve être de mauvaise humeur, il les noie. A Castalang, l'Œil Divin parcourt la cité sur un autel pourpre de quarante mètres de long et quarante mètres de haut. Les nobles de Lathcar font courir des esclaves qu'ils élèvent et entraînent spécialement pour les Grandes Courses de Lath. Les Tadousko-Oï construisent leurs villages en haut des falaises les plus élevées et des pics les plus escarpés, et ils précipitent dans le vide leurs infirmes et leurs malades. Ce sont les plus farouches guerriers de Thamber, et ils ont juré de raser Aglabat. Un jour, ils réussiront, car les Bersagliers Rouges ne sont pas de taille à leur résister.

— Vous avez déjà vu Kokor Hekkus de près?

— Oui.

— A quoi ressemble-t-il?

— Donnez-moi un crayon et du papier et je vais vous le montrer.

Gersen lui apporta ce qu'elle demandait. Après quelques tentatives hésitantes, le crayon prit de l'assurance. Les courbes se joignirent et se recoupèrent rapidement. Un visage apparut sur le papier: un visage alerte, intelligent. Un front haut et carré surmontant de grands yeux vigilants; une chevelure brune, abondante et lustrée; un nez court et droit; une bouche assez petite. Alusz Iphigenia esquissa le tronc et les jambes pour évoquer un homme de stature quelque peu supérieure à la moyenne, aux épaules carrées, à la taille étroite, aux longues jambes. Le corps aurait très bien pu être celui de Billy Windle ou de Seuman Otwal ; le visage, par contre, n'évoquait en rien la physionomie saillante et les traits acérés de Seuman Otwal ; quant à Billy Windle, Gersen n'avait jamais eu l'occasion de l'apercevoir distinctement.

Alusz Iphigenia l'étudia tandis qu'il se penchait sur le portrait ; elle frissonna.

— La cruauté est une chose que je ne comprends pas... la haine... le désir de tuer. Vous êtes presque aussi effrayant que Kokor Hekkus.

Gersen écarta le croquis.

— Lorsque j'étais petit, ma maison fut détruite et toute ma famille — à l'exception de mon grand-père — massacrée. Dès cet instant, je sus que le cours de ma vie était préordonné. Que je tuerais un par un les cinq hommes responsables du massacre. Telle a été mon existence. Je n'en connais pas d'autre. Je n'appartiens pas aux forces du mal. Je suis au-delà du bien et du mal... tout comme la machine à tuer que Kokor a construite.

— Et malheureusement pour moi je sers vos desseins, déclara Alusz Iphigenia.

Gersen grimaça un sourire.

— Mieux vaut servir mes desseins que ceux de Kokor Hekkus, car tout ce que je vous demande c'est de me guider jusqu'à Thamber.

— Merci de votre galanterie, répliqua Alusz Iphigenia, sans que Gersen pût très bien dire si la remarque recelait une pique ou non.

Droit devant brillait Sirius la blanche. Plus loin à l'écart apparaissait l'étoile jaune qui avait abrité les débuts de la race humaine. C'est là que, pensivement, les regards d'Alusz Iphigenia se portèrent. Elle se tourna vers Gersen, comme pour l'adjurer à nouveau puis se ravisa.

Gersen désigna du doigt Achernar, à la source du fleuve Eridan.

— Un quart au nord, cela signifie 11° 15' par rapport au plan galactique nord qui contient la ligne Sirius-Achernar. Mais la chanson doit avoir mille ans au moins, sinon plus... nous nous portons donc d'abord au point qu'occupait Sirius il y a un millier d'années. Pas trop difficile. Puis nous calculons la position apparente d'Achernar à la même époque — là encore, c'est faisable. A partir de ces deux points, nous faisons un angle de 11° 15' en direction du nord, en espérant tomber juste. Et d'ailleurs puisque les calculs sont déjà faits...

Il régla soigneusement les verniers ; Sirius se déplaça majestueusement dans le champ du hublot.

Aussitôt, il coupa l'interscission ; l'astrojet regagna l'espace ordinaire. Gersen dirigea la proue du vaisseau vers le point qu'occupait Achernar un millier d'années auparavant ; puis il décrivit un arc de 11° 15' sur un plan parallèle à l'axe galactique nord-sud.

— Nous y voilà.

Il engagea l'interscission. L'appareil et ses passagers échappant à l'inertie et aux constrictions einsteiniennes, furent happés quasi instantanément dans la fissure créée.

— Et maintenant, il nous reste à trouver six étoiles rouges et une étoile bleue. Peut-être les aurons-nous par le travers tribord, peut-être pas ; à moins que les paroles ne signifient que le plan dorsal-ventral du vaisseau doit se trouver parallèle à l'axe galactique nord-sud...

Un certain temps s'écoula. Les astres les plus proches glissaient sur un fond d'étoiles beaucoup plus éloignées, qui à leur tour variaient en position par rapport à un arrière-plan de poussière cendrée.

Gersen devenait de plus en plus irascible. Il exprima des doutes quant à la fidélité des paroles rapportées par cœur par Alusz Iphigenia. Celle-ci répliqua en insinuant que Gersen avait dû se tromper dans ses calculs.

— Combien de temps a duré votre voyage jusqu'à Interéchanges ? demanda Gersen pour la énième fois ; et elle lui offrit le même genre de réponse vague :

— J'ai beaucoup dormi. Tout a passé très vite.

Gersen commençait à se demander s'il n'avait pas suivi une fausse piste depuis le début, et si Alusz Iphigenia n'y était pas pour quelque chose. Elle se rendait très bien compte de ce qu'il pensait, et ce ne fut pas sans ressentiment qu'elle montra du doigt six majestueuses géantes rouges qui formaient une courbe prolongée vers le bas par une grosse étoile bleue.

Gersen se contenta de concéder d'un ton bourru :

— Elles sont bien par le travers tribord ; ni la chanson ni les calculs ne se trompaient de beaucoup.

Il stoppa l'effet Jarnell ; l'astronef continua sur son erre.

— Et maintenant, il nous faut un cimeterre : probablement un corps céleste visible à l'œil nu.

— Là, indiqua Alusz Iphigenia. Thamber est dans cette direction.

— Comment le savez-vous ?

— La constellation en forme de cimeterre. Chez nous, en Gentilie, nous l'appelons la Barque des Dieux. D'ici, elle n'a pas tout à fait le même aspect.

Gersen dirigea le nez de l'astrojet vers le « pommeau » ; une fois de plus, il engagea l'interscission. Le vaisseau plongea en avant. Ils passèrent en plein cœur de la constellation, environnés d'étoiles de toutes parts. Puis ils arrivèrent dans une région de l'espace beaucoup moins peuplée.

— Effectivement, dit Gersen, nous sommes à l'extrémité de la galaxie ; *au bord du monde.* Quelque part devant nous doit briller *Thamber la magnifique.*

10

Extrait de *la Vie*, volume IV, par Unspiek, baron Bodissey :

« Il est une qualité humaine que l'on ne saurait définir avec précision. La plus noble de toutes peut-être, elle englobe, tout en les dépassant, la sincérité, la générosité, le bon sens, la compréhension, l'intensité des sensations, la constance et le don de soi. Elle implique la participation à toutes les perceptions humaines, la mémoire globale de toute l'histoire humaine. Elle se trouve chez tous nos plus grands génies créateurs et ne saurait se transmettre par l'éducation. A cet égard, l'éducation n'est qu'affectation... un papillon qu'on dissèque, un coucher de soleil qu'on examine au spectroscope, l'éclat de rire d'une jeune fille qu'on psychanalyse. Toute tentative d'apprendre est autodestructrice. Lorsque vient l'érudition, la poésie s'en va. Trop souvent, l'intellectuel est incapable de sensibilité. Ses jugements ne pèsent pas lourd face à ceux du paysan qui tire sa force, comme Antée, de l'héritage émotionnel commun à la race. N'est-il pas évident que les indications et les goûts de l'élite intellectuelle, artificiellement
les indications et les goûts de l'élite intellectuelle, artificiellement
ficiels, stériles, éclectiques et creux ? »

Quelques opinions sur *la Vie* du baron Bodissey :

Un ouvrage monumental, pour ceux qui aiment les monuments... On songe irrésistiblement au mouvement laoconien en voyant ce bon baron empêtré désespérément dans les bourbiers du sens commun entraîner avec lui la cohorte de ses lecteurs les plus persévérants.
(*La Revue pancritique*, St. Stephen, Boniface.)

Laborieusement, patiemment, l'immense machine absorbe sa moisson de connaissances ; bourdonnante, ahanante, hoquetante, elle livre le produit fini : quelques bouffées de fumée âcre et multicolore.
(*Excalibur*, Patris, Krokinole.)

Six volumes d'idioties et de rodomontades.
(*Académia*, Londres, Terre.)

Extravagant, grotesque, fumeux, inacceptable...
(La Revue de Rigel, Avente, Alphanor.)

Le dénigrement envieux de carrières mieux réussies que la sienne... Impossible de ne pas ressentir un honnête courroux.
(Le Bulletin galactique, Baltimore, Terre.)

Il est tentant de se représenter le baron Bodissey au travail dans le site arcadien prôné par lui, entouré d'un troupeau de chèvres bêlantes d'admiration.
(El Orchide, Serle, Quantique.)

⁂

UNE seule planète gravitait autour du soleil orangé de type G8. Gersen ajusta son macroscope. Le matin se levait sur le continent Despaz. Alusz Iphigenia énuméra les grandes divisions géographiques :

— Au sud, cette bande prolongée qui sépare de l'océan les montagnes du Skar Sakau, c'est le Pays de Misk. Aglabat est plus difficile à apercevoir. Elle se confond avec le paysage. Mais elle est juste là, au creux de cette grande baie.

— Et votre pays ? Où se trouve-t-il ?

— Plus à l'ouest. Voyez d'abord Vaxdrus, de l'autre côté de cette chaîne de montagnes. Et voilà la cité de Carrai : cette tache de gris et de blanc. Puis il y a encore des montagnes, et c'est la Gentilie... juste à la limite du soleil.

Elle se détourna du macroscope.

— Mais naturellement, vous ne pourrez jamais aller en Gentilie. Ni à Carrai.

— Pourquoi pas ?

— Parce que ni mon père ni Sion Trumble ne permettraient que je sois votre esclave.

Sans répondre, Gersen se pencha sur le macroscope. Une heure durant, tandis que le continent glissait peu à peu dans la zone éclairée, il étudia méthodiquement le paysage.

— Il reste à éclaircir quelques points, déclara-t-il enfin. En particulier, comment faire pour s'approcher de Kokor Hekkus sans se faire tuer ? Des radars doivent protéger la cité, et peut-être des missiles. Il ne faut pas que nous soyons détectés. Ces montagnes nous offriront un écran approprié.

— Et une fois là, que comptez-vous faire?

— Pour tuer Kokor Hekkus, il faut d'abord le trouver. La première chose à faire est de partir à sa recherche.

— Et moi? protesta plaintivement Alusz Iphigenia. J'ai tout fait pour échapper à Kokor Hekkus. Maintenant, vous me forcez à revenir sur Thamber. Et lorsque vous vous serez fait tuer, ce qui ne fait aucun doute, que me restera-t-il à faire? Retourner à Interéchanges?

— J'ai l'impression que nos intérêts coïncident. Nous souhaitons tous les deux la mort de Kokor Hekkus; nous devons tous les deux faire en sorte qu'il ignore notre présence ici. Nous resterons donc ensemble.

Il dirigea l'astrojet vers Thamber, en prenant soin de rester bien au nord des montagnes du Skar Sakau. Après avoir inspecté soigneusement le terrain, il découvrit un col isolé au pied d'un grand pic et il se posa. A droite et à gauche se découpaient d'autres pics emmitouffflés de nuées, parsemés de glaciers. En contrebas, plus au sud, s'étendait un paysage chaotique d'arêtes, de failles et de précipices, qui rivalisait en beauté sauvage avec tout ce que Gersen connaissait. En attendant que la pression se stabilise, il fit descendre le petit aérocar de sa niche, s'arma de tout son attirail habituel et s'emmitoufla, ainsi qu'Alusz Iphigenia, d'une grande cape. Puis il ouvrit le sas et débarqua sur la planète Thamber. Le soleil était déjà fort, l'air était vif et la brise agréablement douce. Alusz Iphigenia embrassa du regard le paysage, emplissant ses poumons comme si elle était heureuse, malgré tout, de retrouver son monde natal. Spontanément, elle se tourna vers Gersen.

— Vous n'êtes pas un mauvais homme, malgré tout ce que vous pouvez dire de vous-même. Vous m'avez traitée avec des égards que je n'espérais pas. Pourquoi ne pas abandonner vos projets insensés? Kokor Hekkus est en sécurité derrière les murailles d'Aglabat. Même Sion

Trumble ne peut rien contre lui. Pour le tuer, vous devrez le débusquer ; vous devrez déjouer ses ruses infernales. Et n'oubliez pas qu'il donnerait n'importe quoi au monde pour se trouver face à face avec vous.

— Je sais cela, repartit Gersen.

— Et vous vous obstinez ? Vous devez être fou, ou magicien.

— Non.

— Dans ce cas, vous avez un plan ?

— Comment aurais-je un plan, dépourvu d'informations comme je le suis ? C'est d'ailleurs notre problème numéro un. Vous voyez cette petite boîte ? Il toucha du pied un coffret de métal noir. Sans m'en approcher de plus de dix milles, je peux envoyer un mouchard à Aglabat et être au courant de tout ce qui s'y passe.

Alusz Iphigenia ne répondit rien. Il examina d'un air pensif l'astrojet puis les montagnes environnantes. Il était peu probable que les barbares s'aventurent si loin et si haut. Devinant ses pensées, Alusz Iphigenia le rassura.

— Ils sont beaucoup plus au sud, au pied du Skar, là où leurs troupeaux peuvent subsister, et à portée de la main des greniers de Misk. Si nous prenons cette direction, nous survolerons leurs villages. Ce sont des guerriers d'une férocité légendaire ; lorsqu'ils luttent, ils ne se servent que de leurs dagues et de leurs mains nues.

Gersen chargea le coffret noir dans l'aérocar qui, contrairement à la plate-forme volante que transportait son ancien *Locater 9B*, était pourvu d'un dôme transparent et de sièges confortables. Alusz Iphigenia grimpa à bord ; Gersen prit place à côté d'elle et rabattit le dôme. L'appareil s'éleva, longea le versant du col et se faufila vers le sud au milieu des parois et des défilés vertigineux. Jamais Gersen n'avait eu l'occasion de contempler un décor aussi effrayant. Des falaises à pic surplombaient des vallées pareilles à des gouffres où parfois serpentait le mince filament argenté d'une rivière, visible exceptionnellement parce que le soleil orangé était au zénith. Les précipices succédaient aux précipices. Les vents s'engouffraient en terribles rafales qui ballotaient l'appareil comme un fétu de paille. De temps à autre, une cascade bondissait au détour d'une arête et retombait en un jaillissement fougueux de mousseline blanche et capricieuse.

Peu à peu le paysage se fit moins déchiqueté. Les vallées convergeaient en direction du sud ; des forêts et des prairies apparurent au loin. Alusz Iphigenia montra du doigt ce que semblait être un amas chaotique de rochers accolés au pied d'une falaise presque à pic.

— Un village de Tadousko-Oï. Ils vont croire que nous sommes un oiseau magique.

— Tant qu'ils ne nous prennent pas pour cible...

— Ils n'ont que de gros rochers, qu'ils font dévaler sur leurs ennemis, et des arcs et des frondes pour la chasse.

Gersen fit néanmoins un large crochet pour les éviter et se dirigea vers la muraille rocheuse opposée, à la surface étrangement bosselée et tavelée. Ce n'est qu'à moins d'une centaine de mètres qu'il s'aperçut de la présence d'un autre village, accroché avec une invraisemblable précarité à la roche nue. Il entrevit quelques silhouettes sombres ; sur un toit, quelqu'un mit une arme en joue. Gersen jura, fit un brusque écart. Mais un trait court, acéré, heurta l'avant de l'appareil, qui fit une embardée et s'inclina dangereusement. Alusz Iphigenia poussa un cri. Gersen émit un sifflement de dépit. Pas plus de deux heures qu'ils étaient sur Thamber, et déjà la catastrophe menaçait !

— N'ayez pas peur, fit-il d'une voix aussi calme que possible. Le rotor avant ne fonctionne plus, mais nous ne sommes pas en danger. Nous retournons au vaisseau.

Mais, déjà, il savait que c'était impossible : soutenu seulement à l'arrière et au centre, l'aérocar penchait de façon alarmante.

— Il faut se poser, reprit-il. J'essaierai de réparer les dégâts... Je croyais que ces gens-là n'avaient pas d'armes ?

— Ce doit être une arbalète capturée à Kokor Hekkus? Je ne vois pas d'autre explication... Je suis vraiment navrée.

— Ce n'est pas votre faute.

— Gersen se concentra sur l'appareil en détresse, essayant de le maintenir à peu près à l'horizontale tandis qu'ils plongeait en direction de la vallée. Au dernier moment, il coupa les réacteurs de poupe, poussa au maximum les rotors de sustentation et réussit à rétablir l'appareil qui se posa sans trop de casse sur une étroite bande de gravier à cinq mètres de la rivière.

Il mit aussitôt pied à terre et alla inspecter les dégâts. Son cœur se serra.

— C'est grave? demanda Alusz Iphigenia.

— Assez grave, oui. Peut-être qu'en essayant de déplacer le rotor central vers l'avant... Allons-y, il n'y a pas une minute à perdre.

Il sorti l'outillage de bord et se mit au travail. Une heure s'écoula. Le soleil quitta peu à peu la vallée, laissant place à des ombres bleutées et à une brise glaciale chargée de senteurs de neige et de roc mouillé. Alusz Iphigenia lui pressa le bras:

— Vite! Cachons-nous! Les Tadousko-Oï.

Pris au dépourvu, Gersen se laissa entraîner dans une anfractuosité des rochers. Une seconde plus tard, il contempla l'un des plus fascinants spectacles de toute sa carrière. Dans la vallée s'avançaient une vingtaine ou une trentaine de centipèdes, montés chacun par cinq hommes. Les centipèdes, identiques à la forteresse construite par les Ateliers Patch, étaient cependant beaucoup plus petits. Ils se déplaçaient avec facilité, fluidité presque, parmi les rochers. Leurs cavaliers étaient un spectacle peu engageant: lourds et musclés, ils avaient la peau brune et tannée comme du cuir. Leur regard était fixe et dur comme de la pierre, leur bouche cruelle, leur nez lourd et crochu. Ils portaient des vêtements grossiers de cuir noir, des casques de fer brut et de cuir, et étaient armés d'une lance, d'une hache et d'une lourde dague.

En apercevant l'aérocar abandonné, la caravane s'immobilisa de surprise.

— Au moins, on ne les a pas envoyés à notre poursuite, chuchota Gersen.

Alusz Iphigenia ne répondit rien. Ils étaient tout près l'un de l'autre au fond de l'anfractuosité, et malgré la précarité de la situation Gersen ne put s'empêcher de se sentir troublé.

Les Tadousko-Oï avaient formé un cercle autour de l'épave. Quelques-uns mirent pied à terre et échangèrent quelques paroles animées aux sonorités rocailleuses. Puis il commencèrent à examiner la vallée. Encore quelques secondes, et leur retraite serait découverte.

— Gersen chuchota :

— Ne bougez pas d'ici. Je vais détourner leur attention.

Il sortit de l'anfractuosité, les pouces retournés dans la ceinture qui portait son arme. Un instant, les guerriers restèrent interdits ; puis l'un d'eux, qui portait un casque un peu plus orné que les autres, s'avança lentement. Il parla. Les syllabes rauques et âpres, sans doute apparentées à l'antique langage universel, étaient cependant incompréhensibles pour Gersen. Brusquement, le personnage s'interrompit net, les yeux fixés sur un point situé derrière Gersen. Alusz Iphigenia s'était avançée. Elle émit quelques sons gutturaux qui imitaient le langage des Tadousko-Oï. Le chef — tel semblait être son rang — répondit. Les autres guerriers restaient immobiles. Jamais Gersen n'avait contemplé un aussi sinistre tableau.

Alusz Iphigenia se tourna vers lui.

— Je lui ai dit que nous étions des ennemis de Kokor Hekkus et que nous venions d'un monde très lointain pour le tuer. D'après ce que dit le hetman, ils sont sur le point d'opérer la jonction avec d'autres groupes armés pour lancer une attaque contre Aglabat.

Gersen dévisagea à nouveau le hetman.

— Demandez-lui s'il peut nous transporter jusqu'au vaisseau. Je le paierai bien.

Alusz Iphigenia obéit. Le hetman émit un grognement

de mépris sarcastique. Il proféra quelques sons rauques. Alusz Iphigenia traduisit :

— Il refuse. Il a besoin de tout son monde pour cette grande expédition. Il dit que si nous voulons, nous pouvons nous joindre à eux. Je lui ai déjà fait savoir que vous préfériez réparer l'aérocar.

Le hetman parla de nouveau. Gersen saisit à plusieurs reprises le mot *dnazd*. Alusz Iphigenia — après une étrange hésitation — se tourna vers lui.

— Il dit que nous ne pourrions pas passer la nuit ici ; que les dnazds nous tueraient.

— Qu'est-ce que c'est qu'un dnazd ?

— Un monstrueux animal. Cet endroit s'appelle la Vallée des Dnazds.

Le hetman parla à nouveau de sa voix rocailleuse ; les oreilles de Gersen, habituées à déchiffrer les centaines et les centaines de dialectes et de variantes du langage universel, commencèrrent à percer l'écran des sonorités rauques et gutturales. Malgré le caractère peu rassurant de sa voix, le hetman ne semblait pas animé d'intentions hostiles. Gersen crut comprendre qu'il n'était pas séant qu'une expédition guerrière de ce genre s'attaquât à de simples voyageurs sans défense.

— Vous prétendez être les ennemis de Kokor Hekkus, semblait dir à peu près le hetman. Dans ce cas, votre compagnon devrait être heureux de participer à notre expédition... si toutefois il appartient à une race de guerriers, ce qui est après tout possible malgré sa pâleur maladive.

Alusz Iphigenia traduisit :

— Il dit que cette expédition est une expédition guerrière. A voir la pâleur de votre peau, il a l'impression que vous êtes malade. Si nous voulons les suivre, ce sera en tant que serviteurs. Il y aura beaucoup de travail et beaucoup de danger.

— Hmm. Il a dit cela ?

— A peu près, oui.

Il était évident qu'Alusz Iphigenia n'avait aucune envie de se joindre à l'expédition.

— Demandez-lui s'il existe un moyen de regagner le vaisseau, fit Gersen.

Alusz Iphigenia traduisit la question. Le hetman répondit d'une voix sardonique :

— Oui, si vous parvenez à échapper aux dnazds et si vous trouvez votre chemin sur trois cents kilomètres de montagnes, sans vivres ni abri.

Alusz Iphigenia traduisit d'une voix lugubre :

— Il dit qu'il ne peut rien pour nous. Si nous le voulons, nous pouvons essayer. Elle tourna son regard vers l'aérocar. Est-il réparable ?

— Je ne crois pas. Je n'ai pas les outils nécessaires. Nous ferions mieux d'aller avec eux — tout au moins jusqu'à ce qu'une meilleure occasion se présente.

Avec réticence, Alusz Iphigenia transmit la réponse. Le chef acquiesça avec indifférence. Il fit un signe et l'une des montures, qui ne transportait que quatre guerriers, s'avança. Gersen prit place sur la couverture qui servait de selle et hissa Alusz Iphigenia sur ses genoux. C'était la première fois qu'ils étaient si près l'un de l'autre ; il se demanda avec étonnement comment il avait pu jusque-là s'empêcher de la serrer dans ses bras. Elle devait avoir à peu près les mêmes pensées, car elle le regarda étrangement. Pendant quelque temps, elle se tint aussi raide que possible, puis peu à peu elle se laissa aller.

Les centipèdes avançaient d'un mouvement régulier et sans heurt. Longeant la vallée, l'expédition suivait une piste pratiquement invisible au milieu des rochers, fissures et crevasses. Parfois, lorsque les parois d'une gorge se rétrécissaient au point que le ciel de Thamber n'était plus qu'un étroit ruban d'un bleu presque noir et la rivière un gouffre noir sans fond, la procession devait escalader une falaise. Les guerriers observaient le plus complet silence ; leurs montures ne faisaient aucun bruit. On n'entendait rien d'autre que le murmure du vent et le bouillonnement de l'eau. Gersen était de plus en plus troublé par le corps chaud qu'il sentait pressé contre lui. Il se rappela mélancoliquement que de telles faiblesses lui étaient interdites; qu'il avait voué sa vie à la haine et à la désolation — mais toutes ses cellules, tous ses nerfs et tous ses instincts protestaient, et il serra plus fort Alusz Iphigenia. Elle tourna la tête dans sa direction. Il vit qu'elle était rêveuse, mélancolique, et que dans ses yeux brillait quelque chose qui ressemblait à des larmes. Mais pourquoi cette mélancolie ? se demanda Gersen. Les circonstances n'étaient sûrement pas réjouissantes, mais elles n'étaient pas désespérées. A tout le moins, les Tadousko-Oï les traitaient avec courtoisie... Une brusque halte interrompit sa rêverie. Le hetman discutait avec ses lieutenants. Leur attention se portait fréquemment au sommet d'un piton où Gersen reconnut la morne configuration qui annonçait la présence d'un village.

Entre ses bras, Alusz Iphigenia s'agita.

— C'est un village ennemi, dit-elle. Les Tadousko-Oï sont souvent divisés.

Sur un signe du hetman, trois éclaireurs mirent pied à terre et s'engagèrent en courant sur la piste. Une centaine de mètres plus loin, ils poussèrent un cri d'alarme guttural et firent un bond en arrière tandis qu'un énorme bloc s'écrasait devant eux.

Pas un muscle des guerriers ne bougea. Les éclaireurs poursuivirent leur chemin et disparurent à leur vue. Une demi-heure plus tard, ils étaient de retour.

Le hetman fit un signe; l'un après l'autre, les centipèdes s'ébranlèrent. Très haut au-dessus de leurs têtes, des objets gris de la grosseur d'un pois apparurent, tombant avec une lenteur irréelle, flottant presque. Mais leur taïlle, comme leur vitesse, était illusoire. Bientôt, d'énormes blocs se fracassèrent et s'émiettèrent en travers de la piste. Sans s'émouvoir, les guerriers les esquivaient en accélérant, ralentissant, fonçant brusquement ou s'arrêtant sur place. Lorsque Gersen et Alusz Iphigenia furent passés, la pluie de rochers cessa.

Une fois le village passé, la vallée s'élargissait en une prairie en forme de croissant. La rivière était bordée d'une forêt duveteuse. Là, la monture de tête s'arrêta net et, pour la première fois, un murmure courut le long de la colonne : « Dnazd. »

Mais le dnazd n'était nulle part en vue. Les guerriers, courbés sur l'échine de leur monture, traversèrent la prairie, apparemment pas très rassurés.

Le crépuscule tombait. Très haut dans le ciel, quelques cirrus filamenteux prenaient une teinte bronzée sous la lumière du couchant. La caravane s'insinua dans une faille à peine plus grande qu'une simple fissure. A certains moments, Gersen aurait pu toucher les parois de chaque côté. Puis la faille s'élargit en un vaste cirque au sol sablonneux. Tout le monde mit pied à terre. Les montures furent conduites à l'écart et entravées. Certains guerriers allèrent puiser de l'eau dans une mare toute proche à l'aide de seaux de cuir, puis abreuvèrent les centipèdes, auxquels ils donnèrent à manger une espèce de poudre qui ressemblait à du sang séché. D'autres allumèrent des feux, suspendirent des marmites à des trépieds et mirent à mijoter quelque ragoût à l'odeur infecte.

Le hetman était assis entouré de ses lieutenants. Ils discutaient à voix basse. Le hetman lança un bref coup d'œil à Gersen et Alusz Iphigenia, et fit un signe à deux de ses guerriers qui édifièrent une espèce de tente de toile noire. Alusz Iphigenia poussa un léger soupir et baissa les yeux vers le sol.

Le ragoût cuit, chacun des guerriers prit une gamelle en fer à l'intérieur de son casque et alla la tremper dans une marmite sans se soucier de la vapeur ou du liquide brûlant. N'ayant pas de gamelle, Alusz Iphigenia et Gersen attendirent patiemment dans leur coin tandis que les guerriers mangeaient en s'aidant de leurs doigts et de gros morceaux de pain dur comme de la pierre. Le premier à avoir fini nettoya sa gamelle dans le sable et l'apporta courtoisement à Gersen, qui l'accepta en remerciant, alla la plonger dans le ragoût et la rapporta à Alusz Iphigenia, suscitant par là divers mouvements et commentaires amusés. Une autre gamelle fut bientôt libre, et Gersen put manger. Le ragoût n'était pas désagréable, peut-être un peu trop salé et bizarrement épicé. Le pain était dur et avait un goût d'herbe brûlée.

Accroupis autour des feux, les guerriers n'échangeaient ni rires ni plaisanteries. Finalement, le hetman se leva et se dirigea vers la tente. Gersen chercha du regard un endroit pour Alusz Iphigenia et pour lui. La nuit allait être froide, car ils n'avaient que leurs capes pour les abriter. Les Tadousko-Oï, qui possédaient encore moins, avaient visiblement l'intention de s'allonger près du feu... Gersen s'aperçut qu'ils regardaient Alusz Iphigenia d'un air intrigué. Il regarda lui aussi. Elle était accroupie sur ses talons, les bras passés autour de ses genoux, et regardait fixement le feu. Rien d'extraordinaire à cela. Mais, à l'entrée de la tente, le hetman apparut, fronçant les sourcils d'un air impatient. Il fit signe à Alusz Iphigenia.

Gersen se leva lentement. Sans le regarder, Alusz Iphigenia expliqua d'une voix faible : « Pour les Tadousko-Oï, les femmes sont une espèce inférieure... Ils les mettent toutes en commun, et le guerrier de plus haut rang partage sa couche — le premier — avec ce qu'il y a de disponible. »

Gersen tourna la tête en direction du hetman.

— Expliquez-lui que telle n'est pas notre coutume.

Alusz Iphigenia leva lentement les yeux vers lui.

— Nous ne pouvons rien faire. Nous sommes...

— Expliquez-lui.

Alusz Iphigenia s'adressa au hetman. Autour du feu, les guerriers se turent. Le hetman sembla surpris et fit deux pas en avant. Puis il parla :

— Dans votre pays, vous êtes obligés d'observer vos propres coutumes. Mais nous sommes au Skar Sakau ; et ici nos lois font force. Cet homme au teint pâle est-il le guerrier de plus haut rang ici présent ? Bien sûr que non.

Donc, la femme pâle doit venir sous ma tente. C'est la loi du Skar Skau.

Gersen n'attendit pas la traduction.

— Dites-lui que dans mon pays je suis un guerrier de très très haut rang; que si vous dormez avec quelqu'un, ce ne peut être qu'avec moi.

A cela, le hetman répondit, non sans courtoisie:

— Je répète que nous sommes ici au Skar Sakau. Je suis le hetman, personne ne peut me résister. Il ne fait aucun doute que mon rang est supérieur à celui de l'homme pâle. Que la femme me suive sans plus de palabres inutiles.

— Dites-lui, fit Gersen, que mon rang est supérieur au sien — que je suis un Amiral de l'espace, un Président, un Seigneur... tout ce qu'il est capable de comprendre.

Elle secoua la tête et se mit debout.

— C'est inutile... il vaut mieux que j'obéisse.

— Dites-lui.

— Vous ne réussirez qu'à vous faire tuer.

— Dites-lui.

Alusz Iphigenia se mit à parler. A nouveau, le chef fit deux pas en avant et désigna un jeune guerrier de forte carrure.

— Qu'il prouve sa supériorité sur cet homme; qu'il triomphe aisément et sans équivoque d'un guerrier de caste inférieure.

Le guerrier commença à détacher son baudrier. Le hetman ajouta:

— Mais l'homme pâle a des armes de lâche. Expliquez-lui qu'il doit se battre en homme, avec ses mains ou sa dague. Qu'il jette son arme à cracher le feu.

La main de Gersen hésita un instant sur le projac. Mais il n'avait aucune chance. Les guerriers qui l'entouraient auraient vite fait de le neutraliser. Il tendit lentement ses armes à Alusz Iphigenia et ôta sa veste et son gilet. Son adversaire était muni d'une lourde dague à double tranchant. Gersen sortit son poignard à lame fine.

Une zone de sable comprise entre trois feux fut préparée.

Les Tadousko-Oï s'accroupirent en cercle, leurs visages blafards aussi hermétiques et dépourvus de passion qu'à l'accoutumée.

Gersen fit un pas en avant et étudia son adversaire. Celuici le dépassait en stature; sa musculature était puissant et ses gestes vifs. Il maniait la lourde dague comme s'il s'agissait d'une plume. Gersen tenait sa lame d'une main lâche. La dague du guerrier décrivit un cercle hypnotique; l'acier miroitait à la lueur des feux. Soudain Gersen fit un geste brusque. Sa lame partit en sifflant et se planta dans le poignet du guerrier qu'elle cloua à son épaule. Le Tadousko-Oï laissa tomber son arme tout en regardant, hébété, sa main immobilisée. Gersen se baissa, cueillit la dague en esquivant un coup de pied au passage et frappa le guerrier au-dessus de l'oreille du plat de la lame. Le guerrier chancela. Gersen frappa de nouveau. Le Tadousko-Oï s'affaissa.

Gersen récupéra son arme, replaça poliment la dague de son adversaire dans son fourreau, retourna à l'endroit où Alusz Iphigenia se tenait et commença à se rhabiller.

Pour la première fois, un murmure passa dans les rangs des spectateurs. Ni approbateur ni réprobateur, il marquait plutôt un étonnement mitigé, avec une pointe de mécontentement.

Tous les regards se tournèrent vers le hetman, qui s'avança alors. Il parla d'une voix forte, posée et légèrement chantante:

— L'homme pâle a vaincu; je ne critique pas la méthode peu orthodoxe utilisée bien que, chez les Tadousko-Oï, il soit considéré que c'est le propre du faible que de placer tous ses espoirs dans un seul coup. Cependant, l'homme pâle n'a rien prouvé si ce n'est sa supériorité sur ce jeune guerrier. Il doit combattre à nouveau.

Du regard, il chercha parmi les visages assemblés. Mais la voix de Gersen s'éleva.

— Dites au hetman, demanda-t-il à Alusz Iphigenia, que la question de savoir où vous passerez la nuit ne concerne que lui et moi ; en conséquence, c'est avec lui que je choisis de lutter.

Alusz Iphigenia transmit le message d'une voix faible ; à présent une espèce de stupeur avait gagné l'auditoire. Le hetman parut sincèrement étonné.

— C'est là son choix ? Ignore-t-il que je suis le hetman, et que jusqu'à présent aucun guerrier ne m'a résisté en combat singulier ? expliquez-lui que, puisqu'il n'est pas membre du clan, il ne peut y avoir qu'une lutte à mort.

Alusz Iphigenia traduisit. Gersen répondit :

— Dites au hetman que, pourvu qu'il abandonne ses prétentions sur vous, je ne tiens pas à prouver mon rang ; j'aime autant aller me coucher.

La jeune fille parla. Le hetman ôta sa tunique ; puis il déclara :

— Cette question de préséance sera réglée rapidement, car il ne peut y avoir deux chefs à une expédition de guerre. Cependant, pour éviter toute perfidie, nous lutterons à mains nues.

Gersen le jaugea du regard. Il était de haute taille, massif mais agile ; sa peau foncée paraissait aussi dure que de la corne. Gersen regarda furtivement Alusz Iphigenia qui le contemplait, fascinée. Lentement, il s'avança au milieu du cercle. A côté du corps noir et noueux, le sien semblait livide et élastique. Pour tâter le hetman, Gersen lança un poing en avant, apparemment en direction de la tête. Instantanément, une main de fer enserra son poignet et un pied fendit l'air. Gersen dégagea son poignet d'une secousse. Il aurait pu saisir le pied au vol et déséquilibrer le hetman, mais préféra le laisser effleurer sa hanche et lancer à nouveau son poing gauche qui atteignit, comme par accident, l'adversaire à la nuque. Elle avait la consistance d'un tronc d'arbre.

Le hetman fit un bond en avant, pieds joints, de façon déconcertante, les bras écartés, Gersen cogna le visage offert. Il toucha l'œil gauche ; mais déjà une clé de bras d'un modèle inédit pour lui menaçait de lui briser net le cubitus. Il fléchit les genoux puis bondit en une espèce de saut périlleux déchaîné, heurtant le visage du hetman des deux pieds et libérant son bras d'une torsion. Lorsqu'ils se firent face à nouveau, le hetman semblait moins confiant. Il leva lentement les deux bras. Gersen s'attaqua à l'œil gauche. De nouveau, le pied du hetman fendit l'air. Gersen laissa passer la cheville, qui lui effleura encore la hanche. L'œil du hetman était enflé. Tandis qu'il se recevait et prenait du recul, Gersen mit à profit cet instant de répit pour faire un creux dans le sable en grattant du pied. Le hetman se mit à tourner autour de lui. Gersen s'écarta, feinta. Son poignet fut saisi, une terrible manchette s'abattit sur sa nuque. Gersen piqua instantanément en avant, bloqua son épaule contre l'estomac du hetman, dur comme un roc ; le coup dévia sur son épaule. Gersen accentua sa poussée. Le genou du hetman se plia, s'écrasa sur le thorax de Gersen. Ce dernier s'empara du genou, changea de position, saisit la cheville et tordit. Le hetman dut tomber pour préserver son genou. Gersen échappa de justesse à l'énorme bras qui voulait le faucher. Haletant et geignant, la cage thoracique en feu, il constata cependant que l'œil droit tuméfié du hetman se fermait. Il se pencha en avant et élargit soigneusement le creux dans le sable. Le hetman lui lançait de terribles regards ; abandonnant apparemment toute prudence, il chargea furieusement Gersen. Ce dernier esquiva. Il avait plus d'une fois eu recours au même genre de ruse. Son poing se détendit vers l'œil gauche du hetman, mais celui-ci lui faucha le poignet d'une fulgurante manchette de la main gauche, lui causant une cuisante douleur et lui laissant une main inerte. La perte était grave. Mais l'œil droit du hetman était clos et le gauche boursouflé. Ignorant la douleur, Gersen lança sa main gauche inutile au visage du hetman. A nouveau, le bras gauche du hetman se leva pour frapper. Gersen lui bloqua le poignet de sa main droite, lança son pied au creux du genou gauche et assena un terrible coup de bélier au cou de son adversaire. Le hetman se laissa tomber, parfaitement coordonné et maître de soi. Grognant et soufflant entre ses dents, Gersent abattit le tranchant de sa main sur le cou momentanément exposé. Le hetman, dont le visage était violacé, fit partir un terrible revers de la main. Gersen , qui commençait à perdre de son agilité, encaissa le coup à l'avant-bras droit. On eût dit l'impact d'un marteau-pilon ; ses deux mains étaient désormais inutiles. les deux adversaires prirent du recul, haletants, luisants de transpiration. Les deux yeux du hetman étaient presque clos. Gersen s'efforçait de cacher l'état de ses mains. Un aveu de faiblesse eût été fatal. Faisant appel à toutes ses ressources, il se ramassa sur lui-même, épiant le hetman, les bras écartés, comme prêts à frapper. Le hetman rugit, bondit à nouveau à pieds joints. Gersen s'arcbouta, projeta son épaule droite dans le cou tuméfié du hetman. Les bras du hetman se refermèrent comme un étau sur son corps ; il commença à assener de terribles coups de tête sur la tempe de Gersen. Gersen se laissa glisser vers le bas, se détendit comme un ressort, heurta du crâne le menton du hetman, le travailla aux genoux. Les deux hommes partirent à la renverse. Le hetman essaya de faire rouler Gersen sous lui ; au lieu de résister, Gersen accentua le mouvement, se retrouva au-dessus, toujours enserré dans l'étau des bras noirs. Il cogna du front : au menton, au nez. Le hetman contra en le lacérant de ses dents et en essayant de le faire rouler sous lui par de terribles soubresauts. Les jambes écartées, Gersen redoublait de coups de bélier. Les dents du hetman lui tailladaient le front. Il cogna. Le nez se brisa. Il cogna encore, fracassa le menton. Les dents lui déchirèrent le front au passage. Mais le hetman ne pouvait supporter davantage. Il desserra sa prise afin de glisser un bras sous le cou de Gersen. Gersen attendait cela. Il se dégagea d'une secousse, retomba sur le ventre du hetman et, dans un sursaut d'énergie, lui fracassa le nez d'un formidable coup de tête.

Le hetman émit un râle étranglé ; ses muscles devinrent flasques et son corps s'affaissa, terrassé par la douleur, l'épuisement et les terribles coups de tête. Gersen se leva, chancelant, les bras pendants. Il regarda le grand corps inerte à ses pieds. Jamais il n'avait combattu un adversaire aussi formidable. Le hetman était-il mort? D'autres auraient succombé pour bien moins.

Il tituba jusqu'à l'endroit où Alusz Iphigenia sanglotait. Il parla d'une voix pâteuse:

— Dites aux guerriers de s'occuper du hetman. C'est un grand lutteur, et l'ennemi de mon ennemi.

Alusz Iphigenia traduisit. Un murmure s'éleva. Plusieurs guerriers se levèrent, allèrent contempler le corps inanimé du hetman et regardèrent dans la direction de Gersen. Ce dernier sentait tout tourner autour de lui. L'éclat tremblotant des feux estompait comme dans un cauchemar le contour des visages. Il manqua d'air, rejeta la tête en arrière et eut la vision fugitive d'une constellation en forme de cimeterre...

Alusz Iphigenia était à ses côtés.

— Venez, dit-elle, et elle le conduisit jusqu'à la tente. Personne ne s'interposa.

11

Extrait de *Parfumez-vous en toutes circonstances* par Rudi Thumm, article paru dans *Cosmopolis*, janvier 1521:

«Le lecteur trouvera ci-dessous un aperçu du catalogue Odeurs, parfums et essences, *Pamfile, Zaccaré, Quantique. Chaque article est traité en détail dans le corps du catalogue et ses composants définis de façon analytique, qualitative et même odoriférante.*

Artifices:

● *Pour séduire une jeune inconnue*

Section 1: Parfums à usage personnel

● *Pour capter la faveur d'un galant*

● *Pour annoncer un triomphe*

● *Pour amadouer un enfant turbulent*

● *Pour accueillir l'être aimé*

● *Pour suggérer un revirement*

Au cours de festivités:

● *Bals*

● *Tarentelles*

● *Bacchanales*

Solitairement

En société:

● *Réceptions mondaines*

● *Cérémonies et occasions solennelles*

● *Pour laver son linge sale en famille*

● *Aux dévotions:*

— *le matin*

— *le soir*

— *à l'espiègle*

— *impromptu*

et cetera

Section 11 : Usage rituel

En privé:

● *Pour la maison*

— *essences variées*

● *Pour le culte des mânes*

● *Pour l'arbre ancestral*

● *A la cérémonie des eaux:*

— *matinale*

— *vespérale*

● *Pour célébrer un meurtre*

En public:

● *Pour laver les pieds du Zatcoon*

● *Pour purifier un champ de bataille*

● *Pour faciliter une fuite*

● *Pour encourager la chance*

et cetera

«Ce qu'il faut retenir de ce qui précède est clair: pour visiter Zaccaré ne mettez aucun parfum — vous pourriez vous trouvez en butte à des difficultés insoupçonnées. Les autochtones de ce fascinant pays sont aussi sensibles aux odeurs que les Sirènais à

la musique, et une légère touche de parfum peut contenir une quantité d'informations remarquable. Comme on l'a vu, chaque occasion requiert une essence différente et la plus petite erreur paraîtra incongrue aux résidents de Zaccaré. A moins d'être conseillé par un autochtone, ne vous parfumez pas. Vous éviterez de commetre un impair.

»L'industrie des parfums joue un rôle prépondérant dans l'économie de Zaccaré. Environ une centaine de compagnies ont leur siège à Pamfile. Des essences, huiles et extraits divers sont importés des quatre coins de l'Œcumène, tandis que la forêt locale de Talalangi fournit une bonne part des besoins.

»(Se reporter aux échantillons parfumés ci-joints)»

⁂

AVANT l'aube, les guerriers se levèrent, ranimèrent les braises et remirent leur fricot sur le feu. Adossé à un roc, le hetman, au visage gonflé d'ecchymoses, regardait devant lui d'un air sombre. Personne ne semblait s'apercevoir de sa présence. A l'entrée de la tente apparut Gersen, suivi d'Alusz Iphigenia. Elle lui avait bandé le poignet gauche et massé le bras droit. A part une centaine de bleus et contusions, sans compter la foulure de son poignet gauche, il n'était pas en trop mauvais état. Il dirigea ses pas vers l'endroit où était assis le hetman et s'essaya à parler le dialecte rocailleux du Skar Sakau :

— Vous avez bien combattu.

— Vous avez combattu encore mieux, grogna le hetman. C'est la première fois depuis mon enfance que quelqu'un me bat. Je vous ai traité de lâche. J'ai eu tort. Vous m'avez épargné ; par là même vous devenez membre du clan et hetman. Quels sont vos ordres ?

— Et si j'ordonnais au clan de m'escorter jusqu'à mon vaisseau ?

— Vous ne seriez pas obéi. Lorsque j'étais chef de guerre avant vous, je n'aurais pas pu plus que vous leur imposer une telle chose.

— Dans ce cas, déclara Gersen considérons ce qui s'est

passé hier soir comme un simple exercice amical. Vous êtes le hetman et nous sommes vos hôtes. Nous vous quitterons à notre convenance.

Le hetman se leva brusquement.

— Qu'il en soit ainsi, puisque c'est votre désir. Nous allons au pays de Misk combattre notre ennemi Kokor Hekkus.

La petite troupe fut bientôt prête à partir. Un éclaireur partit reconnaître la vallée, mais revint bientôt en courant. « Dnazd ! »

— Dnazd ! reprirent en chœur les voix subjuguées.

Une heure s'écoula. Le ciel s'éclaircit. L'éclaireur sortit à nouveau et annonça que tout était calme. La caravane se mit en route et s'éloigna dans la vallée sinueuse.

Vers midi la vallée s'élargit et, au détour d'un piton, une échancrure entre les parois révéla une large plaine verte et ensoleillée qui s'étendait à leurs pieds à perte de vue.

Dix minutes plus tard, ils arrivèrent à un endroit où soixante à soixante-dix centipèdes étaient à l'attache et de nombreux guerriers accroupis alentour. Le hetman se détacha du groupe et alla conférer avec d'autres personnages de son rang ; peu après toute la troupe s'ébranla et descendit la vallée. Une heure avant le coucher de soleil, les derniers contreforts disparurent pour faire place à une savane ondoyante. Là paissaient des troupeaux de petits ruminants noirs, conduits par des hommes ou des jeunes garçons montés sur des bêtes de type identique, mais de plus grand taille. En voyant les Tadousko-Oï, ils prirent la fuite incontinent puis, s'apercevant qu'ils n'étaient pas poursuivis, s'arrêtèrent ébahis pour les regarder passer.

Les régions traversées étaient de plus en plus peuplées. De simples huttes d'abord, puis des maisons circulaires aux murs bas et aux hautes toitures coniques, puis des villages. Partout les gens fuyaient à leur approche. Les Tadousko-Oï étaient redoutés.

A coucher du soleil apparut la cité d'Aglabat, isolée au

milieu d'une plaine verdoyante. Une enceinte crénelée de pierre brune entourait la cité, qui apparaissait comme une masse compacte de hautes tours circulaires. Au centre, au sommet de la tour la plus élevée, flottait une oriflamme noire et brune.

— Kokor Hekkus est chez lui, déclara Alusz Iphigenia. Lorsqu'il n'est pas là, il n'y a pas d'oriflamme.

Sur une herbe drue aussi verte et régulière qu'une pelouse de gazon, les guerriers avancèrent en direction de la cité.

Alusz Iphigenia paraissait nerveuse.

— Il vaudrait mieux nous séparer des Tadousko-Oï avant qu'il investissent la ville.

— Pourquoi ? demanda Gersen.

— Croyez-vous que Kokor Hekkus va rester les bras croisés ? D'un moment à l'autre, les Bersagliers Rouges vont sortir en force. Il y aura de terribles combats, nous serons peut-être tués, ou même pire, capturés, sans avoir seulement vu l'ombre de Kokor Hekkus.

Gersen ne pouvait réfuter ce genre d'argument ; mais il répugnait à abandonner les Tadousko-Oï, dans la mesure même où il jugeait fondées les craintes d'Alusz Iphigenia quant à l'issue probable de la bataille. Cependant, il n'était pas venu sur Thamber pour se laisser gouverner par des impulsions chevaleresques.

A trois kilomètres de la cité l'armée prit position. Gersen s'approcha du hetman.

— Quel est votre plan de bataille ?

— Nous assiégeons la cité. Tôt ou tard, Kokor Hekkus devra lancer son armée sur nous. Jusqu'à présent, en de telles occasions, nous étions trop peu pour pouvoir résister. Aujourd'hui nous sommes plus nombreux. Nous détruirons ses Bersagliers Rouges, nous réduirons ses chevaliers en poussière ; nous traînerons le corps de Kokor Hekkus à travers la plaine et nous nous emparerons des richesses d'Aglabat.

Un tel plan avait au moins le mérite de la simplicité.

— Et si les Bersagliers ne se montrent pas ? demanda Gersen.

— A moins de mourir de faim, il faudra bien qu'ils sortent.

Le soleil déclina dans un ciel violâtre. Les premières lumières apparurent aux tours d'Aglabat. Ce soir-là, personne ne tenta d'importuner Alusz Iphigenia ; comme la nuit précédente, elle occupa la tente noire en compagnie de Gersen.

De la sentir si proche, celui-ci perdit finalement son contrôle. Il la saisit aux épaules et, plongeant son regard dans le visage aux contours à peine discernables, l'embrassa. Au début, elle sembla répondre. Mais il n'en était pas sûr. L'obscurité l'empêchait de voir son expression. Il l'embrassa de nouveau. Son visage était baigné de larmes. Il la repoussa, en colère.

— Pourquoi pleurez-vous ?

— Je ne sais pas. Toutes ces émotions, sans doute.

— Parce que je vous ai embrassée ?

— Bien sûr.

Soudain, plus rien ne semblait aller. Elle était là, soumise, attendant son bon plaisir. Mais il ne voulait pas de sa soumission. Il la voulait ardente.

— Supposons que nous soyons à Draszane et que rien ne vous préoccupe. Si je venais à vous, comme maintenant, et vous embrassais, quelle serait votre réaction ?

— Je ne reverrai plus jamais Draszane, fit-elle d'une voix chagrine. Et j'ai beaucoup de préoccupations. Je suis votre esclave. Faites ce que vous voudrez.

— Très bien, fit Gersen en s'installant dans un coin de la tente. Bonne nuit.

Le lendemain, les Tadousko-Oï se rapprochèrent de la cité et stationnèrent à moins de deux kilomètres de la porte principale. On apercevait les sentinelles qui montaient la garde en haut des murailles. A midi, la porte s'ouvrit. Six régiments de piquiers vêtus d'uniformes rouges, d'armures et de casques noirs, s'avancèrent en poussant une clameur rauque. Restés au camp, Gersen et Alusz Iphigenia assistèrent en spectateurs à la bataille. Elle fut sanglante et sans merci. Les Bersagliers se battaient avec courage, mais ils n'avaient pas l'ardeur féroce des guerriers des montagnes. Bientôt, ils se replièrent vers les murailles, laissant derrière eux un champ de bataille jonché de cadavres.

Aucun fait notable ne survint le lendemain. L'oriflamme noire et brune flottait toujours au sommet de la citadelle. Gersen questionna Alusz Iphigenia :

— Où Kokor Hekkus cache-t-il son astronef ?

— Dans une île, au sud. Il a un aérocar comme le vôtre pour faire la navette. Jusqu'à ce que Sion Trumble attaque l'île et s'empare de l'astronef, je prenais Kokor Hekkus pour un grand sorcier.

Gersen était plus mécontent que jamais. Il était clair que Kokor Hekkus ne se montrerait pas. Même si les Tadousko-Oï mettaient la cité à feu et à sang, il s'enfuirait par la voie des airs... Il lui fallait à tout prix regagner l'astrojet. Il se posterait de manière à épier la cité sans être vu et à intercepter l'aérocar lorsque Kokor Hekkus quitterait Aglabat, ce qu'il devrait bien faire quelle que soit l'issue du combet.

Il fit part de se décision à Alusz Iphigenia, qui l'approuva :

— Le plus simple est d'aller à Carrai. Sion Trumble vous escortera jusqu'au nord du Skar Sakau, et tout s'arrangera comme vous le désirez.

Et vous ?

Ses yeux se tournèrent vers le nord.

— Depuis longtemps Sion Trumble me désire pour compagne. Il m'a déclaré son amour. Je suis prête à le partager.

Gersen poussa un grognement méprisant. Le noble Sion Trumble, le chevaleresque Sion Trumble avait déclaré son amour ! Gersen alla trouver le hetman.

— La bataille a causé des pertes dans nos rangs et je remarque que vous disposez de montures en surnombre. Si vous pouviez me céder l'une d'entre elles j'essaierais de regagner mon vaisseau.

— Qu'il soit fait selon vos désirs. Prenez la monture de votre choix.

— La plus docile de toutes fera parfaitement mon affaire.

Peu avant la tombée de la nuit la monture fut conduite près le la tente. Au point du jour, Gersen et Alusz Iphigenia se mettraient en route pour Carrai.

Cette nuit-là, les assiégés élevèrent subrepticement devant leurs murailles un enclos de trente mètres de long, recouvert d'une toile sombre sur une hauteur de six mètres. Rendus furieux par une telle outrecuidance, les Tadousko-Oï enfourchèrent leurs montures et chargèrent, avec une certaine prudence néanmoins, car l'étrange enclos n'avait sûrement pas été placé là pour rien.

Et bien leur en prit car à peine furent-ils parvenus à distance raisonnable que la toile sombre bougea et qu'un énorme animal apparut, monté sur trente-six pattes et crachant des flammes par les yeux.

Les Tadousko-Oï reculèrent en désordre, horrifiés. Une clameur s'éleva : « Dnazd ! Dnazd ! »

— Il n'y a pas de dnazd, déclara Gersen à Alusz Iphigenia. Ce n'est qu'un produit des Ateliers de Construction Mécanique Patch. Je crois qu'il est temps de nous mettre en route.

Ils prirent place sur le dos du centripède, qu'ils lancèrent en direction du nord-ouest. Sur la plaine gazonnée devant la cité, la forteresse allait et venait, pourchassant les malheureux Tadousko-Oï qui fuyaient de tous les côtés. A voir le mécanisme remplir son office avec efficacité et fluidité, Gersen ressentit un frisson de satisfaction coupable : Alusz Iphigenia n'était pas tout à fait convaincue :

— Vous dites que cette chose est en métal ?

— Parfaitement.

Certains des Tadousko-Oï s'étaient engagés dans leur fuite éperdue dans la même direction que Gersen et sa compagne. La monstrueuse forteresse les suivit, lançant des éclairs blancs et pourpres. Chaque coup au but signifiait la mort d'un centipède et de cinq cavaliers. Bientôt, Alusz Iphigenia et Gersen restèrent seuls en course, talonnés à moins d'un kilomètre de distance par le centipède géant. Leur seule chance était de gagner les montagnes, mais déjà la forteresse manœuvrait pour leur couper toute retraite. Arrivé au sommet d'une butte, Gersen arrêta brusquement sa monture au détour d'un rocher ; il sauta à terre, souleva Alusz Iphigenia dans ses bras et chassa le centipède qui s'éloigna rapidement. S'aidant des pieds et des mains, avec Alusz Iphigenia à sa remorque, il grimpa à l'abri d'une aspérité recouverte de mousse. Alusz Iphigenia le regarda, voulut dire quelque chose mais se ravisa. Elle était sale, échevelée et égratignée de partout. Ses vêtements étaient déchirés, ses pupilles dilatées de terreur. Gersen ne perdit pas de temps à la rassurer. Il sortit son projac et attendit.

On entendit un sourd grondement et le martèlement répété de trente-six pattes fit trembler le sol. La forteresse déboucha au sommet de la butte et s'immobilisa pour chercher sa proie.

Fugitivement, Gersen se demanda si un jour, aux Ateliers Patch, il n'avait pas eu la prémonition de cette scène. Il règla le projac à sa plus faible intensité, visa soigneusement un point situé sur l'épine dorsale du monstre et appuya sur la détente. Le circuit fut établi, l'interrupteur entra en action. Le monstre vacilla sur ses pattes et le corps annelé s'affaissa. Au bout de quelques secondes, un panneau s'ouvrit et plusieurs membres de l'équipage sautèrent à terre. Visiblement perplexes, ils firent plusieurs fois le tour de la forteresse. Gersen en compta neuf. Or, l'équipage comportait onze hommes. Il y en avait donc encore deux à l'intérieur. Gersen examina soigneusement ceux qui étaient descendus. Deux seulement avaient à peu près l'aspect général de Seuman Otwal, ou Billy Windle, ou Kokor Hekkus. De la distance où il se trouvait, Gersen ne pouvait distinguer nettement leur visage. L'un des deux se tourna de profil : son cou était bien trop long. Ce ne pouvait être lui. L'autre ? Mais il avait dû regagner la forteresse. A ce moment-là, les effets de l'ionisation commencèrent à se dissiper. Déjà, le monstre se remettait d'aplomb...

— Écoutez ! souffla Alusz Iphigenia à l'oreille de Gersen.

Celui-ci n'entendait rien.

— Écoutez ! répéta-t-elle ; et effectivement il perçut un faible clic-clic, ... clic-clic, chargé de lourdes menaces.

Le bruit venait de derrière eux. Lorsqu'ils se retournèrent, une énorme silhouette se profilait sur le versant de la montagne : un dnazd authentique, dont la forteresse, constata Gersen, n'était qu'une grossière réplique. Contrairement aux Tadousko-Oï, le monstre ne parut pas s'y tromper. Dévalant la montagne, il s'arrêta pile à quelques mètres de l'objet, qu'il sembla considérer avec une espèce de curiosité mêlée de stupéfaction. L'équipage avait en hâte regagné le bord et refermé le panneau d'accès. La forteresse était encore instable sur ses pattes ; seul un faible rayon d'énergie jaillit de son œil, atteignant le dnazd à l'extrémité de la queue. Le monstre se cabra violemment, émit un atroce et déchirant sifflement et se rua sur la forteresse. Une terrible mêlée s'ensuivit. Les deux antagonistes roulèrent sur le sol, agités d'énormes soubresauts. Les mandibules s'acharnaient sur la coque de métal, les pointes empoisonnées transperçaient et déchiquetaient. Finalement, quelqu'un à l'intérieur de la forteresse dut réussir à mettre en marche le dispositif de stabilisation automatique car l'appareil, disposant à présent de toute sa puissance, se remit d'aplomb sur ses pates. Une fois de plus, le dnazd se rua sur le monstre de métal. Un éclair blanc jaillit de l'œil. Le dnazd perdit une patte. L'œil pivota. Cette fois-ci, un anneau central fut touché de plein fouet. Le dnazd s'écroula, raclant le sol de ses pattes. La forteresse recula ; elle cracha le feu des deux yeux à la fois. Le dnazd se transforma en un monceau de chairs fumantes.

Gersen rampa furtivement. Une fois de plus, il braqua son projac sur l'échine du monstre. Comme précédemment, la forteresse s'affaissa. Le panneau se souleva ; l'équipage descendit à terre. Gersen compta : neuf... dix... onze. Tous étaient descendus. Il échangèrent quelques mots, allèrent inspecter les restes du dnazd. Lorsqu'ils se retournèrent, Gersen était là, projac braqué.

— Tournez-vous le dos vers moi, ordonna-t-il. Alignez-vous mains en l'air. Le premier qui tente quoi que ce soit est un homme mort.

Il y eut un moment de flottement et d'indécision. Chacun devait supputer les chances qu'il avait de devenir un héros. Elles étaient faibles, comme Gersen ne manqua pas de le souligner en lâchant une décharge d'énergie qui carbonisa le sol à leurs pieds. Rageusement, le visage déformé par la haine, ils obéirent. Alusż Iphigenia s'avança.

— Allez jeter un coup d'œil à l'intérieur, dit Gersen. Assurez-vous qu'il n'en reste pas d'autre.

Au bout d'un moment, elle revint annoncer que la forteresse était vide.

— Et maintenant, dit Gersen en s'adressant aux onze hommes, si vous tenez à la vie faites exactement ce que je dis. Le premier à partir de la droite recule de six pas.

De mauvaise grâce, l'homme ainsi désigné obéit. Gersen s'empara de son arme, un projac de petite taille d'un modèle qu'il n'avait jamais vu.

— Couchez-vous à plat ventre, mains au dos.

Un par un, les onze hommes reculèrent, furent désarmés et liés avec des lambeaux de leurs propres vêtements.

Gersen les retourna sur le dos un par un, examinant attentivement leurs visages. Aucun était Seuman Otwal.

— Qui de vous est Kokor Hekkus ? demanda-t-il.

Il y eut un moment de silence ; puis l'homme auquel il avait enlevé le projac repondit :

— Il est à Aglabat.

Gersen se tourna vers Alusz Iphigenia.

— Vous connaissez Kokor Hekkus. Est-ce que l'un de ces hommes lui ressemble ?

Le regard d'Alusz Iphigenia se posa sur celui qui avait parlé.

— Son visage est différent... mais son attitude, son allure générale sont les mêmes.

Gersen examina les traits de l'homme. Il semblaient authentiques et ne présentaient nulle part ces subtils changements de texture qui permettent de distinguer l'imposture. Certainement, il ne portait pas de masque. Et pourtant, ses yeux... n'étaient-ce pas les yeux de Seuman Otwal ? Ils avaient en commun quelque chose d'indéfinissable, une espèce de vivacité cynique. N'insistant pas davantage, Gersen examina le reste de l'équipage puis revint à celui qui avait parlé.

— Comment vous appelez-vous ?

— Franz Paderbush. La voix était douce, presque obséquieuse.

— Vous êtes né où ?

— Je suis le Chevalier Junior du château de Pader, à l'est de Misk... Vous ne me croyez pas ?

— Pas entièrement.

— Accompagnez-moi seulement au château de Paderbush, dit le captif d'un ton irrévérencieux peu en rapport avec les circonstances, et le Chevalier mon père saura se porter garant de moi.

— Possible, fit Gersen, mais vous ressemblez tout de même à un certain Billy Windle, de Skouse, et aussi à Seuman Otwal, que j'ai rencontré pour la dernière fois à Krokinole. Vous autres, cria-t-il, levez-vous et marchez.

— Où ? demanda l'un d'eux.

— Où vous voudrez.

— Avec nos bras liés, les sauvages nous massacreront, se plaignit un autre.

— Trouvez un fossé et cachez-vous jusqu'à la nuit.

Les dix hommes s'éloignèrent la tête basse. Gersen fouilla de nouveau Paderbush mais ne trouva aucune arme.

— Et maintenant, Chevalier Junior, debout, et grimpez dans la forteresse.

Paderbush obéit avec une promptitude que Gersen trouva inquiétante. Il attacha solidement le Chevalier Junior à un banc, rabattit l'écoutille et s'installa devant le panneau de commande.

— Vous savez faire marcher cette horreur ? demanda Alusz Iphigenia.

— J'ai participé à sa construction.

Elle posa sur lui un long regard empreint de perplexité, puis se tourna vers Franz Paderbush, qui la gratifia d'un sourire stupide.

Gersen actionna les commandes : les pattes obéirent et la forteresse s'ébranla en direction du nord.

— Où allons-nous ? demanda Alusz Iphigenia au bout d'un moment.

— Nous retournons au vaisseau.

— A travers le Skar Sakau ?

— Ou autour.

— Vous devez être fou.

Gersen hésita.

— Avec la forteresse, nous devrions y arriver.

— Vous ignorez tout des pistes. Elles sont difficiles et parsemées d'embûches. Les Tadousko-Oï provoqueront des avalanches sur notre passage. Les défilés son infectés de dnazds. Et si vous pervenez à échapper à tout cela, il y a encore les précipices, les crevasses et les gouffres. De plus, nous n'avons pas de vivres. Pourquoi n'allez-vous pas à Carrai ? Sion Trumble se fera un devoir de vous escorter jusqu'au nord du Skar.

Finalement, Gersen se rendit à ses arguments ; avec réticence, il fit faire volte-face à la forteresse et redescendit vers la vallée.

Ils traversèrent bientôt une contrée vallonnée, beaucoup plus attrayante. Derrière eux, le Skar Sakau se fondit peu à peu dans les vapeurs bleutés qui couvraient l'horizon. L'atmosphère était celle d'une agréable journée d'été. Tout l'après-midi, la forteresse fit route vers l'ouest, dépassant de temps à autre les bâtiments isolés d'une fermette aux murs de pierre ou d'une chaumière au toit pointu. Ils traversèrent deux ou trois villages. A leur approche, les habitants se figeaient sur place, paralysés de terreur. D'apparence très frustre, ils avaient la peau claire et les cheveux bruns. Les femmes étaient vêtues de jupes opulentes et de corsages serrés, et les hommes avaient des culottes bouffantes jusqu'aux genoux, des chemises aux couleurs éclatantes et des vestes brodées. Parfois apparaissait un manoir au fond d'un parc ; d'autres fois, c'était un château perché au sommet d'un roc escarpé. Certains de ces manoirs et châteaux semblaient tomber en ruine.

— Ils sont hantés, expliqua Alusz Iphigenia. C'est une terre ancienne, peuplée de fantômes.

Gersen, épiant Franz Paderbush, surprit un sourire tranquille sur son visage. Plusieurs fois, il avait noté le même genre de sourire chez Seuman Otwal... mais ce n'étaient ni la chair ni les traits de Seuman Otwal.

Le soleil descendit sur l'horizon et le crépuscule enveloppa la campagne. Gersen arrêta la forteresse en bordure d'une prairie isolée. Il dînèrent de rations destinées à l'équipage ; après quoi Paderbush fut enfermé dans la soute arrière.

Gersen et Alusz Iphigenia descendirent contempler les lucioles. Au-dessus de leur tête brillaient les constellations de Thamber, abondantes au sud, clairsemées au nord, où commençait l'espace intergalactique. Une créature nocturne stridula dans une forêt voisine. L'air était parfumé de délicates senteurs végétales. Gersen ne trouvait rien à dire. Finalement, poussant un soupir, il prit la main d'Alusz et elle n'essaya pas de la retirer.

Plusieurs heures durant, assis dans l'herbe et adossés à la forteresse, ils contemplèrent le vol des lucioles à travers la prairie. Dans un village au loin, une cloche égrenait mélancoliquement le passage des heures. A la fin, Gersen étala sa cape et ils s'endormirent dans l'herbe molle.

Dès l'aube ils repartirent vers l'ouest. Le paysage se fit vallonné puis boisé. Les premières montagnes apparurent, chargées de grands arbres qui ressemblaient à des conifères. Les habitations devinrent moins nombreuses et plus primitives. Les manoirs disparurent ; seuls demeurèrent les châteaux, sinistres gardiens surplombant la vallée. A un moment, la forteresse déboucha silencieusement au milieu d'une troupe d'hommes en armes gesticulant en travers du chemin comme s'ils étaient ivres. Ils étaient vêtus de guenilles et portaient des arcs et des flêches.

— Des hors-la-loi, dit Alusz Iphigenia. La racaille de Misk et de Vadrus.

Deux donjons de pierre gardaient la frontière. La forteresse passa sans ralentir. Derrière elle éclata l'appel aux armes frénétique des clairons.

Une heure plus tard, ils arrivèrent en vue d'une vaste perspective vallonnée qui s'étendait au nord et au sud. Alusz Iphigenia tendit le bras.

— Voilà Vadrus. Vous voyez cette tache blanche derrière la forêt ? C'est la cité de Carrai. La Gentilie se trouve plus à l'ouest, mais je suis connue à Carrai. Plus d'une fois Sion Trumble a honoré ma famille de son hospitalité ; car en Gentilie je suis princesse.

— Et bientôt vous serez ma femme.

Alusz Iphigenia laissa pensivement errer son regard dans la direction de la cité lointaine. Lorsqu'elle parla, ce fut d'une voix empreinte de tristesse et de nostalgie.

— Je ne sais pas. Je ne suis plus une enfant; avant, tout semblait tellement simple. Il y avait Sion Trumble... et Kokor Hekkus. A la guerre, Sion Trumble n'est sans doute pas moins violent qu'un autre. Aux yeux de son peuple, cependant, il passe pour rechercher la justice. Kokor Hekkus, lui, est le mal incarné. Avant, j'aurais choisi Sion Trumble. Maintenant, je crois que je ne veux ni de l'un ni de l'autre. J'ai vu trop de choses récemment... En vérité, ajouta-t-elle d'une voix désenchantée, lorsque j'ai quitté Thamber j'ai laissé derrière moi ma jeunesse.

Gersen se tourna brusquement vers le prisonnier.

— Et qu'est-ce qui vous amuse ?

— Cela me rappelle une désillusion analogue du temps de ma jeunesse, répondit Franz Paderbush.

— Voudriez-vous nous en relater les circonstances ?

— Non. Cela n'a que très peu de rapport avec la conversation.

— Depuis combien de temps êtes-vous au service de Kokor Hekkus ?

— Depuis toute ma vie. C'est le seigneur de Misk et mon maître ?

— Peut-être pouvez-vous nous mettre au courant de ses plans ?

— J'ai bien peur que non. Je ne crois pas qu'il en ait beaucoup, et le peu qu'il a, il le garde pour lui. C'est un homme remarquable. J'imagine que la perte de la forteresse l'affectera beaucoup.

Gersen éclata de rire.

— Certainement pas autant que les autres torts que je lui ai causés. A Skouse, par exemple, lorsque j'ai fait échouer ses tractations avec Daeniel Trembath ; ou à Interéchanges, lorsque j'ai payé avec du papier blanc en même temps que je lui enlevais sa princesse.

Tout en parlant, Gersen étudiait avec attention le regard de Franz Paderbush. Était-ce un effet de son imagination ou les pupilles du jeune chevalier s'étaient-elles légèrement dilatées ? L'incertitude était exaspérante, surtout dans la mesure où ses soupçons ne semblaient reposer sur rien. Billy Windle, Seuman Otwal et Franz Paderbush n'avaient après tout en commun que l'allure physique générale et un certain style indéfinissable. De l'avis même d'Alusz Iphigenia, aucun ne pouvait être Kokor Hekkus...

Quittant les derniers contreforts des montagnes, la forteresse traversa un pays de vergers et de vignobles, puis une prairie richement irriguée, parsemée de closeries et de hameaux. Ils arrivèrent enfin sur le rebord d'un plateau qui surplombait Carrai. La cité était en tout point différente d'Aglabat. Au lieu des sinistres remparts de pierre brune, ce n'étaient ici que vastes avenues tracées au cordeau, colonnades de marbre, villas entourées d'arbres, palais et jardins somptueux dignes des plus célèbres merveilles de la Terre. S'il y avait des taudis ou des quartiers pauvres, ils étaient éloignés des grandes voies.

A l'entrée de la ville, une arche de marbre monumentale soutenait une sphère de cristal de roche. Quelques gardes en uniforme rouge et vert y étaient postés. A l'approche de la forteresse, un lieutenant hurla un commandement. Les gardes s'avancèrent en bon ordre, pâles mais décidés, piques en avant, attendant la mort.

A cinquante mètres de la porte, Gersen arrêta la forteresse, ouvrit l'écoutille et sauta à terre. Les soldats restèrent figés d'ébahissement. Alusz Iphigenia s'avança. Malgré l'aspect pour le moins échevelé de sa personne, le lieutenant sembla la reconnaître.

— Est-ce bien la princesse Iphigenia de Draszane qui sort ainsi des entrailles du dnazd ?

— L'apparence du monstre est trompeuse, répliqua Alusz Iphigenia. Ce n'est que le jouet de Kokor Hekkus que nous lui avons confisqué. Où se trouve Sion Trumble ? Est-il présentement à Carrai ?

— Non, princesse ; il est dans le nord du pays. Mais son chancelier vient justement de rentrer à Carrai et se trouve non loin d'ici. Je vais l'envoyer chercher.

Un respectable vieillard à la barbe blanche et au pourpoint de velours noir et pourpre apparut bientôt. Il s'avança gravement et salua respectueusement. Alusz Iphigenia l'accueillit avec soulagement, comme si enfin elle avait trouvé là quelqu'un sur qui elle pût reposer sa confiance. Elle le présenta à Gersen :

— Le baron Endel Thobalt.

Puis elle demanda des nouvelles de Sion Trumble. La baron Thobalt répondit d'une voix d'où l'ironie n'était pas absente :

— Sion Trumble est parti à la tête d'une expédition

punitive contre les Grodnesdas, les corsaires qui infestent le nord de la mer Promesnéenne. Son retour était annoncé pour les jours qui viennent. En attendant, que la princesse considère cette ville comme la sienne : tel serait le désir de Sion Trumble.

Alusz Iphigenia tourna vers Gersen un visage radieux qui brillait d'un charme renouvelé.

— Je ne pourrai jamais vous rendre tout ce que vous avez fait pour moi ; je n'essaierai même pas — après tout, je suppose que vous aviez d'autres raisons. Mais permettez-moi de mettre à votre disposition toute l'hospitalité dont je dispose à présent. Si vous désirez quoi que ce soit, parlez et vous serez obéi.

Gersen répondit qu'il s'était fait un plaisir de lui venir en aide et qu'elle s'était amplement libérée de toute obligation envers lui en le guidant jusqu'à Thamber.

— Toutefois, je prendrai la liberté d'user de votre offre généreuse. Je voudrais que Paderbush soit enfermé dans un endroit absolument sûr jusqu'à ce que j'aie décidé de son sort.

— Nous serons logés au Palais d'État. Dans les cryptes se trouvent des cachots tout à fait appropriés.

Elle alla dire quelques mots au lieutenant de la garde et l'infortuné Paderbush fut emmené sans ménagements.

Retournant à la forteresse, Gersen déconnecta quelques câbles et relais pour rendre le mécanisme inutilisable. Pendant ce temps, on avait amené sur les lieux une voiture d'apparat somptueusement décorée, perchée sur de hautes roues dorées. Non sans éprouver un sentiment de culpabilité en raison de ses vêtements souillés, Gersen monta s'asseoir à côté d'Alusz Iphigenia et du baron Thobalt sur les coussins de velours rouge et de fourrure blanche.

Le carrosse descendit lentement l'avenue. Des hommes richement vêtus et coiffés de hauts chapeaux pointus, des femmes en robes blanches ornées d'innombrables volants, s'arrêtèrent et se retournèrent sur leur passage.

Devant eux se dressait le Palais d'État de Sion Trumble.

C'était un grand bâtiment carré situé au fond d'un vaste parc. Comme les autres palais de Carrai, il était de conception à la fois élaborée et plaisamment naïve. Il comprenait six hautes tours flanquées d'escaliers en spirale, un dôme vitré aux facettes pentagonales supportées par une armature de bronze et plusieurs terrasses ornées de balustres en forme de nymphes. Le carrosse fit halte au bas d'une rampe de marbre où attendait un très grand et très frêle vieillard drapé de gris et de noir. Il portait une masse terminée par une émeraude de forme ellipsoïdale et qui devait être l'attribut de ses fonctions. Il salua Alusz Iphigenia avec une dignité empreinte de respect. Le baron Thobalt le présenta à Gersen :

— Uther Caymon, Sénéchal du Palais d'État.

Le Sénéchal s'inclina, non sans avoir au préalable considéré d'un œil critique l'état douteux des vêtements de Gersen, puis fit un signe de sa masse. Des valets apparurent, qui escortèrent Alusz Iphigenia et Gersen à l'intérieur du palais. Sur un épais tapis aux motifs roses, verts et bleu lavande, ils traversèrent un long salon décoré de cristal. Ils se séparèrent dans un vestibule circulaire, chacun empruntant un corridor latéral. Gersen fut conduit dans un appartement qui s'ouvrait sur le jardin clos où des arbres en fleurs entouraient un jet d'eau. Après les dures épreuves du voyage, un luxe si soudain paraissait irréel.

Gersen se baigna dans une vasque tiède, puis un barbier vint le raser. Un valet lui apporta de quoi se changer : un ample pantalon vert foncé serré aux chevilles, une chemise bleu nuit brodée de blanc, d'excentriques poulaines de cuir vert et l'inévitable chapeau pointu, dont aucune toilette masculine ne semblait pouvoir se passer.

Dans le jardin, une table avait été copieusement garnie de fruits, de gâteaux et de vin. Tout en se restaurant, Gersen se demanda comment Sion Trumble pouvait délaisser un tel lieu pour donner la chasse aux corsaires.

Il quitta ses appartements et erra à travers le palais. Partout, ce n'étaient que meubles, tapisseries et objets ornementaux témoignant d'un art exquis et des styles les plus divers. Visiblement, ils avaient été importées de toutes les régions de Thamber.

Dans le salon, il rencontra le baron Thobalt qui le salua gravement. Au bout de quelques instants de méditation, le baron questionna Gersen sur l'univers extérieur «... d'où vous êtes, si j'ai bien compris, originaire.»

Gersen le confirma sur ce point. Il se mit en devoir de lui décrire l'Œcumène, ses différentes planètes avec leur organisation. L'Au-delà avec sa désorganisation, la planète Terre, qui était le berceau de l'humanité. Il parla de Thamber et du monde légendaire qu'elle était devenue, à quoi le baron répliqua que pour Thamber le reste de l'humanité n'était pas moins un mythe. Avec une pointe de mélancolie dans la voix il demanda :

— Et, sans aucun doute, vous regagnerez un jour votre univers natal ?

— Le moment venu, oui, répondit prudemment Gersen.

— Vous expliquerez alors que Thamber n'est pas ce que l'on croyait ?

— Je n'y ai pas encore songé, fit Gersen. Mais quelle est votre opinion là-dessus ? Peut-être jugez-vous l'isolement préférable ?

Thobalt secoua la tête.

— Je suis heureux qu'une telle décision ne m'incombe pas. Jusqu'à présent, un seul homme prétendait avoir visité les mondes des étoiles, et c'était Kokor Hekkus... mais on dit partout que c'est un kourgarou — un homme sans âme, à qui on ne peut faire confiance.

— Vous connaissez Kokor Hekkus ?

— Sur le champ de bataille, oui, je l'ai rencontré.

Gersen aurait voulu demander au baron s'il n'avait noté aucune ressemblance avec Paderbush, mais il préféra s'abstenir pour l'instant. A la pensée du jeune homme prisonnier dans les cryptes, il fut soudain traversé d'un scrupule : s'il n'était pas Kokor Hekkus, il n'était coupable que d'avoir contre-attaqué les Tadouski-Oï.

Il fit signe à un valet.

— Conduisez-moi aux cryptes, à l'endroit où est détenu mon prisonnier.

— Un instant, messire. Je dois en informer le sénéchal ; il est le seul à détenir les clés des cryptes.

Le sénéchal apparut bientôt, écouta la requête de Gersen puis, avec réticence, sembla-t-il, le conduisit devant une massive porte de bois sculpté qui, lorsqu'il l'ouvrit, révéla une seconde porte en fer donnant sur des marches de pierre. Descendant un long escalier rectiligne, ils aboutirent à une galerie pavée de granit et éclairée par d'étroites ouvertures qui laissaient passer la lumière du jour. D'un côté de la galerie, une série de portes munies de barreaux livraient accès à des cellules dont une seule était occupée. Le sénéchal fit un geste brusque.

— Voilà votre prisonnier. Si vous désirez le tuer, soyez assez bon pour utiliser la chambre du fond de la galerie, où vous trouverez tout l'équipement nécessaire.

— Ce n'était pas du tout dans mes intentions. Je désire simplement m'assurer qu'il a été bien traité.

— Dans ce cas, vous n'avez rien à craindre. Ici, ce n'est pas Aglabat.

Gersen alla jeter un coup d'œil à travers les barreaux. Tranquillement assis sur une chaise, Paderbush lui retourna son regard d'un air moqueur. La cellule était aérée et sans humidité. Sur une table se trouvaient les restes d'un repas apparemment honnête.

— Vous êtes satisfait ? demanda le sénéchal.

Gersen se retourna en hochant approbativement la tête.

— Une semaine ou deux de méditation ne lui feront pas de mal. Ne le laissez voir personne d'autre que moi.

— Comme vous voudrez.

Le sénéchal reconduisit Gersen au salon, où Alusz Iphigenia avait rejoint le baron. D'autres chevaliers et gentes dames du château étaient présents. Alusz Iphigenia esquissa une moue de surprise en voyant Gersen.

— Jugez de mon étonnement, lui dit-elle. Je vous ai

toujours connu en homme de l'espace, et vous voilà devenu à présent un vrai gentilhomme de Vadrus !

Gersen ébaucha un sourire.

— Malgré tous ces beaux atours, l'homme est le même. Mais vous... Il s'arrêta, à court de mots pour exprimer sa pensée.

Alusz Iphigénia s'empressa de déclarer :

— On m'annonce le retour de Sion Trumble. Il doit être normalement parmi nous au banquet de ce soir.

Gersen ressentit un grand vide. Il répugnait à se l'avouer : sous ses beaux habits ne battait pas le cœur d'un gentilhomme, ni de Vadrus ni d'ailleurs. Il était Kirth Gersen, survivant du massacre de Mount Pleasant, condamné à poursuivre toute sa vie de noires chimères. Il répondit d'une voix légère :

— C'est cela qui vous rend heureuse... la perspective de retrouver votre fiancé.

Elle secoua la tête.

— Vous savez bien qu'il ne l'est pas vraiment. Je suis heureuse parce que... mais non ! Je ne suis pas heureuse. Je ne sais même pas ce que je suis. Tenez ! Elle agita fébrilement ses mains devant elle : Je n'ai qu'un mot à dire, et tout cela m'appartient. Un mot, et le meilleur de Thamber est à mes pieds... Mais est-ce bien ce que je désire ? Et puis, il y a Kokor Hekkus, tellement énigmatique. Mais je n'y pense même pas... Serait-ce l'attrait de l'inconnu ? Le peu que j'ai vu en dehors de Thamber m'aurait-il donné envie de découvrir d'autres horizons ?

Gersen n'avait rien à répondre. Elle soupira, le regarda du coin de l'œil.

— Il est vrai que je n'ai guère le choix. Maintenant que je suis ici, je ne peux qu'y rester. La semaine prochaine, je rentre à Draszane... et vous serez parti. C'est bien cela, n'est-ce pas ?

Gersen considéra la chose avec impartialité.

— Tout dépend de la façon dont je pourrai regagner mon vaisseau.

— Et ensuite ?

— Ensuite... je poursuivrai ce que je suis venu accomplir.

Elle soupira.

— C'est une bien sombre perspective. Affronter à nouveau le Skar Sakau... ses gouffres et ses précipices. Retourner à Aglabat. Comment ferez-vous pour franchir ses murailles ? Et si vous étiez capturé... Elle fit la grimace. La première fois que j'ai entendu parler des cryptes d'Aglabat, j'en ai perdu le sommeil. Pendant des mois et des mois, je n'osais plus dormir à la seule pensée des cryptes d'Aglabat.

Un domestique en livrée vert pâle passa avec un plateau. Alusz Iphigenia prit deux verres et en tendit un à Gersen.

— Et si vous étiez capturé ou tué... comment ferais-je pour quitter Thamber si j'en avais envie ?

Gersen eut un rire gêné.

— Si je pensais à ces choses-là, j'aurais peur ; je serais moins sûr de moi et, partant, beaucoup plus susceptible d'être capturé ou tué. De toute façon, si vous épousez Sion Trumble, vous aurez exactement le même problème.

Alusz Iphigenia haussa ses délicates épaules nues — elle portait une robe sans manches à volants, comme toutes les dames de Carrai.

— Il est beau, noble, juste et courageux... mais peut-être est-il trop bon pour moi. Je me prends brusquement à penser et à souhaiter des choses dont je ne soupçonnais pas jusqu'à présent l'existence.

Elle fit du regard le tour de la pièce, écouta un instant le murmure de la conversation générale, puis se tourna de nouveau vers Gersen.

— Je ne sais comment m'exprimer... mais à une époque où hommes et femmes voyagent dans l'espace à des vitesses miraculeuses, où une centaine de mondes s'organisent en « Œcumène », où plus rien ne semble impossible à la raison humaine, cette lointaine petite planète, avec ses extrêmes de vertu et de vice, me semble proprement impensable.

Gersen qui connaissait les mondes de l'Œcumène et de l'Au-delà bien mieux qu'Alusz Iphigenia, ne pouvait partager ses vues.

— Cela dépend, dit-il, de la façon dont vous envisagez l'humanité, avec son passé, son présent, mais aussi ses espoirs futurs.La plupart des habitants de l'Œcumène vous donneraient probablement raison. Mais l'Institut... (il eut un rire blasé) préférerait sans aucun doute que l'Œcumène ressemble un peu plus à Thamber que sa vie de tous les jours.

— Je ne sais rien de l'Institut, fit Alusz Iphigenia. Est-ce que ce sont ders hommes méchants, ou des criminels ?

— Non, déclara Gersen. Ce sont des philosophes...

Alusz Iphigenia, presque machinalement, prit la main de Gersen dans la sienne.

— Il y a tant de choses que je ne connais pas, soupira-t-elle.

A ce moment-là, un héraut s'avança dans la salle, suivi de pages porteurs de longs clairons. Le héraut annonça :

— Sion Trumble, Grand Prince de Vadrus, est de retour à son palais !

Le silence se fit aussitôt. Un faible martèlement cadencé se fit entendre dans le corridor. Les pages embouchèrent leurs clairons, une fanfare éclata. Sion Trumble entra d'un pas martial, arborant une cuirasse ternie et un casque bosselé et taché de sang. Il retira son heaume, révélant une masse de boucles dorées, une courte barbe blonde, un nez droit et mince et des yeux d'un bleu intense. Il salua l'assistance de sa main levée, marcha vers Alusz Iphigenia et s'inclina sur sa main.

— Ma chère princesse... vous avez daigné revenir.

Alusz Iphigenia se mit à rire. Sion Trumble la considéra avec étonnement.

— Si vous voulez savoir la vérité, dit-elle, le gentilhomme que voilà ne m'a guère laissé le choix.

Sion trumble se tourna vers Gersen. Jamais, songea ce dernier, Sion Trumble et lui ne pourraient être amis. Il avait beau être galant, noble, juste et courageux, il semblait par trop compassé, imbu de lui-même et presque certainement dépourvu de sens de l'humour.

— J'ai été informé de votre arrivée, déclara Sion Trumble à Gersen. J'ai remarqué en passant l'horrible machine dans laquelle vous êtes arrivé. Nous aurons beaucoup de choses à nous dire. Mais si vous voulez bien m'excuser, je vais maintenant me débarrasser de cette encombrante cuirasse. Il fit volte-face et quitta le salon. Les conversations reprirent.

Alusz Iphigenia n'avait plus rien à dire : elle devint presque pensive. Une heure plus tard, l'assistance se dirigea vers la salle des banquets. Sion Trumble, drapé dans une toge rouge et blanche, prit place sur une estrade, entouré des nobles de la principauté. Le reste des convives était placé suivant l'ordre de stricte préséance. Gersen se retrouva près de la porte et remarqua qu'Alusz Iphigenia, malgré son statut quasi officiel de fiancée de Sion Trumble, devait céder le pas à au moins six dames de rang vraisemblablement plus élevé.

Le banquet fut long et fastueux, les vins capiteux. Gersen mangea et but avec modération, répondit aux questions avec courtoisie et essaya vainement de passer inaperçu car en fait tous les regards étaient sur lui.

Sion Trumble mangea peu et but encore moins. Au milieu du festin, il se leva et, invoquant la fatigue, prit congé des invités.

Quelques temps après, un page vint glisser quelques mots à l'oreille de Gersen :

— Dès que cela vous sera possible, messire, le prince souhaiterait s'entretenir avec vous.

Gersen se leva ; il suivit le page jusqu'au vestibule circulaire, puis un corridor les mena dans un petit salon lambrissé de bois vert. Sion Trumble l'attendait, vêtu à présent d'une robe de chambre en soie bleu pâle. D'un geste, il invita Gersen à prendre un siège et indiqua un tabouret garni de flacons et de verres.

— Ne vous gênez pas, dit-il. Vous venez d'un monde lointain ; ignorons un protocole sans doute incompréhensible pour vous. Parlons d'homme à homme et en toute franchise. Dites-moi... pourquoi êtes-vous ici ?

Gersen ne voyait aucune raison de ne pas lui dire la vérité.

— Je suis venu tuer Kokor Hekkus.

Sion Trumble haussa un sourcil.

— Tout seul ? Comment ferez-vous tomber ses remparts ? Comment vaincrez-vous les Bersagliers Rouges ?

— Je l'ignore.

Le regard de Sion Trumble se perdit dans les flammes qui brûlaient dans l'âtre avoisinant.

— Pour le moment, un état de trêve règne entre Misk et Vadrus. Nous avons été à deux doigts de la guerre lorsque la princesse Iphigenia était décidée à lier son avenir au mien... A présent, il semble qu'elle ne veuille plus ni de lui ni de moi.

Il contempla les flammes d'un air sombre ; ses doigts se crispèrent sur les bras de son siège.

— En tout état de cause, j'évite toute provocation.

— Pourrez-vous m'aider d'une quelconque façon ? Autant apprendre le pire tout de suite, se disait Gersen.

— Ce n'est pas impossible. Qu'est-ce qui vous oppose à Kokor Hekkus ?

Gersen décrivit le massacre de Mount Pleasant.

— Cinq hommes ont détruit ma maison, tué ma famille, réduit mes amis en esclavage. J'ai juré de leur faire expier leur forfait. Grendel est mort. C'est le tour de Kokor Hekkus à présent.

Sion Trumble fronça les sourcils et hocha lentement la tête.

— Il me semble que vous avez entrepris là une gignatesque tâche. Que voulez-vous de moi exactement ?

— Tout d'abord, que vous m'aidiez à regagner mon astronef, que j'ai laissé au nord du Skar Sakau.

— Je vous aiderai dans la mesure de mes moyens. Car

au nord de Skar il y a des principautés qui me sont hostiles, et les Tadousko-Oï sont implacables.

— Il y a un autre problème.

Gersen hésita, soudain conscient d'une nouvelle et formidable possibilité qui n'avait jamais jusqu'à présent effleuré son esprit. Il poursuivit plus lentement :

— Lorsque j'ai capturé la forteresse, j'ai fait un prisonnier que je soupçonnais d'être Kokor Hekkus en personne. rien que la princesse Iphigenia ne l'ait pas reconnu, je reste indécis. Il semblait et il reste improbable que Kokor Hekkus ait pu résister à la tentation d'essayer son nouveau jouet... D'autre part, il y a quelque chose chez ce prisonnier qui me rappelle un autre homme qui pourrait très bien lui aussi être Kokor Hekkus.

— En ce qui concerne votre incertitude, je crois pouvoir vous aider, déclara Sion Trumble. Au palais se trouve en ce moment le baron Erl Castiglianu, jadis étroitement lié avec Kokor Hekkus, aujourd'hui son plus mortel ennemi. Si quelqu'un est à même de reconnaître Kokor Hekkus, c'est bien le baron Castiglianu ; dès demain vous pourrez procéder à l'épreuve.

— Je serai très heureux d'avoir son avis.

Sion Trumble sembla prendre une décision.

— Ne comptez pas sur une aide importante de ma part ; je ne puis sans un motif grave imposer à mon peuple les horreurs et les privations de la guerre. Tant que Kokor Hekkus restera à Aglabat, je ne le provoquerai pas.

Il fit un geste : l'audience était terminée. Gersen se leva et sortit. Dans l'antichambre, il trouva le sénéchal qui le raccompagna à ses appartements. Gersen sortit dans le jardin, leva les yeux vers le ciel et trouva la constellation en forme de cimeterre : *La barque des dieux ;* Il pensa à la tâche qui l'attendait et en fut presque horrifié. Et pourtant... pouvait-il échapper à son destin ? Était-il venu sur Thamber pour autre chose ?

Il se mit au lit et dormit d'un sommeil profond. Le soleil pénétrait à flots dans sa chambre lorsqu'il s'éveilla. Il prit un bain, revêtit les plus sombres effets qu'il trouva dans sa garde-robe et déjeuna de fruits, de gâteaux, et de thé. Des nuages venus de l'ouest s'amassèrent ; la pluie commença à tomber dans le jardin. Tout en contemplant la surface du bassin ridée par les gouttes, Gersen fit le point de la situation. Toujours, la même idée s'imposait : d'une façon ou d'une autre, il fallait établir avec certitude l'identité de Paderbush.

Un page entra annoncer la présence du baron Erl Castiglianu. C'était un individu émacié, d'âge moyen, à l'allure sévère, aux deux joues traversées d'une longue balafre.

— Le prince Sion Trumble m'a ordonné de placer mes modestes talents à votre service, déclara-t-il. C'est avec plaisir que je lui obéis.

— Vous savez ce que j'attends de vous ?

— Pas très clairement.

— Je vous demande d'examiner un certain individu et de me dire s'il s'agit ou non de Kokor Hekkus.

Le baron eut un sourire.

— C'est tout ?

— Vous en êtes capable ?

— Assurément. Vous voyez ces balafres ? Je les dois à Kokor Hekkus. Trois jours durant, il m'a laissé pendu par les joues à une tige de fer, uniquement maintenu en vie par la haine.

— Dans ce cas, suivez-moi. Allons examiner cet homme.

— Il est ici ?

— Il est enfermé dans les cryptes.

Le page alla quérir le sénéchal, qui ouvrit la double porte de bois et de métal. Les trois hommes descendirent dans la crypte. Paderbush était debout dans sa cellule, face à la salle de garde, mains aux barreaux, pieds écartés. Gersen le désigna.

— Voici notre homme.

Le baron s'avança et inspecta attentivement Paderbush.

— Eh bien ? demanda Gersen.

— Non, déclara le baron au bout d'un moment. Ce n'est pas Kokor Hekkus. Du moins... non, c'est impossible. Si seulement ses yeux ne me regardaient pas avec cette diabolique assurance... Non, je suis catégorique. Cet homme m'est inconnu. Je ne l'ai jamais vu, ni à Agrabat ni ailleurs.

— Très bien. Dans ce cas, j'ai dû commettre une erreur. Gersen se tourna vers le sénéchal : Ouvrez la porte.

— Vous allez le relâcher ?

— Pas tout à fait. Mais il n'est plus nécessaire qu'il soit confiné dans un cachot.

Le sénéchal ouvrit la porte.

— Sortez, dit Gersen.

Il semble que vous ayez été victime d'une injustice.

Le prisonnier s'avança avec méfiance. Visiblement il ne s'était pas attendu à être libéré.

Gersen le saisit au poignet. Si besoin était, il pouvait instantanément le paralyser d'une clé de bras.

— Venez. Nous allons remonter.

— Peut-on savoir où vous emmenez cet homme ? s'enquit le sénéchal avec vivacité.

— Le prince Sion Trumble et moi prendrons conjointement une décision, dit Gersen.

Puis, s'adressant à Erl Castiglianu :

— Tous mes remerciements pour votre collaboration.

Le baron Castiglianu hésita.

— Cet homme est peut-être dangereux quand même ; il pourrait essayer de vous attaquer.

Gersen lui montra le projac qu'il tenait à la main gauche.

— N'ayez crainte, je suis prêt à faire face à n'importe quelle éventualité.

Le baron s'inclina et s'éloigna rapidement, visiblement heureux d'être déchargé de son obligation. Gersen conduisit Paderbush à son appartement et referma la porte au nez du sénéchal. Puis il se laissa tomber nonchalamment sur un siège. Paderbush se tenait immobile au milieu de la pièce. Finalement, il demanda :

— Que comptez-vous faire de moi ?

— Je ne sais toujours pas, dit Gersen. Vous êtes peut-être celui que vous prétendez ; auquel cas je ne puis retenir contre vous aucun grief que le fait de servir Kokor Hekkus. Et, certes, je ne suis pas homme à vous enfermer dans un cachot pour des crimes hypothétiques. Mais vous êtes sale : voulez-vous prendre un bain ?

— Non.

— Vous préférez la crasse et la transpiration ? A votre aise. Vous voulez changer de vêtements ?

— Non.

Gersen haussa les épaules.

— Comme vous voudrez.

Paderbush croisa les bras et lança un regard furibond à Gersen.

— Pourquoi me détenez-vous ici ?

Gersen médita.

— J'ai peur que nos jours ne soient en danger. Je veux vous protéger.

— Je suis capable de me protéger tout seul.

— Quoi qu'il en soit, veuillez vous asseoir sur ce siège, là-bas, dit Gersen en pointant l'extrémité de son projac. Vous me faites l'effet d'une bête de proie sur le point de bondir, et je trouve cela très désagréable.

Paderbush lui adressa un rictus glacé et alla s'asseoir. Au bout d'un moment, il déclara :

— Je ne vous ai rien fait ; pourtant, vous prenez plaisir à m'humilier, vous me jetez dans un cachot, et à présent vous m'accablez d'insinuations et de sous-entendus. Je vous avertis que Kokor Hekkus n'est pas homme à laisser insulter délibérément ses subordonnés. Si vous désirez épargner bien des désagréments à votre hôte, je vous conseille de me laisser regagner promptement Aglabat.

— Vous connaissez bien Kokor Hekkus ? demanda Gersen sur le ton de la conversation.

— Certainement. Il est pareil à l'aigle de Khasferug. L'intelligence brille dans son regard. Ses joies et ses colères sont comme le feu, rien ne leur résiste. Son imagination est vaste comme le ciel et son front abrite de si formidables pensées que le monde se demande à quelle source il peut bien les puiser.

— Très intéressant, fit Gersen. J'ai encore plus hâte de le rencontrer en chair et en os — ce qui sera bientôt le cas.

— Vous allez rencontrer Kokor Hekkus? demanda Paderbush, incrédule.

Gersen hocha affirmativement la tête.

— Vous et moi retournerons à Aglabat dans la forteresse... après une semaine ou deux de repos ici à Carrai.

— Je préférerais y aller tout de suite.

— Impossible. Je ne veux pas que mon arrivée soit connue. Je désire surprendre Kokor Hekkus.

Paderbush ricana.

— Pauvre imbécile. Vous n'êtes qu'un pauvre imbécile. Comment pourriez-vous surprendre Kokor Hekkus? Il connait tous vos faits et gestes mieux que vous ne les connaissez vous-même?

12

Extrait de l'*Apprenti d'Avatar*, tiré des *Manuscrits de la neuvième dimension :*

« Sans discontinuité, une brume figée l'enveloppait de toutes parts et le haut et le bas n'avaient pas de signification. Il percevait indistinctement des allées et venues confuses, des pulsations invisibles porteuses de messages qui restaient en deçà de sa compréhension. Marmaduke commença à se demander si la théorie de la Stase Temporelle n'avait pas, d'une façon ou d'une autre, provoqué une transposition de ses perceptions. Sinon, se démanda-t-il en poursuivant sa lente progression à travers le

halo violet, comment expliquer le fait que le mot « larmoyant » s'imposait sans cesse à son esprit ?

« Il arriva sur le rebord d'une fenêtre limpide et bombée derrière laquelle dansaient des visions anamorphotiques. En levant les yeux il vit une rangée de tiges courbées vers le haut ; au-dessous de lui, une bordure rose incurvée donnait naissance à d'autres tiges semblables. Sur le côté un objet poreux et protubérant faisait saillie comme un gigantesque nez. Et il s'aperçut qu'en vérité c'était bien un nez : spectacle proprement prodigieux. Marmaduke changea le cours de ses pensées. Le problème numéro un, semblait-il, était de savoir à qui appartenait l'œil par lequel il regardait. La question du point de vue dont il disposait allait en effet être primordiale. »

⁂

LA matinée s'écoula lentement. A certains moments, Paderbush semblait s'assoupir dans son fauteuil ; à d'autres, il paraissait sur le qui-vive, prêt à bondir à tout moment sur Gersen. A la fin d'une de ces périodes de tension, Gersen déclara :

— Ayez un peu de patience. Tout d'abord, comme vous le savez, je suis armé. Ce disant, il mit son projac bien en vue de Paderbush. Et ensuite, même si je ne l'avais pas, vous ne pourriez rien contre moi.

— Vous en êtes bien sûr ? demanda Paderbush avec une lassitude insolente. Nous sommes du même poids. Voyons un peu qui vaincra l'autre ?

— Non, merci. Ce sera pour une autre fois. Pourquoi nous fatiguer ? On va bientôt nous apporter notre repas. Détendons-nous plutôt.

— Comme vous voudrez.

Trois petits coups sourds se firent entendre à la porte. Gersen s'approcha de l'épais panneau de bois.

— Qui est là ?

— C'est le sénéchal Uther Caymon, répondit la voix étouffée. Ouvrez, s'il vous plaît.

Gersen obéit. Le sénéchal s'avança dans la pièce.

— Le prince désire vous voir immédiatement. Il a pris connaissance des conclusions du baron Erl Castiglianu et souhaite que vous rendiez sa liberté au prisonnier. Il est très soucieux d'éviter toute cause de friction avec Kokor Hekkus.

— J'ai la ferme intention de le laisser aller sitôt le moment venu, déclara Gersen. Mais pour le moment, il se déclare prêt à accepter l'hospitalité de Sion Trumble pendant encore une quinzaine de jours.

— C'est d'autant plus généreux de sa part, fit sèchement remarquer le sénéchal, que le Grand Prince avait justement oublié de lui proposer cette hospitalité. Mais voulez-vous m'accompagner dans les appartements de Sion Trumble ?

Gersen se leva.

— Avec plaisir. Que puis-je faire de mon invité ? Je n'ose le laisser, et je n'ai pas envie de le traîner derrière moi partout où je vais.

— Renvoyez-le à son cachot, fit le sénéchal d'une voix bourrue. C'est le genre d'hospitalité qui convient à ceux de son espèce.

— Le Grand Prince ne serait pas content. Ne vient-il pas de me demander de le relâcher ?

Le sénéchal plissa les paupières.

— C'est vrai.

— Soyez assez bon pour lui transmettre mes excuses et lui demander s'il veut bien condescendre à me rencontrer ici.

Le vieux sénéchal maugréa indistinctement, leva les bras au ciel d'un air désabusé et quitta la pièce, non sans avoir lancé un regard fulminant dans la direction de Paderbush.

Gersen et Paderbush restèrent face à face.

— Dites-moi, demanda Gersen. Connaissez-vous un nommé Seuman Otwal ?

— J'ai entendu ce nom.

— C'est un collaborateur de Kokor Hekkus. Vous et lui avez certains maniérismes en commun.

— Ce n'est pas impossible... c'est peut-être la fréquentation de Kokor Hekkus. Quels maniérismes ?

— Un certain port de tête ; quelques gestes ; une espèce d'aura psychique... C'est vraiment très curieux.

Paderbush hocha gravement la tête mais n'ajouta plus rien. Quelques minutes plus tard, Alusz Iphigenia se présenta à la porte. Lorsque Gersen la fit entrer, elle regarda Paderbush avec étonnement.

— Que fait cet homme ici ?

— Il trouve injuste la solitude de la crypte, car il n'a rien fait de mal dans sa vie à part quelques assassinats.

Paderbush eut un rictus glacé.

— Je suis Franz Paderbush, Chevalier Junior du château de Pader : dans ma famille nul n'a jamais hésité à ravir la vie d'un ennemi au péril de la sienne.

Alusz Iphigenia se détourna et s'adressa à Gersen :

— Carrai n'est plus aussi gaie qu'avant ; il lui manque quelque chose, un je ne sais quoi... Peut-être cela vient-il de moi, après tout. Je veux rentrer à Draszane.

— Je croyais qu'un grand gala allait être donné en votre honneur.

Elle haussa les épaules.

— J'ai l'impression que c'est déjà oublié. Sion Trumble m'en veut... il n'est plus aussi empressé qu'autrefois.

Elle regarda furtivement Gersen.

— Je crois qu'il est jaloux.

— Jaloux ? Pourquoi donc le serait-il ?

— Après tout, vous et moi avons passé pas mal de temps ensemble. C'est assez pour éveiller les soupçons... et la jalousie.

— Ridicule.

La jeune femme haussa les sourcils.

— Suis-je donc laide ou difforme, qu'une telle supposition vous paraisse si absurde ?

— Pas du tout, protesta Gersen. Bien au contraire. Mais nous ne pouvons pas laisser le prince Sion Trumble sous le coup d'une telle méprise.

Il fit venir un page et l'envoya solliciter une audience immédiate auprès de Sion Trumble.

Le page ne tarda pas à revenir et à annoncer que le prince ne recevait personne.

— Retournez, ordonna Gersen. Transmettez ce message à Sion Trumble : dès demain, je dois quitter le palais. Si nécessaire, je gagnerai le nord du Skar Sakau dans la forteresse, et je réussirai bien à retrouver mon vaisseau. Informez également le prince que la princesse Iphigenia a l'intention de partir avec moi et demandez-lui à nouveau s'il accepte de nous recevoir.

Alusz Iphigenia se tourna vers Gersen.

— Vous voulez vraiment m'emmener ?

— Si vous avez toujours envie de regagner l'Œcumène.

— Mais Kokor Hekkus ? Je croyais...

— Un détail.

— Alors, vous ne parlez pas sérieusement, déclara Alusz Iphigenia d'une voix triste.

— Mais si. Voulez-vous venir avec moi ?

Elle hésita, puis hocha la tête.

— Oui. Pourquoi pas ? Votre existence est réelle. La mienne — celle de Thamber tout entière — ne l'a jamais été. Ce n'est qu'un mythe animé, un diorama aux tableaux archaïques. Tout cela m'oppresse à présent.

— C'est très bien. Nous partirons d'ici peu.

Alusz Iphigenia regarda Paderbush.

— Et lui ? demanda-t-elle d'une voix incertaine. Vous allez le libérer ou l'abandonner à Sion Trumble ?

— Il vient avec nous.

— Avec... nous ?

— Oui. Du moins pendant un certain temps.

Paderbush se leva, s'étira lentement.

— Cette conversation m'ennuie. Je n'ai pas l'intention d'aller avec vous.

— Ah non ? Même pas jusqu'à Aglabat, voir Kokor Hekkus ?

— J'irai à Aglabat, mais seul... et tout de suite. Et il traversa la pièce d'un bond, courut dans le jardin, sauta par-dessus le mur et disparut.

Alusz Iphigenia courut à l'entrée du jardin, se tourna vers Gersen.

— Appelez les serviteurs ! Il ne peut aller loin, ces jardins font partie de la cour intérieure. Vite !

Gersen ne semblait pas particulièrement pressé. Alusz Iphigenia le secoua par le bras.

— Vous le laissez s'enfuir ?

— Non, fit Gersen, mû par une énergie soudaine. Il ne faut pas qu'il s'échappe. Allons trouver le prince Sion Trumble, il saura ce qu'il faut faire pour le rattraper. Venez !

Dans le corridor, Gersen ordonna à un page :

— Conduisez-nous rapidement chez le prince Sion Trumble. Au pas de course !

Le page les guida dans le corridor jusqu'au vestibule circulaire ; ils suivirent un nouveau couloir au sol recouvert d'un épais tapis rouge et arrivèrent devant une porte blanche à double battant. Deux gardes au casque noir et à l'uniforme blanc étaient en faction.

— Ouvrez ! s'écria Gersen. Nous devons parler d'urgence à Sion Trumble.

— Non, messire. Le sénéchal a donné l'ordre de n'admettre personne.

Gersen sortit son projac et visa la serrure. Un éclair jaillit, accompagnée de fumée. Les gardes émirent un cri de protestation.

— Restez où vous êtes, dit Gersen. Gardez les abords du hall, pour le bien de Vadrus !

Les deux hommes hésitèrent, décontenancés. Gersen fonça, entraînant Alusz Iphigenia à sa suite. Ils se retrouvèrent dans un vestibule orné de niches abritant des statues de marbre blanc. Indécis, Gersen scruta un corridor, une galerie voûtée, puis se dirigea vers une porte fermée et colla son oreille au battant. De l'intérieur lui parvint un froissement étouffé. Il tourna le bouton : la porte était fermée à clé. Sortant son projac, il tira et se rua dans la pièce.

Sion Trumble, à moitié habillé, se tourna d'un bond vers eux. Il ouvrit la bouche, émit une série de sons incompréhensibles. Alusz Iphigenia bredouilla :

— Il porte les vêtements de Paderbush !

En effet, la toge verte et bleue de Sion Trumble était accrochée au mur et il était en train d'ôter les vêtements maculés qu'avait portés Paderbush. Surmontant sa surprise, Sion Trumble s'empara de son épée. Gersen lui frappa le poignet du tranchant de sa main et fit tomber l'arme. Sion Trumble allongea la main vers une étagère où se trouvait une arme. Gersen la désintégra d'un coup de projac.

Sion Trumble se tourna lentement vers Gersen et bondit comme un fauve. Gersen éclata de rire, fléchit les jambes, incrusta son épaule dans l'estomac de son adversaire, enserra le genou instinctivement relevé et le souleva brusquement. Il saisit à pleine main la chevelure bouclée et, tandis que Sion Trumble se débattait avec rage, tira de toutes ses forces. La chevelure blonde céda, le visage entier céda, il ne resta plus dans la main de Gersen qu'une espèce de sac encore tiède, à l'aspect lisse et caoutchouteux, au nez droit incliné sur le côté, à la bouche pendante. L'homme qui gisait à terre n'avait plus de visage. Le crâne et les muscles faciaux ressortaient en rose et rouge à travers une pellicule de tissus transparents. Les yeux sans paupières brillaient comme des escarboucles entre un front dépouillé et un trou noir qui tenait lieu de nez. La bouche sans lèvres n'était plus qu'une double rangée de dents blanches grotesquementhors de proportion avec le reste.

— Qu'est-ce que c'est que.. cette chose ? réussit à articuler Alusz Iphigenia d'une voix blanche.

— Cette chose, dit Gersen, c'est un kourgarou. C'est Kokor Hekkus. Ou Billy Windle. Ou Seuman Otwal. Ou Paderbush. Ou une douzaine d'autres encore. A présent, le moment est venu de lui faire expier ses forfaits.

Kokor Hekkus se releva lentement et tourna vers eux le visage de la mort.

— Vous m'avez dit un jour, lui déclara Gersen, que seule la mort vous faisait trembler. Vous allez mourir maintenant.

Kokor Hekkus émit un son inarticulé. Gersen poursuivit :

— Vous avez vécu la plus abominable des vies. Je devrais vous tuer dans d'interminables et horribles souffrances... mais il suffit que vous mouriez.

Et il pointa son projac. Avec un cri rauque, Kokor Hekkus se jeta en avant, les bras écartés, face à un mortel jaillissement d'énergie.

Le lendemain, on pendit sur la place publique le sénéchal Uther Caymon, créature, confident et âme damnée de Kokor Hekkus. Du haut de son échafaud, il apostropha la foule silencieuse :

— Pauvres jobards ! Savez-vous depuis combien de temps vous êtes dupés, exploités, saignés ? De votre or, de vos guerriers, de vos plus belles filles ? Depuis deux cents ans ! Tel est mon âge, et Kokor Hekkus était encore plus vieux ! Contre les Bersagliers Rouges, il a envoyé les plus braves de vos fils, et ils ont péri futilement ; dans son lit les plus belles de vos filles sont passées, et certaines ont revu leur foyer, d'autres pas. Vous pleurerez en apprenant leur sort ! A la fin il est mort, à la fin je meurs, mais vous, pauvres, pauvres jobards !...

Le bourreau avait retiré l'échelle. La foule médusée contempla le corps disloqué qui se balançait.

Gersen et Alusz Iphigenia déambulaient côte à côte dans les jardins du palais du baron Endel Thobalt. L'horreur des derniers événements se reflétait encore sur le visage de la jeune fille.

— Comment saviez-vous ? demanda-t-elle. Vous saviez... mais comment ?

— C'est en voyant ses mains que j'ai soupçonné pour

la première fois Sion Trumble. Il prenait bien soin de différencier ses attitudes de celles de Paderbush, mais ses mains étaient indentiques : mêmes doigts déliés, même peau fine et lustrée, mêmes longs pouces aux ongles effilés. J'avais remarqué ces mains, mais cela m'était sorti de l'esprit — jusqu'au moment ou je revis de près Paderbush. Et puis, Sion Trumble commit une erreur : il savait que vous aviez renoncé à l'épouser — il me l'a dit lui-même. Mais trois personnes seulement étaient au courant : vous, Paderbush et moi ; car c'est dans la forteresse que vous vous êtes décidée. Lorsque Sion Trumble me déclara cela, je regardai ses mains et compris.

— Quel être effrayant ! Je suis curieuse de savoir sur quelle planète il est né, et de quels parents...

— Son imagination fut à la fois un don et une malédiction. Une vie ne lui suffisait pas. Il lui fallait boire à chaque source, connaître de multiples expériences, vivre aux extrêmes. Dans Thamber, il avait trouvé un monde à sa mesure. Sous ses différentes incarnations, il avait créé sa propre épopée. Lorsqu'il en avait assez de Thamber, il retournait dans l'univers des hommes, moins malléable peut-être mais aussi passionnant. A la fin, il a péri.

— Plus que jamais, maintenant, je désire quitter Thamber, déclara Alusz Iphigenia.

— Plus rien ne nous retient. Nous partirons demain.

— Pourquoi attendre à demain ? Je suis sûre de pouvoir trouver l'astronef. Partons tout de suite.

Dans la lumière qui précédait la tombée du jour, un petit groupe de nobles de Carrai entouraient Gersen et Alusz Iphigenia. Le baron Endel Thobalt demanda d'une voie soudain angoissée :

— Vous nous enverrez des vaisseaux de l'Œcumène ?

Gersen hocha solennellement la tête.

— Je me suis engagé à le faire.

Alusz Iphigenia embrassa le paysage du regard en poussant un léger soupir.

— Un jour — je ne sais pas quand — je reviendrai moi aussi sur Thamber.

— N'oubliez pas, dit Gersen au baron, que si vous accueillez les vaisseaux de l'Œcumène, vos traditions ne dureront pas ! Etes-vous sûr que vous ne préférez pas Thamber comme elle est ?

— Je ne puis parler qu'en mon nom, répondit Endel Thobalt. Quel qu'en soit le prix, je dis que nous devons rejoindre le reste de l'humanité.

Un murmure d'approbation accueillit ces paroles.

— Comme vous voudrez, dit Gersen.

Alusz Iphigenia grimpa dans le véhicule ; Gersen la suivit, referma l'écoutille, s'installa au panneau de commande et posa son rcgard sur la petite plaque de bronze :

Atelier de Constructions Mécaniques Patch
Patris, Krokinole

— Ce bon vieux Patch, fit Gersen. Il faudra que je songe à lui envoyer un rapport sur le fonctionnement de sa machine — à supposer qu'elle veuille bien nous conduire jusqu'à l'astronef.

Debout à côté de lui, Alusz Iphigenia pressa doucement sa tête contre son épaule. Plongeant son regard dans l'éblouissante chevelure blonde, il se rappela comment, la première fois qu'il l'avait vue à Interéchanges, il l'avait jugée quelconque. Il laissa entendre un rire tranquille. Alusz Iphigenia releva la tête.

— Pourquoi riez-vous ?

— Un jour, je vous le dirai ; mais pas maintenant.

Souriant à son tour à quelque souvenir de son cru, Alusz Iphigenia ne répondit rien.

Gersen abaissa le levier de départ. Trente-six pattes se soulevèrent et retombèrent, dix-huit anneaux s'ébranlèrent. La forteresse démarra en direction du nord-ouest, là où les rayons obliques du soleil couchant éclairaient les cimes enneigées du Skar Sakau.

Achevé d'imprimer en décembre 1989
sur les presses de l'Imprimerie Bussière
à Saint-Amand (Cher)

PRESSES POCKET - 8, rue Garancière - 75285 Paris
Tél. : 46-34-12-80

— N° d'imp. 10392. —
Dépôt légal : 2e trimestre 1980.

Imprimé en France